古典詩歌研究彙刊

第三五輯

龔鵬程 主編

第2冊

張籍諷諭詩研究

汪 琪 著

國家圖書館出版品預行編目資料

張籍諷諭詩研究／汪琪　著 -- 初版 -- 新北市：花木蘭文化事業有限公司，2024〔民 113〕

目 4+230 面；17×24 公分

（古典詩歌研究彙刊　第三五輯；第 2 冊）

ISBN 978-626-344-547-5（精裝）

1.CST：（唐）張籍　2.CST：唐詩　3.CST：詩評

820.91　　112022448

古典詩歌研究彙刊

第三五輯　第 二 冊　　ISBN：978-626-344-547-5

張籍諷諭詩研究

作　者　汪 琪

主　編　龔鵬程

總編輯　杜潔祥

副總編輯　楊嘉樂

編輯主任　許郁翎

編　輯　潘玟靜、蔡正宣　美術編輯　陳逸婷

出　版　花木蘭文化事業有限公司

發行人　高小娟

聯絡地址　235 新北市中和區中安街七二號十三樓

電話：02-2923-1455 ／傳真：02-2923-1452

網　址　http://www.huamulan.tw 信箱 service@huamulans.com

印　刷　普羅文化出版廣告事業

初　版　2024 年 3 月

定　價　第三五輯共 4 冊（精裝）新台幣 8,000 元

張籍諷諭詩研究

汪琪 著

作者簡介

汪琪，臺中人，國立臺灣大學中國文學系畢業，國立彰化師範大學國文學系國語文教學碩士。曾任教於國中與高中，現職為新北市立國中教師。

大學時期受社會學的影響，對於階級、性別相關研究產生濃厚興趣，偶然發現古典詩歌亦有相關題材，便以此做為研究方向。文字平實，以能向普羅大眾傳達想法為寫作初衷。著有《張籍諷諭詩研究》一書。

提　　要

中唐有白居易提出「諷諭詩」一詞，與其同屬「元和體」而年代稍早的張籍也有大量諷諭詩創作，兩人在諷諭詩手法上有許多相似之處，但學界卻對後者討論不多。本研究以《張籍詩集校注》所收的 85 首諷諭詩為範圍，在詩歌諷諭傳統之脈絡下對張籍的詩歌進行探討，共分六章：第一章緒論，主要說明研究動機與目的、前人研究成果、研究範圍與方法；第二章以詩歌諷諭傳統為主題進行探究，依時代先後分別對「先秦《詩經》到漢魏六朝」、「從初盛唐到杜甫」、「元結、白居易與元和體」三個階段做論述；第三章就張籍的創作背景作探索，闡述中唐的社會情況、張籍生平經歷、張籍交遊往來；第四章論析張籍諷諭詩之表現形式，包括體制結構、藝術技巧、語言風格三者；第五章詳述張籍諷諭詩之主題內涵，包括直陳朝政的不當、悲憫百姓的痛苦、代訴女子的心聲三大主題；第六章總結張籍諷諭詩之特色與其在詩歌諷諭傳統之地位。研究發現：一、詩歌諷諭傳統中的《詩經》教化功能與漢魏樂府敘事特徵，在後代詩人手中不斷雜揉。二、張籍諷諭詩受上述二者影響，內容反映中唐社會。三、張籍諷諭詩創作多出於尚未出仕的平民時期，與其年輕時接觸底層人民有密切關係。四、張籍諷諭詩不僅與樂府詩題頗有淵源，亦用近體創作。五、中晚唐詩人受張籍諷諭詩的選材與句法影響，持續批判政治與社會問題。

目次

第一章　緒　論

本研究擬針對中唐詩人張籍以諷諭為主題的詩作進行分析，本章依序說明研究動機與目的、前人研究成果、研究範圍與方法。

第一節　研究動機與目的

作為中唐詩人的張籍，他創作了不少詩歌，反映了當時的社會黑暗，揭露許多制度的不合理狀況。為了清楚闡明「為什麼要研究張籍諷諭詩」與「想從張籍諷諭詩研究得到什麼」兩個問題，本節將依序說明研究動機與研究目的。

一、研究動機

中國諷諭詩的歷史可謂源遠流長，最早可以追溯到先秦時期的《詩經》，當時的詩人諷諫國君並不是直接批判，而是透過詩文委婉表達社會現實，使國君引以為戒。這種作法是詩人關心國家的一種方式，諷諭詩為詩人政治理念的重要寄託。自此之後，詩歌具有了諷諭特質，以詩言志甚而載道的作品亦不斷出現，如漢魏樂府、盛唐的李白、杜甫、中唐的白居易都以「社會寫實」風格聞名。

尤其到了中唐，不單是白居易對諷諭詩提出了明確的詩歌理論，與他同期的詩人也有為數不少的諷諭詩創作，張戒《歲寒堂詩話》：

「元白張籍詩，皆自陶阮中出，專以道得人心中事為工。」〔註1〕在貞元、元和時期，張籍與元、白「專以道得人心中事」——將人民心聲透過詩歌傳達，展現出經世濟民的熱忱。元和詩壇名家輩出，且這群詩人又常創作諷諭詩，這與早一些的大曆詩人風格截然不同。大曆詩人講究詞藻，工於寫景，內容則隱約透露淒冷蕭瑟之意。到了貞元、元和以後，文壇有韓愈提倡古文，排斥駢麗浮華之文，詩壇亦出現扭轉之勢，辛文房《唐才子傳》對張籍有如此評論：「自李、杜之後，風雅道喪。至元和中，暨元、白歌詩，為海內宗匠，謂之元和體，病格稍振，無愧洪河砥柱也。」〔註2〕在盛唐之後，再次繼承《詩經》風雅之道者，便是張籍等人。張籍與韓愈來往密切，詩風則與元稹、白居易相仿。

張籍年紀較元、白二人為長，開始創作諷諭詩的時間也比他們更早。吳喬《圍爐詩話》如此品評張籍：「文昌佳處在樂府歌行，委婉諷諭。」〔註3〕用來諷諭的這些樂府詩，正是張籍詩傑出之處。白居易曾在〈讀張籍古樂府〉如此評論：

> 張君何為者，業文三十春。尤工樂府詩，舉代少其倫。
> 為詩意如何，六義互鋪陳。風雅比興外，未嘗著空文。
> 讀君學仙詩，可諷放佚君。讀君董公詩，可誨貪暴臣。
> 讀君商女詩，可感悍婦仁。讀君勤齊詩，可勸薄夫敦。
> 上可裨教化，舒之濟萬民。下可理情性，卷之善一身。〔註4〕

在這首詩中，白居易提到張籍窮畢生之力創作文學，在樂府詩的成就尤其特出，少有人能出其右。而其詩內涵效法《詩經》，學仙詩、董公

〔註1〕〔宋〕張戒：《歲寒堂詩話》，收入丁福保輯：《歷代詩話續編》（北京：中華書局，1983年8月），頁459。

〔註2〕〔元〕辛文房撰，吳汝煜校箋，傅璇琮主編：《唐才子傳校箋　第2冊》（北京：中華書局，1989年03月），頁568。

〔註3〕〔清〕吳喬：《圍爐詩話》，收於郭紹虞編選，富壽蓀校點《清詩話續編》（臺北：木鐸出版社，1983年12月），頁575。

〔註4〕〔唐〕白居易撰，朱金城箋校：《白居易詩集箋校》（上海：上海古籍出版社，1988年12月），頁5。

詩、商女詩與勤齊詩分別有「諷、誨、感、勸」等教化功能，可以拿來濟世，也可以拿來修身。這種創作精神，與白居易提倡新樂府運動之目的不謀而合，因此受到白居易的大加讚揚。

張籍的諷諭詩體裁不限於樂府形式，絕句、律詩、古風都可作諷諭之用，文字則是流暢自然。他的諷諭詩遙承《詩經》以來的諷諭傳統，學習了漢魏樂府、李白、杜甫等人的諷諭技巧，是白居易的新樂府運動的先聲，也為中晚唐的現實主義詩人奠定了基礎。他的詩富有現實批判精神，又具有獨特的藝術特色，不管是對過往的繼承或對後世的影響，張籍諷諭詩理應在此諷諭詩脈絡中佔據重要位置，但目前對張籍諷諭詩的討論卻付之闕如。為了補足這方面的資料，故將張籍諷諭詩納入詩歌諷諭傳統的脈絡中，以「張籍諷諭詩」為主題進行研究。

二、研究目的

本研究的目的包括以下幾點：

（一）追溯詩歌諷諭傳統

在最早的《詩經》中，諷諭詩主題涵蓋哪些層面？接著的漢魏樂府如何延續此主題？從初盛唐乃至杜甫，社會寫實詩如何一躍而上成為唐詩主流？中唐新樂府運動後，又如何擴充諷諭詩的內涵？

（二）耙梳張籍創作背景

張籍所在的中唐時期在政治、經濟上經歷了哪些變化，使其詩作朝諷諭主題發展？與張籍密切來往的人有哪些？對張籍又造成哪些影響？

（三）探討張籍諷諭詩之主題內涵

在諷諭詩中，張籍直陳了哪些朝政的不當？悲憫了哪些百姓的痛苦？又代訴了哪些女子的心聲？

（四）研究張籍諷諭詩之表現形式

張籍諷諭詩在體制結構上有哪些特色？張籍善用哪些藝術技

巧，使其能與時人一較高下？能否從詩中彙整出哪些與眾不同的語言風格？

（五）揭示張籍諷諭詩之文學地位

張籍的諷諭詩在主題上繼承了哪些諷諭傳統？在技巧上繼承了哪些諷諭傳統？又對後代詩歌創作產生哪些影響？

第二節　前人研究成果

本研究主題為「張籍諷諭詩研究」，既觸及諷諭詩，也關係到張籍詩，因此兩項子題的研究成果便可成為本研究的基礎。透過概述這兩項研究成果，也能更清楚看出本研究的學術脈絡。

一、諷諭詩研究

諷諭詩屬於古典詩學的範疇，學界卻對諷諭詩發展的研究不多，目前只有徐元選注《歷代諷諭詩選》〔註5〕蒐集各個朝代的諷諭詩作品，朱我芯《中國詩歌諷諭傳統：兼論唐代新樂府》分析諷諭傳統的演變、諷諭手法的發展，統計唐代樂府的諷諭特徵，並討論中唐新樂府興盛的原因。單篇論文則有胡萬川〈諷諭詩〉〔註6〕對諷諭詩的定義做了詳細的探究。

與諷諭詩有關的學位論文方面，唐代以前的研究較少。姜楚雨《由《詩經》諷諭之義的修辭蛻變論司馬相如、揚雄賦的源流與生成》〔註7〕探討「諷諭」內涵，並從「變風變雅」的角度探討漢賦的形成脈絡。耿亞軍《先秦兩漢詩賦中的諷諭研究》〔註8〕則從《詩

〔註5〕徐元選注：《歷代諷諭詩選》（臺北：木鐸出版社，1989年09月）。

〔註6〕胡萬川：〈諷諭詩〉，《中國詩歌研究》（臺北：中央文物供應社，1985年06月），頁273～306。

〔註7〕姜楚雨：《由《詩經》諷諭之義的修辭蛻變論司馬相如、揚雄賦的源流與生成》（臺北：輔仁大學中國文學所碩士論文，2018年）。

〔註8〕耿亞軍：《先秦兩漢詩賦中的諷諭研究》（成都：西南民族大學中國古代文學系碩士論文，2006年）。

經》、《楚辭》的文本研究中，探尋諷諭傳統形成的脈絡。唐代的諷諭研究數量最多。俞炳禮《白居易諷諭詩之研究》〔註 9〕探討白居易諷諭詩的淵源理論、語言的平易性與散文性，以及其停筆不寫諷諭詩的原因。金龍雲《杜甫寫實諷喻詩歌研究》〔註 10〕探討杜甫諷諭精神的形成，與其寫實諷諭詩在取材、態度、形式上之特質。范斐《唐代諷諭詩考論》〔註 11〕對產生唐代諷諭詩的社會背景、思想根源、內容風貌、藝術特色、社會作用，做了總體性的研究。黃姝毓《白居易諷諭詩用韻之研究》〔註 12〕以《白居易集》中的諷諭詩為母體進行韻腳分析，歸納其中規律，探討新樂府押韻轉換的風格及節奏。呂世媛《白居易諷諭詩修辭藝術研究》〔註 13〕探討白居易諷諭詩中，比喻、疊字、用典、對比和虛字等五種修辭手法，以凸顯其在語言藝術上的風格。段福權《白居易詩論之要義：諷諭》〔註 14〕論述白居易詩學理論的來源、內容與影響。李平《韓愈諷諭詩研究》〔註 15〕以韓愈諷諭詩為研究對象，試圖了解其中思想內容與藝術風格。唐玉姣《晚唐諷諭詩人群體研究》〔註 16〕把晚唐諷諭詩人分為三類，分別為寶曆至大中時期詩人群、咸通至乾符時期詩人群、廣

〔註 9〕俞炳禮：《白居易諷諭詩之研究》（臺北：國立台灣師範大學國文學系研究所碩士論文，1980 年）。

〔註 10〕金龍雲：《杜甫寫實諷喻詩歌研究》（臺北：國立臺灣師範大學國文學系碩士論文，1982 年）。

〔註 11〕范斐：《唐代諷諭詩考論》（太原：山西大學中國古代文學系碩士論文，2006 年）。

〔註 12〕黃姝毓：《白居易諷諭詩用韻之研究》（彰化：國立彰化師範大學國文學系碩士論文，2008 年）。

〔註 13〕呂世媛：《白居易諷諭詩修辭藝術研究》（重慶：重慶師範大學漢語言文字學系碩士論文，2009 年）。

〔註 14〕段福權：《白居易詩論之要義：諷諭》（瀋陽：遼寧大學文藝學系碩士論文，2011 年）。

〔註 15〕李平：《韓愈諷諭詩研究》（合肥：安徽大學中國古代文學系碩士論文，2012 年）。

〔註 16〕唐玉姣：《晚唐諷諭詩人群體研究》（桂林：廣西師範大學中國古代文學系碩士論文，2013 年）。

明至唐亡的詩人群，分析三類群體特徵、詩歌創作主題、藝術追求。劉莉莉《白居易諷諭詩研究》〔註 17〕對白居易諷諭詩之創作背景、思想內容與藝術風格有深入探索。葉鋒《白居易諷諭詩新探》〔註 18〕列出白居易諷諭詩所涉及的特定對象與社會問題，展現其強烈的政教性、抒情性與敘事性之特色。羅如斯《白居易諷諭詩與中國詩歌的諷諭傳統》〔註 19〕不但探討白居易諷諭詩，更指出中唐以後的諷諭詩歌傳統之發展。李雪靜《白居易諷諭詩之議論化研究》〔註 20〕對白居易諷諭詩中議論化的特徵做深入剖析，點出政論體詩是中唐詩歌的重要表現。唐代以後只有零星諷諭詩研究。陳光瑩《吳梅村諷諭詩研究》〔註 21〕論述清代詩人吳梅村之諷諭詩之成就與影響。莊淑慧《黃仲則諷諭詩研究》〔註 22〕討論清代詩人黃仲則之詩歌淵源，與其諷諭詩價值。

與諷諭詩相關的期刊論文頗多。唐代以前，學術傾向多與《詩經》有關，如：蔡長林〈皮錫瑞《詩》主諷諭說探論〉〔註23〕、徐柏青〈從《詩經》中政治諷諭詩看周代士人的憂患意識〉〔註24〕。唐代的討論最

〔註 17〕劉莉莉：《白居易諷諭詩研究》（南昌：華東交通大學中國古代文學系碩士論文，2014 年）。

〔註 18〕葉鋒：《白居易諷諭詩新探》（南昌：南昌大學中國古代文學系碩士論文，2014 年）。

〔註 19〕羅如斯：《白居易諷諭詩與中國詩歌的諷諭傳統》（湘潭：湘潭大學中國語言文學系碩士論文，2014 年）。

〔註 20〕李雪靜：《白居易諷諭詩之議論化研究》（呼和浩特：內蒙古師範大學中國古代文學系碩士論文，2016 年）。

〔註 21〕陳光瑩：《吳梅村諷諭詩研究》（高雄：國立高雄師範大學中國文學研究所碩士論文，1995 年）。

〔註 22〕莊淑慧：《黃仲則諷諭詩研究》（高雄：國立高雄師範大學回流中文碩士論文，2006 年）。

〔註 23〕蔡長林：〈皮錫瑞《詩》主諷諭說探論〉，《嶺南學報》第三輯（2015 年 06 月），頁 107～131。

〔註 24〕徐柏青：〈從《詩經》中政治諷諭詩看周代士人的憂患意識〉，《湖北師範學院學報（哲學社會科學版）》第 31 卷 6 期（2011 年 11 月），頁 42～46。

為豐富，多針對特定詩人，其中又以對白居易的研究為大宗，如：呂正惠〈元白諷諭詩的理論與創作態度〉〔註25〕、李建崑〈韓愈詩之諷諭色彩與思想意識〉〔註26〕、簡光明〈元稹諷諭詩初探〉〔註27〕、丸山茂撰，李寅生譯〈中唐元和諷諭詩小考〉〔註28〕、朱我芯〈由杜甫新樂府看諷諭詩人主體建構〉〔註29〕、許東海〈白詩與香草美人：白居易花木、女性諷諭詩中的楚〈騷〉身影與新變風貌〉〔註30〕、雨辰〈從古代的諷諭到今天的諷刺詩〉〔註31〕、許東海〈諷諭與綺麗：白居易詩、賦論及其與《文心雕龍》之精神取向〉〔註32〕、王長順〈論中唐新樂府詩的諷諭特質〉〔註33〕、饒霄雲〈白居易諷諭詩內容與形式之統一〉〔註34〕、王立增〈新題諷諭樂府詩在中唐興起的原因探析〉〔註35〕、李文清〈也析白居易的諷諭詩〉〔註36〕、尚永亮〈中唐樂府諷諭詩之價值評判與元白

〔註25〕呂正惠：〈元白諷諭詩的理論與創作態度〉，《幼獅月刊》第39卷7期（1974年5月），頁40～44。

〔註26〕李建崑：〈韓愈詩之諷諭色彩與思想意識〉，《興大中文學報》第7期（1994年01月），頁117～132。

〔註27〕簡光明：〈元稹諷諭詩初探〉，《中國國學》第25期（1997年10月），頁103～117。

〔註28〕丸山茂撰，李寅生譯：〈中唐元和諷諭詩小考〉，《河東學刊》第16卷2期（1998年05月），頁48～50。

〔註29〕朱我芯：〈由杜甫新樂府看諷諭詩人主體建構〉，《中華學苑》第55期（2001年02月），頁149～167。

〔註30〕許東海：〈白詩與香草美人：白居易花木、女性諷諭詩中的楚〈騷〉身影與新變風貌〉，《中正大學中文學術年刊》第4期（2001年12月），頁97～142。

〔註31〕雨辰：〈從古代的諷諭到今天的諷刺詩〉，《黃河科技大學學報》第4卷4期（2002年12月），頁61～141。

〔註32〕許東海：〈諷諭與綺麗：白居易詩、賦論及其與《文心雕龍》之精神取向〉，《中正大學中文學術年刊》第5期（2003年12月），頁21～44。

〔註33〕王長順：〈論中唐新樂府詩的諷諭特質〉，《榆林學院學報》第15卷2期（2005年04月），頁43～45。

〔註34〕饒霄雲：〈白居易諷諭詩內容與形式之統一〉，《池州學院學報》第19卷6期（2005年12月），頁40～41。

〔註35〕王立增：〈新題諷諭樂府詩在中唐興起的原因探析〉，《瓊州大學學報》第13卷6期（2006年12月），頁70～73。

〔註36〕李文清：〈也析白居易的諷諭詩〉，《湖北教育學院學報》第24卷10

張王之優劣異同——從接受學角度對清人相關論述的一個梳理和檢討〉〔註37〕、萬建軍〈元稹諷諭詩的題材〉〔註38〕、舒紅霞、牛榮晉〈唐宋女性諷諭詩的審美藝術〉〔註39〕、鄒孟潔〈從〈與元九書〉探析白居易詩學思想的承繼與開展及其諷諭詩底蘊〉〔註40〕、黃瑞梅：〈論白居易諷諭詩「以文為詩」的特點〉〔註41〕、邱顯鎮〈李賀諷諭詩所映現的同情與交感——以戰爭與苛政為例〉〔註42〕。唐代以後的研究同樣以特定作者為主，並連結過往諷諭傳統做討論，如：金昌慶〈溫庭筠詠史詩的諷諭精神及其藝術表現形式〉〔註43〕、張子清〈諷諭詩的飛躍——試論羅隱諷諭詩對中唐寫實諷諭的突破〉〔註44〕、代緒宇〈20世紀漢語詩歌中的諷刺詩及其文體特徵〉〔註45〕、洪永鏗〈劉基「諷諭詩」初探——兼與高啟「自適詩」熟比較〉〔註46〕、宗曉麗〈羅隱諷諭

期（2007年10月），頁14～32。

〔註37〕尚永亮：〈中唐樂府諷諭詩之價值評判與元白張王之優劣異同——從接受學角度對清人相關論述的一個梳理和檢討〉，《北京大學學報（哲學社會科學版）》第47卷4期（2010年07月），頁58～66。

〔註38〕萬建軍：〈元稹諷諭詩的題材〉，《語文學刊》第2010卷9A期（2010年09月），頁3～4。

〔註39〕舒紅霞、牛榮晉：〈唐宋女性諷諭詩的審美藝術〉，《大連大學學報》第33卷2期（2012年04月），頁28～32。

〔註40〕鄒孟潔：〈從〈與元九書〉探析白居易詩學思想的承繼與開展及其諷諭詩底蘊〉，《問學》第18期（2014年06月），頁207～222。

〔註41〕黃瑞梅：〈論白居易諷諭詩「以文為詩」的特點〉，《信陽農林學院學報》第24卷1期（2014年09月），頁88～91。

〔註42〕邱顯鎮：〈李賀諷諭詩所映現的同情與交感——以戰爭與苛政為例〉，《東吳中文線上學術論文》第27期（2014年09月），頁39～65。

〔註43〕金昌慶：〈溫庭筠詠史詩的諷諭精神及其藝術表現形式〉，《殷都學刊》1999年第4期（1999年11月），頁73～76。

〔註44〕張子清：〈諷諭詩的飛躍——試論羅隱諷諭詩對中唐寫實諷諭的突破〉，《湘潭大學社會科學學報（研究生論叢）》第27期（2003年05月），頁143～145。

〔註45〕代緒宇：〈20世紀漢語詩歌中的諷刺詩及其文體特徵〉，《南都學壇》第24卷4期（2004年07月），頁46～53。

〔註46〕洪永鏗：〈劉基「諷諭詩」初探—兼與高啟「自適詩」熟比較〉，《中國文學研究》2006年第3期（2006年07月），頁52～54。

詩簡論〉〔註 47〕、閻笑非〈是諷諭時事還是即事抒懷—論蘇軾早期人生思想與《黃牛廟》詩的主旨〉〔註 48〕、潘麗娜〈王禹偁對白居易諷諭詩的師法與超越〉〔註 49〕、蔡慧崑〈《詩經》諷諭精神之傳承——朝鮮詩人丁若鏞「三吏」對杜甫「三吏」的接受與轉化〉〔註 50〕。

以上研究中，與《詩經》有關的研究為詩歌諷諭理論打下了良好的基礎，中唐時期的白居易諷諭詩研究在時代背景、理論、內容、形式上皆有大量討論，至於白居易以前的詩人或白居易以後的詩人則少有探究，凸顯本研究能補諷諭詩歌研究之不足。

二、張籍及其詩歌研究

張籍傳世資料不多，幸而學者對其考證已有不少成果。在生平部分，早年有羅聯添〈張籍年譜〉〔註 51〕考證張籍籍貫、生平，資料極為詳盡，季鎮淮〈張籍二題〉〔註 52〕探討張籍生年與居處，李厚培〈張籍系年考辨二題〉〔註 53〕對張籍生年與任廣文博士的時間做了考證，齊文榜〈張籍卒年考〉〔註 54〕考證張籍卒年為大和九年，張體云〈〈張籍

〔註 47〕宗曉麗：〈羅隱諷諭詩簡論〉，《社科縱橫》第 21 卷 8 期（2006 年 08 月），頁 118～119。

〔註 48〕閻笑非：〈是諷諭時事還是即事抒懷——論蘇軾早期人生思想與《黃牛廟》詩的主旨〉，《台州學院學報》第 29 卷第 4 期（2007 年 08 月），頁 55～59。

〔註 49〕潘麗娜：〈王禹偁對白居易諷諭詩的師法與超越〉，《淮北煤炭師範學院（哲學社會科學版）》第 30 卷 3 期（2009 年 06 月），頁 88～89。

〔註 50〕蔡慧崑：〈《詩經》諷諭精神之傳承——朝鮮詩人丁若鏞「三吏」對杜甫「三吏」的接受與轉化〉，《東海大學圖書館館刊》第 56 期（2021 年 03 月），頁 21～39。

〔註 51〕羅聯添：〈張籍年譜〉，《唐代詩文六家年譜》（臺北：學海出版社，1986 年 07 月），頁 157～255。

〔註 52〕季鎮淮：〈張籍二題〉，《文學遺產》1996 年第 1 期（1996 年 01 月），頁 49～51。

〔註 53〕李厚培：〈張籍系年考辨二題〉，《蘇州絲綢工學院學報》第 20 卷 6 期（2000 年 12 月），頁 90～92。

〔註 54〕齊文榜：〈張籍卒年考〉，《文學遺產》2001 年第 1 期（2001 年 01 月），頁 133～135。

卒年考〉商兌〉〔註55〕則推翻齊說，以為張籍卒年為大和十四年，徐禮節〈張籍、王建生年及張籍兩次入幕考〉〔註56〕以為張王兩人同生於大歷元年，又有兩次入幕。在里籍部分，有徐禮節〈張籍故鄉與南游考辨〉〔註57〕對張籍籍貫為和州或蘇州，做了一番討論。在宦歷部分，李一飛〈張籍行跡仕履考證拾零〉〔註58〕探討張籍南遊、出使與官職遷轉，吳險峰〈張籍仕宦二考〉〔註59〕對張籍初仕官職與水部郎中之真實性做了考證，徐禮節〈張籍病眼、罷官考辨〉〔註60〕對張籍眼疾情況與罷官時間做了詳細研究，劉明華〈張籍為太祝及辭聘考〉〔註61〕則探討張籍太祝時期的貧窮生活與婉拒李師古之徵聘二事。在交遊部分，遲乃鵬〈《張籍王建交游考述》商榷〉〔註62〕對張王兩人早年交往與宦遊來往做了詳細討論，吳鶯鶯〈張籍與韓愈、白居易的交遊及唱和〉解讀張籍、韓愈、白居易的交往唱和詩作，劉國盈〈韓愈與張籍〉〔註63〕探討張籍與韓愈兩人的交往過程，徐禮節〈張籍的婚姻及其與胡遇交游考說〉〔註64〕對張籍成為胡家女婿、與胡氏兄弟的來往做了整理，

〔註55〕張體云：〈〈張籍卒年考〉商兑〉，《文學遺產》2002年第1期（2002年01月），頁119～120。

〔註56〕徐禮節：〈張籍、王建生年及張籍兩次入幕考〉，《巢湖學院學報》第10卷5期（2008年09月），頁56～60。

〔註57〕徐禮節：〈張籍故鄉與南游考辨〉，《安慶師範學院學報（社會科學版）》第26卷1期（2007年01月），頁28～32。

〔註58〕李一飛：〈張籍行跡仕履考證拾零〉，《中國韻文學刊》1995年第2期（1995年12月），頁19～23。

〔註59〕吳險峰：〈張籍仕宦二考〉，《周口師範高等專科學校學報》第18卷1期（2001年01月），頁20～21。

〔註60〕徐禮節：〈張籍病眼、罷官考辨〉，《古籍研究》2006年第1期（2006年06月），頁194～199。

〔註61〕劉明華：〈張籍為太祝及辭聘考〉，《文學遺產》2010年第6期（2010年11月），頁129～131。

〔註62〕遲乃鵬：〈《張籍王建交游考述》商榷〉，《文學遺產》1998年第3期（1998年06月），頁34～39。

〔註63〕劉國盈：〈韓愈與張籍〉，《首都師範大學學報（社會科學版）》1997年第2期（1997年04月），頁57～60。

〔註64〕徐禮節：〈張籍的婚姻及其與胡遇交游考說〉，《巢湖學院學報》第7

焦體檢〈張籍的方外之交及佛道思想研究〉〔註 65〕與〈張籍交往僧人道士考〉〔註 66〕均對張籍與僧人道士的來往，與其佛道思想做了研究，柯萬成〈韓愈「以詩為教」與張籍「以詩為報」〉〔註 67〕探討張韓兩人亦師亦友的關係。

張籍詩歌的研究成果豐碩，以下先介紹期刊論文。在主題內容的研究上，多從樂府詩的角度品評張籍詩，包括白應東〈張籍和他的樂府詩〉〔註 68〕、巫淑寧〈張籍樂府詩中社會寫實內容之探討〉〔註 69〕、李俊〈張籍的商業思想〉〔註 70〕張佩華〈論張籍王建的歌詩〉〔註 71〕、劉光秋〈王建、張籍歌詩「同變時流」解〉〔註 72〕、許總〈論張王樂府與唐中期詩學思潮轉向〉〔註 73〕、傅慧淑〈張籍詩中愛國觀之探研〉〔註 74〕、徐禮節〈論張王樂府寓「變」於「複」的藝術追求〉〔註 75〕、方磊〈張籍詩

卷 4 期（2005 年 07 月），頁 92～94。

〔註 65〕焦體檢：〈張籍的方外之交及佛道思想研究〉，《鄭州航空工業管理學院學報（社會科學版）》第 27 卷 1 期（2008 年 02 月），頁 40～43。

〔註 66〕焦體檢：〈張籍交往僧人道士考〉，《漢語言文學研究》第 1 卷 3 期（2010 年 09 月），頁 48～50。

〔註 67〕柯萬成：〈韓愈「以詩為教」與張籍「以詩為報」〉，《漢學研究集刊》第 11 期（2012 年 12 月），頁 23～43。

〔註 68〕白應東：〈張籍和他的樂府詩〉，《新疆師範大學學報（社會科學版）》1981 年第 2 期（1981 年 07 月），頁 94～101。

〔註 69〕巫淑寧：〈張籍樂府詩中社會寫實內容之探討〉，《興大中文研究生論文集》第 1 期（1996 年 01 月），頁 75～109。

〔註 70〕李俊：〈張籍的商業思想〉，《中文自學指導》2002 年第 2 期（2002 年 04 月），頁 44～47。

〔註 71〕張佩華：〈論張籍王建的歌詩〉，《文學前沿》第 7 期（2003 年 05 月），頁 197～204。

〔註 72〕劉光秋：〈王建、張籍歌詩「同變時流」解〉，《黔東南民族師範高等專科學校學報》第 21 卷 5 期（2003 年 10 月），頁 51～56。

〔註 73〕許總：〈論張王樂府與唐中期詩學思潮轉向〉，《華僑大學學報（哲學社會科學版）》2004 年第 2 期（2004 年 04 月），頁 93～99。

〔註 74〕傅慧淑：〈張籍詩中愛國觀之探研〉，《復興崗學報》第 90 期（2007 年 12 月），頁 323～346。

〔註 75〕徐禮節：〈論張王樂府寓「變」於「複」的藝術追求〉，《合肥師範學院學報》第 26 卷 2 期（2008 年 03 月），頁 8～13。

歌中的女性題材和民俗風淺析〉〔註76〕、杜宏春〈論張籍詩歌的人文精神〉〔註77〕、劉波〈論張籍王建詩歌人文情懷的成因〉〔註78〕、于展東〈論「張王樂府」與「元白樂府」之不同〉〔註79〕、呂家慧〈論張王樂府與唐代新樂府形成之關係〉〔註80〕、宋穎芳〈張籍集樂府留存情況考〉〔註81〕、李穎〈從張籍新樂府詩看中唐社會官民及商農矛盾〉〔註82〕。值得注意的是，學者對於張籍〈節婦吟〉一詩特別關注，又常觸及其中的女性視角，如：吳秀笑〈試析「節婦吟」——兼論敘事詩的情節構成〉〔註83〕、趙玉柱〈怎一個「怨」字了得——簡論張籍詩對婦女問題的關注〉〔註84〕、龔仲元〈李白〈陌上桑〉與張籍〈節婦吟〉〉〔註85〕、劉明華〈張籍〈節婦吟〉的本事及異文〉〔註86〕、趙偉〈張籍〈節婦吟〉「節婦」形象分析——附釋「還珠」一詞〉〔註87〕、朱曉燕〈淺品張籍

〔註76〕方磊：〈張籍詩歌中的女性題材和民俗風淺析〉，《山花》2010年第20期（2010年10月），頁148～149。

〔註77〕杜宏春：〈論張籍詩歌的人文精神〉，《名作欣賞》2010年第29期（2010年10月），頁29～31。

〔註78〕劉波：〈論張籍王建詩歌人文情懷的成因〉，《群文天地》2011年第10期（2011年01月），頁82～83。

〔註79〕于展東：〈論「張王樂府」與「元白樂府」之不同〉，《理論月刊》2011年第3期（2011年03月），頁59～62。

〔註80〕呂家慧：〈論張王樂府與唐代新樂府形成之關係〉，《清華學報》第45卷第2期（2015年6月），頁275～314。

〔註81〕宋穎芳：〈張籍集樂府留存情況考〉，《河北工程大學學報（社會科學版）》第32卷4期（2015年12月），頁62～78。

〔註82〕李穎：〈從張籍新樂府詩看中唐社會官民及商農矛盾〉，《濮陽職業技術學院學報》第31卷5期（2018年09月），頁58～60。

〔註83〕吳秀笑：〈試析「節婦吟」——兼論敘事詩的情節構成〉，《中外文學》第7卷2期（1978年07月），頁140～152。

〔註84〕趙玉柱：〈怎一個「怨」字了得——簡論張籍詩對婦女問題的關注〉，《安康師專學報》第16卷（2004年02月），頁76～79。

〔註85〕龔仲元：〈李白〈陌上桑〉與張籍〈節婦吟〉〉，《安徽文學》2009年第8期（2009年08月），頁39～40。

〔註86〕劉明華：〈張籍〈節婦吟〉的本事及異文〉，《文獻》2010年第2期（2010年04月），頁160～162。

〔註87〕趙偉：〈張籍〈節婦吟〉「節婦」形象分析——附釋「還珠」一詞〉，《語文學刊》2010年5A期（2010年05月），頁42～43。

「還君明珠雙淚垂，恨不相逢未嫁時」〉〔註 88〕、閆秀娟〈試論張籍〈節婦吟〉之「節」〉〔註 89〕、張碧雲〈從張籍〈節婦吟〉的三個英譯本及其回譯看古詩翻譯〉〔註 90〕、楊國平〈巧妙高明的拒絕——張籍詩《節婦吟》賞讀〉〔註 91〕、余文英〈張籍《節婦吟》之異題與本事辨〉〔註 92〕、劉安〈談談張籍〈節婦吟〉的詩題、創作背景及母本〉〔註 93〕、湯英苗〈還君明珠雙淚垂——談張籍〈節婦吟〉的心理原型〉〔註 94〕。其他詩作的討論寥寥可數，如：梁永照〈張籍〈祭退之〉考〉〔註 95〕、王振勳〈張籍〈離婦〉詩所顯示婚姻觀的現代詮釋〉〔註 96〕、黃琛〈淺析張籍的〈秋思〉〉〔註 97〕、黃元華〈我教張籍〈秋思〉的體會〉〔註 98〕、王孝華〈張籍〈贈海東僧〉考釋——渤海史料鉤沉之一〉〔註 99〕、孟飛〈聲聲怨恨　字字淒惻——張籍〈征婦怨〉賞析〉〔註 100〕、

〔註 88〕朱曉燕：〈淺品張籍「還君明珠雙淚垂，恨不相逢未嫁時」〉，《神州》2011 年第 26 期（2011 年 01 月），頁 9。

〔註 89〕閻秀娟：〈試論張籍〈節婦吟〉之「節」〉，《劍南文學（經典教苑）》2011 年第 5 期（2011 年 05 月），頁 39～40。

〔註 90〕張碧雲：〈從張籍〈節婦吟〉的三個英譯本及其回譯看古詩翻譯〉，《延安職業技術學院學報》第 25 卷 3 期（2011 年 06 月），頁 94～118。

〔註 91〕楊國平：〈巧妙高明的拒絕——張籍詩《節婦吟》賞讀〉，《湖北招生考試》2011 年第 32 期（2011 年 11 月），頁 37～38。

〔註 92〕余文英：〈張籍《節婦吟》之異題與本事辨〉，《巢湖學院學報》第 14 卷 1 期（2012 年 01 月），頁 67～69。

〔註 93〕劉安：〈談談張籍〈節婦吟〉的詩題、創作背景及母本〉，《文史雜志》2013 年第 6 期（2013 年 11 月），頁 78～79。

〔註 94〕湯英苗：〈還君明珠雙淚垂——談張籍〈節婦吟〉的心理原型〉，《學語文》2015 年第 3 期（2015 年 05 月），頁 58～60。

〔註 95〕梁永照：〈張籍《祭退之》考〉，《焦作大學學報》第 19 卷 2 期（2005 年 04 月），頁 18～20。

〔註 96〕王振勳：〈張籍〈離婦〉詩所顯示婚姻觀的現代詮釋〉，《致理通識學報》第 1 期（2007 年 11 月），頁 58～69。

〔註 97〕黃琛：〈淺析張籍的〈秋思〉〉，《大眾文藝》2010 年第 1 期（2010 年 01 月），頁 155。

〔註 98〕黃元華：〈我教張籍〈秋思〉的體會〉，《東坡赤壁詩詞》2010 年第 1 期（2010 年 01 月），頁 44～45。

〔註 99〕王孝華：〈張籍〈贈海東僧〉考釋——渤海史料鉤沉之一〉

〔註 100〕孟飛：〈聲聲怨恨　字字淒惻——張籍〈征婦怨〉賞析〉，《文史知識》

高建新〈展開在「絲綢之路」上的文學景觀——再讀張籍〈涼州詞三首〉其一〉〔註101〕、馬新廣〈張籍〈秋思〉意蘊解讀〉〔註102〕、蒙曼〈張籍〈酬朱慶餘〉〉〔註103〕等等。

在藝術形式的研究上，從詩歌風格、語言特色、修辭用韻均有學者探討，如：方磊〈張籍詩歌的藝術特色析論〉〔註104〕、鄧大情〈論「歌行則學流蕩於張籍」〉〔註105〕、劉曉麗〈略論張籍詩中的象徵性〉〔註106〕、劉亞〈張籍詩歌用韻考〉〔註107〕、郭超：〈奇崛與平易之間——論張籍的詩歌風貌〉〔註108〕、于展東〈從張籍王建贈酬送答七律創作看中唐七律的通俗化傾向〉〔註109〕、于展東〈「張王樂府」藝術特色探析〉〔註110〕、于展東〈張籍五言律詩簡論〉〔註111〕。另外，

2014 年第 8 期（2014 年 08 月），頁 38～41。

〔註101〕高建新：〈展開在「絲綢之路」上的文學景觀——再讀張籍〈涼州詞三首〉其一〉，《臨沂大學學報》第 38 卷 6 期（2016 年 12 月），頁 47～52。

〔註102〕馬新廣：〈張籍〈秋思〉意蘊解讀〉，《文學教育》2018 年第 1 期（2018 年 01 月），頁 48～49。

〔註103〕蒙曼：〈張籍〈酬朱慶餘〉〉，《作文》2019 年第 23 期（2019 年 06 月），頁 48～50。

〔註104〕方磊：〈張籍詩歌的藝術特色析論〉，《西南民族學院學報（哲學社會科學版）》第 22 卷 9 期（2001 年 09 月），頁 130～133。

〔註105〕鄧大情：〈論「歌行則學流蕩於張籍」〉，《信陽師範學院學報（哲學社會科學版）》第 25 卷 6 期（2005 年 12 月），頁 92～94。

〔註106〕劉曉麗：〈略論張籍詩中的象徵性〉，《現代語文（文學研究版）》2007 年第 5 期（2007 年 05 月），頁 86～87。

〔註107〕劉亞：〈張籍詩歌用韻考〉，《楚雄師範學院學報》第 23 卷 2 期（2008 年 02 月），頁 26～33。

〔註108〕郭超：〈奇崛與平易之間——論張籍的詩歌風貌〉，《滄桑》2010 年第 2 期（2010 年 02 月），頁 220～221。

〔註109〕于展東：〈從張籍王建贈酬送答七律創作看中唐七律的通俗化傾向〉，《西安建築科技大學學報（社會科學版）》第 30 卷 2 期（2011 年 04 月），頁 69～73。

〔註110〕于展東：〈「張王樂府」藝術特色探析〉，《安康學院學報》第 23 卷 3 期（2011 年 06 月），頁 61～65。

〔註111〕于展東：〈張籍五言律詩簡論〉，《西安石油大學學報（社會科學版）》2011 年第 4 期（2011 年 08 月），頁 81～86。

從評論視角來研究張籍的有李建崑〈歷代張籍評論之批評視域與詮釋議題探討〉〔註 112〕

除了上述的期刊論文外，學界也有對於張籍的研究專書。紀作亮《張籍研究》〔註 113〕是近代第一本研究張籍的專著，書中從時代、生平、思想、詩歌、影響五方面，對張籍做了全面性的探討。張簡坤明《張籍及其詩學研究》〔註 114〕則分生平事略、時代背景、個性、思想、交遊、詩學觀、詩歌創作、修辭技巧、詩作風格等部分，對張籍做深入探究。焦體檢《張籍研究》〔註 115〕結合張籍的生平、性格、思想、交遊、詩歌、影響、詩集版本等等，對其做系統性的檢視。巫淑寧《張籍及其樂府詩研究》〔註 116〕則對張籍的行實、時代背景、樂府詩前承思想、樂府詩內容、樂府詩形式、樂府詩評價做了深入研討。

相關學位論文數量不少。金卿東《張籍、王建社會詩研究》〔註 117〕從社會詩源流開始探討，並對張王兩人的社會詩的內容與形式做了整理。巫淑寧《張籍及其樂府詩研究》〔註 118〕承襲前人研究，深入考證張籍生平，並對其樂府詩之思想、主題、手法詳加分析。陳秀文《張籍樂府詩研究》〔註 119〕從時代背景、主題內涵、形式體制、藝術風貌等面向，討論其在中唐詩壇的地位。謝慧美《張

〔註 112〕李建崑：〈歷代張籍評論之批評視域與詮釋議題探討〉，《靜宜中文學報》第 7 期（2015 年 06 月），頁 1～20。

〔註 113〕紀作亮：《張籍研究》（合肥：黃山書社出版社，1986 年 07 月）。

〔註 114〕張簡坤明：《張籍及其詩學研究》（臺北：文史哲出版社，1998 年 02 月）。

〔註 115〕焦體檢：《張籍研究》（開封：河南大學出版社，2010 年 08 月）。

〔註 116〕巫淑寧：《張籍及其樂府詩研究》（新北：花木蘭文化出版社，2009 年 09 月）。

〔註 117〕金卿東：《張籍、王建社會詩研究》（臺北：國立臺灣大學中國文學研究所碩士論文，1990 年）。

〔註 118〕巫淑寧：《張籍及其樂府詩研究》（臺中：國立中興大學中國文學系碩士論文，1997 年）。

〔註 119〕陳秀文：《張籍樂府詩研究》（臺北：國立臺灣大學中國文學研究所碩士論文，1999 年）。

籍詩呈現之唐代社會風情研究》〔註 120〕探討張籍詩反映的時代背景，包括唐代佛教現象、唐代道教現象、節日與信仰習俗、其他風土民情等等。鄧大情《論張籍的歌行詩》〔註 121〕探討張籍歌行詩反映現實的思想內容、流暢的藝術特色、對杜甫的繼承、對元白的啟發。何云《論張籍的近體詩》〔註 122〕跳脫過往對張籍樂府詩的研究傾向，對張籍近體詩的思想內容、精神意趣、藝術特色、價值貢獻做深入的了解。于展東《「張籍王建體」研究》〔註 123〕則分從張王綜論、兩人樂府詩的特色、兩人近體詩的特色三層面，探討張王兩人在中唐的地位。傅小林《張籍詩歌在中晚唐的傳播與接受》〔註 124〕介紹了張籍詩在中晚唐的傳播情形，並探究張籍詩歌接受與中晚唐的關係。陳幼純《張籍樂府詩之表現技巧》〔註 125〕從命題方式、敘事角度、篇章結構、用韻分析、意象分析及修辭運用等六方面，分析張籍樂府詩的表現技巧。楊武藝《張籍詩歌研究》〔註 126〕集結張籍的樂府詩與近體詩，探討其創作取向、對中唐詩歌思潮與後世詩人造成的影響。蕭辰芳《張籍樂府詩研究》〔註 127〕主要在闡述張籍詩主題內涵、形式體制、藝術技巧。劉娟《張籍詩歌研究》〔註 128〕

〔註 120〕謝慧美：《張籍詩呈現之唐代社會風情研究》（臺中：國立中興大學中國文學系碩士論文，2004 年）。

〔註 121〕鄧大情：《論張籍的歌行詩》（廣州：華南師範大學古代文學系碩士論文，2004 年）。

〔註 122〕何云：《論張籍的近體詩》（合肥：安徽大學中國古代文學系碩士論文，2007 年）。

〔註 123〕于展東：《「張籍王建體」研究》（西安：陝西師範大學中國古代文學系博士論文，2009 年）。

〔註 124〕傅小林：《張籍詩歌在中晚唐的傳播與接受》（漳州：漳州師範學院中國古代文學系碩士論文，2009 年）。

〔註 125〕陳幼純：《張籍樂府詩之表現技巧》（高雄：國立高雄師範大學回流中文碩士班論文，2009 年）。

〔註 126〕楊武藝：《張籍詩歌研究》（烏魯木齊：新疆師範大學中國古代文學系碩士論文，2010 年）。

〔註 127〕蕭辰芳：《張籍樂府詩研究》（臺北：國立臺灣師範大學國文學系碩士論文，2011 年）。

〔註 128〕劉娟：《張籍詩歌研究》（南昌：江西師範大學中國古代文學系碩士

探究張籍詩歌淵源，包括《詩經》、漢魏樂府、李白、杜甫等等，將張籍詩歌風格分為真澹與深婉兩類，並探討中唐人與後人對張籍詩歌的接受。王靜《論張籍的詩歌創作成就—兼論對韓孟、元白詩派的貢獻》〔註 129〕從人事交往、詩學思想與詩學風格三層面分析，認為張籍詩之古拙與韓孟詩派相近，淺淡風格則與元白詩派類似。吳利曉《張籍樂府詩研究》〔註 130〕從張籍的詩歌創作，探究其對樂府詩的沿襲與嬗變、藝術特徵與影響。楊寶琇《張籍詩修辭藝術之探析》〔註 131〕以張籍詩歌為本，探究其中修辭方法、語言風格等等。張汐《《張籍集》考論》〔註 132〕考證《張籍集》的版本，分析其中詩歌的思想，並探索此書的文獻價值。李璐《圖式理論視域下的張籍詩詞意境的文學圖式研究》〔註 133〕則將認知詩學的圖式理論應用到張籍作品的分析中。

綜上來看，目前的張籍詩研究普遍以樂府詩為主，但張籍目前所存詩作有四百九十餘首，樂府詩只有九十餘首，研究比例失衡。後期學者雖逐漸將研究範疇拉大到所有的張籍詩，並開始注意到張籍詩對早期詩歌的繼承與對後世的影響，但在「諷諭」面向的討論仍未見專門論述。在白居易提出「諷諭詩」一詞之前，張籍便已有大量諷諭詩作品，其尚實尚俗的風格，扭轉了大歷重視詩歌形式的詩風，為後來多元發展的元和體做了良好的鋪墊，因此有必要將張籍諷諭詩作為主題以詳細研究。

論文，2011 年）。

〔註 129〕王靜：《論張籍的詩歌創作成就——兼論對韓孟、元白詩派的貢獻》（北京：首都師範大學古代文學系碩士論文，2012 年）。

〔註 130〕吳利曉：《張籍樂府詩研究》（瀋陽：瀋陽師範大學中國古代文學系碩士論文，2013 年）。

〔註 131〕楊寶琇：《張籍詩修辭藝術之探析》（臺中：東海大學中國文學系碩士論文，2014 年）。

〔註 132〕張汐：《《張籍集》考論》（武漢：山東師範大學中國古典文獻學系碩士論文，2014 年）。

〔註 133〕李璐：《圖式理論視域下的張籍詩詞意境的文學圖式研究》（武漢：武漢理工大學外國語言文學系碩士論文，2016 年）。

第三節　研究範圍與方法

本研究擬從中國諷諭詩傳統，探討張籍詩在其中的繼承與發展。為了使研究聚焦，本節依序說明研究範圍與研究方法。

一、研究範圍

（一）「諷諭」之界定

在界定「諷諭」之前，首先要釐清「諷」與「諭」兩字的意涵。

對於「諷」字，在《說文解字》的解讀為：「諷，誦也。从言，風聲。」段玉裁注：「『大司樂，以樂語教國子：興道、諷誦、言語。』注：倍文曰諷，以聲節之曰誦。倍同背，謂不開讀也；誦則非直背文，又為吟詠以聲節之。《周禮》經注析言之，諷誦是二；許統言之，諷誦是一也。」〔註134〕許慎將諷誦二字互訓，段玉裁則引《周禮》內容說明「諷誦」一詞為大司樂教導古代公卿子弟的方式，且在《周禮》中，諷誦兩字意義不同：「諷」為直接背誦之意，「誦」則加入音律，以吟唱方式進行。「諷誦」二字是否具有政治性之功能？《周禮．春官宗伯》：「瞽矇：掌播鼗、柷、敔、塤、簫、管、弦、歌。諷誦詩、世奠系、鼓琴瑟。掌〈九德〉、六詩之歌，以役大師。」鄭玄注：「諷誦詩，謂闇讀之，不依詠也。故書『奠』或為『帝』。鄭司農云：『諷誦詩，主誦詩以刺君過，故《國語》曰『瞍賦矇誦』，謂詩也。』」〔註135〕瞽矇泛指古代盲人樂官，在朝堂之上演奏各項樂器，傳達上古雅樂〈九德〉、《詩經》與世系之事，以備大師役使。鄭玄認為諷誦是不依音律的頌讀方式，又補充鄭眾所提出的諷誦功能——指出統治者的過錯。此點與段玉裁提出的「教國子」之說類似，均將「諷誦」的對象限制在上位者，而非民間大眾，因此「諷誦」是具有政治功能的。

〔註134〕〔漢〕許慎撰，〔清〕段玉裁注：《新添古音說文解字注》（臺北：洪葉文化事業有限公司，2005年10月），頁91。

〔註135〕〔漢〕鄭玄注，〔唐〕賈公彥疏：《周禮注疏》（臺北：臺灣商務印書館，1986年03月《文淵閣四庫全書》本），頁431～433。

此外，也有人將「風」與「諷」二意連結進行注解，最早可追溯至古人對《詩經》的討論。《毛詩．大序》：「風，風也，教也。風以動之，教以化之。」〔註 136〕將體裁〈國風〉之「風」引申為教化，用以影響人民。又補充其可以是上對下，也可以是下對上：「上以風化下，下以風刺上。主文而譎諫，言之者無罪，聞之者足以戒，故曰風。」〔註 137〕統治者以〈國風〉教化人民，人民則以〈國風〉勸戒統治者，將斥責轉以「主文」與「譎諫」表達，使受話者自己引以為戒，因此「言之者無罪」。值得注意的是，此處提出了兩種「風」的做法，「主文」是以譬喻的技巧規勸對方，「譎諫」則是不直接陳述批評，假託對其他事物的形容，委婉表達勸告之意。夏傳才評《毛詩．大序》：「對於諷諫提出了兩個原則：一個原則是『主文而譎諫』，必須委婉含蓄，不得直言『君過』，不得觸犯統治者的威嚴；一個原則是『發乎情止乎禮儀』，它說『發乎情，民之性也，止乎禮儀，先王之澤也。』規定抒發情感不能越出先王教誨的禮義範圍。這兩個原則把孔子『溫柔敦厚』的詩教具體化了。」〔註 138〕除了委婉含蓄，諷諫也必須考量統治者平日德澤，以合乎君臣之禮的方式表達。

對於「諭」字，在《說文解字》的解讀為：「諭，告也。从言，俞聲。」段玉裁注：「凡曉諭人者，皆舉其所易明也。《周禮．掌交》注曰：『諭，告曉也。』曉之曰諭，其人因言而曉亦曰諭。諭或作喻。」〔註 139〕「諭」即告知的行為，段玉裁認為是用簡明易懂的話，使一般人通曉。在《周禮》中稱為「告曉」，因此又可區分「諭」為兩種意思：一是發話者為了使對方明白的發言，一是受話者因為他人發

〔註 136〕〔漢〕毛亨傳，〔漢〕鄭玄箋，〔唐〕孔穎達疏：《毛詩正義》（臺北：藝文印書館，1997 年 08 月），頁 12。

〔註 137〕〔漢〕毛亨傳，〔漢〕鄭玄箋，〔唐〕孔穎達疏：《毛詩正義》（臺北：藝文印書館，1997 年 08 月），頁 16。

〔註 138〕夏傳才：《詩經研究史概要》（臺北：萬卷樓出版社，1993 年 07 月），頁 98。

〔註 139〕〔漢〕許慎撰，〔清〕段玉裁注：《新添古音說文解字注》（臺北：洪葉文化事業有限公司，2005 年 10 月），頁 91。

言而產生的領悟。「喻」則是「諭」的通假字。

漢代開始將「諷諭」二字連綴解釋。《漢書．禮樂志》承襲了《毛詩．大序》對「風」的詮解：「欲以風諭眾庶。」〔註 140〕同樣視「風諭」為教化人民的方式。而在〈兩都賦序〉：「或以抒下情而通諷諭，或以宣上德而盡忠孝。」〔註 141〕「諷諭」一詞首次出現，其表達的內容為人民的現實情況，對象則為統治者。首次提出「諷諭詩」概念則要到唐代，白居易〈與元十九書〉：「謂之諷諭詩，兼濟之志也。」「至於諷諭者，意激而言質。」〔註 142〕在此也可看出諷諭詩具有造福天下之功能，與其思想雖然激切，但語言卻是樸實直白的特性。此外白居易提出了「諷刺」一詞：「采詩聽歌導人言，言者無罪聞者誡。……欲開壅蔽達人情，先向歌詩求諷刺。」〔註 143〕詩人蒐集民間歌謠，出自善意故不可陷於罪；相對地，統治者若想要打開視野、了解社會現實人情，也須主動接觸諷刺性質的詩歌。此處的「諷刺」結合《毛詩．大序》以來的美刺之說，使諷刺的對象只限縮在統治者身上。

然而在現代，「諷刺」的對象往往不只統治者，所有階級事物均可「諷刺」。朱我芯做了以下區別：

> 「諷諭」意同於「諷諫」、「譎諫」、「諷刺」，指根據道德，禮法的尺度，衡量諷諭對象的言行，進而以委婉的方式進行勸戒。諷諭的對象以政治時事的主導者——君主、朝臣為主。但今所謂「諷刺」的意涵已稍有擴大，約當英文 Satire 的概念，所諷對象從個人以至國家，從容貌，舉止，以至禮俗，制度等，與「諷刺」之專指政治、社會的指涉範圍有別。

〔註 140〕〔漢〕班固撰，〔唐〕顏師古注：《漢書》（北京：中華書局，1962 年 06 月），頁 1071。

〔註 141〕〔南朝梁〕蕭統編、〔唐〕李善注：《文選》（臺北：文津出版社，1987 年 07 月），頁 3。

〔註 142〕〔唐〕白居易著，〔民國〕朱金城箋校：《白居易詩集箋校》（上海：上海古籍出版社，1988 年 12 月），頁 2794、2795。

〔註 143〕〔唐〕白居易著，〔民國〕朱金城箋校：《白居易詩集箋校》（上海：上海古籍出版社，1988 年 12 月），頁 263。

> 也就是說，以今日的概念而言，諷諭詩屬於諷刺詩的一種，但不等於諷刺詩。〔註 144〕

從上文可得知，「諷刺」用以譏諷個人言行甚至容貌，對象無所不包；「諷諭」的範圍則僅限社會、政治層面。胡萬川做出說明：「諷諭詩的內涵是揭發政治社會問題——惟歌生民病，因為生民之痛苦往往由於施政之不當；目的是告戒曉諭當政者，而當政者的代表在古代就是天子，所以『願得天子知』。」〔註 145〕諷諭詩的目的在於告知統治者實施政令後，是否造成危害，透過反映社會黑暗，作為統治者執政的參考。

綜上諷諭之意，首先「諷」字具有的背誦意涵，與詩歌易於傳唱的特質有密切關係。「諷」是方法、技巧，不為直斥，而是以委婉含蓄方式表達。相較之下，「諭」是目的、意圖，期為使人知曉。至於所「諷」的人，從先秦到漢代，逐漸聚焦於統治者。早年的「諷刺」專用在統治者，但今則擴大到個人私事層面，但仍專在批評；「諷諭」則只攸關政治、社會，並包括稱頌與批評二者。雖然諷諭詩並非標舉政治目的所進行的創作，其作法往往是客觀呈現當代的社會狀況，讓讀者透過事實陳述感受到作者的褒貶態度，其內隱的目的仍屬政治性的。

（二）張籍詩之版本

張籍為中唐時人，詩文經後人收集、整理，古籍版本主要分為兩個系統，分別是上海涵芬樓景印明嘉、萬間刻本《張司業集》〔註 146〕八卷（亦為四部叢刊本），與宋蜀刻本唐人集中的《張文昌文集》〔註 147〕四卷。《張文昌文集》是目前留存最早的版本，雖名文集，但其實只收詩，共 317 首，篇目似有殘缺。《張司業集》編排方式與《張

〔註 144〕朱我芯：《詩歌諷諭傳統與唐代新樂府研究》（臺中：東海大學中國文學系博士論文，2004 年），頁 63～64。

〔註 145〕胡萬川：〈諷諭詩〉，《中國詩歌研究》（臺北：中央文物供應社，1985 年 06 月），頁 292。

〔註 146〕〔唐〕張籍：《張司業集》（八卷）（臺北：臺灣商務印書館，1986 年 03 月《文淵閣四庫全書》本）。

〔註 147〕〔唐〕張籍：《張文昌文集》（四卷）（上海：上海古籍出版社，1994 年 09 月《宋蜀刻本唐人文集叢刊》本）。

文昌文集》不同，最早為南唐時張洎所編。〈張司業集・序〉中保留了張洎之序：「自皇朝多故，荐經亂離，公之遺集，十不存一。予自丙午歲迨至乙丑歲，相次輯綴，僅得四百餘篇，藏諸篋笥，餘則更俟博訪，以廣其遺闕云爾。」〔註148〕可知當時已蒐羅400餘首，但傳抄闕誤甚多。萬曼在《唐集敘錄・張司業集敘錄》中引用番陽湯中之語：「余家藏元豐八年寫本，以樂府首卷，絕句繫後，既有條理，古詩亦多二本十數首。今合三本校定八卷，復錄退之、樂天、夢得酬贈諸篇附後，差完善可觀。」〔註149〕湯中為南宋時人，他以家藏張洎之本為主，兼以其他版本校定，篇目保留最多，因此後來刻印皆以此本為依據，《全唐詩》中的張籍詩也採用此系統。

今人為張籍詩彙整、校注的成果相當豐碩。最早有陳延傑《張籍詩注》〔註150〕，採《張司業集》編排方式，共八卷，注解中旁徵博引，將不同時代的類似詩文，蒐羅其中，以備讀者參照。李冬生《張籍集注》〔註151〕則不分卷次，而以古詩、新樂府、五言律詩、七言律詩、七言絕句、五言絕句為分類，數量雖多，但注釋較簡略。李建崑《張籍詩集校注》〔註152〕為四百九十一首張籍詩作注，在八卷之餘，又有一十九首暨補拾遺，故共有九卷，且在作注之前，先以各家版本校對，務求詳實，書末亦附張籍詩評論資料與張籍研究論著集目，便於後人研究。徐禮節、余恕誠《張籍集繫年校注》〔註153〕收錄四百六十二首張籍詩，詩分九卷，另有第十卷專收張籍文，針對詩文作校記、注釋、繫年、集評、同唱，使讀者能更了解其詩之寫作背

〔註148〕〔唐〕張籍：《張司業集》（八卷）（臺北：臺灣商務印書館，1986年03月《文淵閣四庫全書》本），頁1。

〔註149〕萬曼：《唐集敘錄》（臺北：明文書局，1988年02月），219。

〔註150〕陳延傑：《張籍詩注》（臺北：臺灣商務印書館，1967年09月）。

〔註151〕李冬生：《張籍集注》（合肥：黃山書社，1989年12月）。

〔註152〕李建崑：《張籍詩集校注》（臺北：華泰文化事業公司，2001年07月）。

〔註153〕徐禮節、余恕誠，《張籍集繫年校注》（北京：中華書局，2011年06月）。

景，有助理解詩作內涵。其中《張籍詩集校注》所收詩作最多，其以《張司業集》為底本，又參酌古今各家總集、選集、詩注成果做校注，〔註 154〕考證嚴謹。《張籍集繫年校注》則補充創作年代、交遊狀況、時人唱和之言、後世名家評論〔註 155〕，體例完整。因此本研究採李建崑《張籍詩集校注》作為主要分析文本，並以《張籍集繫年校注》作為輔助，藉以釐清創作時間，找出其與時事的關聯，更期能對張籍諷諭詩做更縝密的詮釋。

（三）張籍諷諭詩之研究範疇

依據上述「諷諭」之觀點對張籍詩進行全面檢索，整理出張籍詩作中具有「相關諷諭題材」的詩作。詩題按《張籍詩集校注》先後進行排序，並將詩題對照郭茂倩《樂府詩集》，若有重疊則歸於五古樂府或七古樂府，又採《張籍詩集校注》體裁分類，為其簡單摘要如下：

表 1-1　張籍諷諭詩篇目與諷諭題材表

序號	詩　題	體　裁	相關諷諭題材（廣義）
1	野居	五言古詩	貧苦
2	西州	五古樂府	戰亂、征夫、賦稅、徭役

〔註 154〕李建崑自序提到：「本詩注以上海涵芬樓景印明嘉、萬間刊本《唐張司業集》八卷(即四部叢刊本)為底本，依其編次，並以北京圖書館藏宋蜀刻本《張文昌文集》、續古逸叢書本《張文昌文集》四卷、唐詩百名家本、全唐詩本附注文、四部備要本、四庫全書本《張文昌文集》、中華書局上海編譯所 1965 年 8 月出版之《張籍詩集》點校本、及《文苑英華》、《樂府詩集》等總集、及古今多種選集參校。張籍詩舊有陳延傑《張籍詩注》本、李冬生《張籍集注》，不乏睿見，本詩注有所參酌；當代人之研究成果，亦有取資。」見李建崑《張籍詩集校注》，頁 3～4。

〔註 155〕凡例提到：「時人唱和（包括追和）、贈答或同唱之作，歷代有關評點、評論皆匯錄於作品之後，以供讀者參考。」見徐禮節、余恕誠，《張籍集繫年校注》，頁 23。

3	雜怨	五古樂府	思婦
4	三原李氏園宴集	五言古詩	仕途
5	寄遠曲	七古樂府	思婦
6	行路難	七古樂府（雜言）	仕途、貧苦
7	征婦怨	七古樂府	戰亂、征婦
8	白紵歌	七古樂府	思婦、織婦
9	野老歌	七古樂府	賦稅、貪商、貧苦
10	寄衣曲	七古樂府	征婦、織婦
11	築城詞	七古樂府（雜言）	徭役
12	猛虎行	七古樂府	藩鎮
13	別離曲	七古樂府	征婦
14	牧童詞	七古樂府（雜言）	貪官
15	沙堤行呈裴相公	七古樂府	仕途
16	求仙行	七古樂府	求仙
17	古釵嘆	七古樂府	仕途、復古
18	節婦吟	七古樂府（雜言）	節婦
19	永嘉行	七古樂府	戰亂、女性、藩鎮
20	採蓮曲	七古樂府	勞動婦女
21	傷歌行	七古樂府	仕途
22	吳宮怨	七古樂府	宮女
23	北邙行	七古樂府	生死
24	關山月	七古樂府	征夫、戰亂
25	少年行	七古樂府	良將
26	白頭吟	七古樂府（雜言）	宮女
27	將軍行	七古樂府	征夫、良將
28	賈客樂	七古樂府	賦稅、貧苦、貪商
29	羈旅行	七古樂府	戰亂
30	車遙遙	七古樂府	思婦、戰亂
31	妾薄命	七古樂府	征婦、織婦
32	朱鷺	七古樂府（雜言）	仕途

33	遠別離	七古樂府	徭役、征婦
34	楚宮行	七古樂府	昏君
35	烏啼引	七古樂府（雜言）	思婦、釋罪
36	促促詞	七古樂府（雜言）	貧苦、賦稅
37	宛轉行	五古樂府	思婦
38	江陵孝女	五律樂府	孝女
39	漁陽將	五律樂府	良將
40	望行人	五律樂府	征婦
41	送宮人入道	五言律詩	宮女
42	送邊使	五言律詩	良將
43	送流人	五言律詩	流放罪犯
44	征西將	五律樂府	征夫
45	送防秋將	五言律詩	良將
46	出塞	五律樂府	征夫
47	送安西將	五言律詩	征夫
48	舊宮人	五言律詩	宮女
49	沒蕃故人	五言律詩	戰亂、生死
50	送和蕃公主	七言律詩	和親公主
51	從軍行	五絕樂府	征夫
52	宮山祠	七言絕句	宮女
53	鄰婦哭征夫	七言絕句	征婦、征夫
54	涼州詞三首之一	七絕樂府	征夫
55	涼州詞三首之二	七絕樂府	藩鎮
56	涼州詞三首之三	七絕樂府	戰亂
57	宮詞兩首之一	七絕樂府	昏君、宮女
58	宮詞兩首之二	七絕樂府	宮女
59	華清宮	七言絕句	昏君
60	倡女詞	七絕樂府	倡女
61	楚妃怨	七絕樂府	宮女
62	離宮怨	七絕樂府	宮女、昏君

63	春別曲	七絕樂府	思婦
64	臺城	七言絕句	昏君
65	隴頭行	七古樂府	戰亂、良將
66	廢宅行	七古樂府	戰亂
67	秋夜長	七古樂府	戰亂
68	塞上曲	七古樂府	戰亂
69	董逃行	七古樂府	戰亂、征夫
70	江村行	七古樂府	貧苦、憫農
71	白鼉吟	七古樂府（雜言）	貧苦、憫農
72	樵客吟	七古樂府（雜言）	貧苦
73	烏棲曲	七古樂府	宮女、昏君
74	泗水行	七古樂府	漁民
75	雲童行	七古樂府（雜言）	貧苦、憫農
76	長塘湖	七古樂府（雜言）	仕途
77	山頭鹿	七古樂府	貧苦、賦稅
78	楚妃怨	七古樂府	昏君
79	廢瑟詞	七古樂府	復古
80	洛陽行	七古樂府	賦稅、戰亂
81	離婦	五古樂府	離婦
82	董公詩	五言古詩	良臣
83	學仙	五言古詩	昏君、求仙
84	老將	五言律詩	良將
85	秋閨	五言律詩	征婦

從以上表格可知，張籍諷諭詩共有 85 首，其中第 40 首〈望行人〉與第 85 首〈秋閨〉詩文重出，實為 84 首。在內容方面，除了諷諭詩常見的戰亂、征夫、思婦等題材外，在昏君、良將、宮女等人物上也有不少關注，詳細的主題內涵將留待第五章深入研究。在形式方面，第 37 首〈宛轉行〉原在《張籍詩集校注》中列為七言古詩，但其內容全為五言，又屬樂府古題，茲列為五古樂府；白居易曾以第 82 首〈董公詩〉與第 83 首〈學仙〉為古樂府，但詩題不為

《樂府詩集》所收，參考《張籍詩集校注》分類，在此標為五言古詩。整體而言，張籍諷諭詩的詩題絕大多數都與《樂府詩集》所收之詩題有關，又以七古形式寫成最多，詳細的表現形式探討則將留待第四章深入剖析。

二、研究方法

學界對諷諭詩的研究成果豐碩，但關於張籍諷諭詩的單獨討論仍趨近於零。為凸顯張籍詩在此諷諭傳統脈絡的特殊性，本研究以文本分析法為主，並採歷史研究法與比較研究法為輔的方式進行研究：

（一）文本分析法

文本分析法分成兩個部份，一是將文字拆解，檢視各個部份的組織方式，二是透過特定知識領域的觀點，對文本進行詮釋。本研究將羅列張籍諷諭詩作，再就其主題做分類，探討其中反映的中唐社會樣貌，以及藝術技巧方面又有何獨到之處。過程除了對諷諭詩文本做直接分析之外，也須爬梳歷代詩評家的注解、評論，乃至現代研究中唐詩、張籍詩、諷諭詩的學者的說法，才能本研究的論點更客觀周全。

（二）歷史研究法

歷史研究法強調要充分了解過去所發生的事件，藉由系統性地整理現存資料，考證事件的前因後果，從而提出準確的解釋與評價。在張籍所在的時代中，藩鎮割據、宦官專權、外族侵擾以致民不聊生，這些也正是諷諭詩內容反映的時代狀況。必須針對當時的政治、社會狀況蒐集相關事件紀錄，了解當時的制度、措施與問題，乃能一窺張籍的創作背景。值得注意的是，唐代朝官一直有世族與寒門之嚴格區別，因此朋黨傾軋的發展也應納入觀察。

（三）比較研究法

比較研究法根據某項標準，對兩種或兩種以上有關連的事物進行比較，藉此判斷其間的相似程度或相異程度，又可分縱向比較與橫向比較。縱向比較觀察不同時間點的異同，因此本研究將先探討歷代諷諭詩的主題與技巧，再與張籍諷諭詩作比較，觀察其與前人有哪些呼應，又有哪些創新。橫向比較觀察同時代的不同對象，因此本研究也會將張籍詩與同在元和年間著名的白居易、元稹、王建等人的作品並列，找出他們的主題與技巧有何異同。

第二章　詩歌諷諭傳統

本章依中國文學史脈絡，討論從上古到張籍所在的中唐，這其間諷諭詩之源流發展。並依時序分成：從先秦《詩經》到漢魏六朝、從初盛唐到杜甫、白居易與元和體三個階段進行剖析。

第一節　從先秦《詩經》到漢魏六朝

一、先秦的詩教觀

《詩經》原是詩歌，屬於文學，與政治的關聯源自周代獻詩、採詩的制度。《國語・周語》：「故天子聽政，使公卿至于列士獻詩，瞽獻曲，史獻書，師箴，瞍賦，矇誦，百工諫，庶人傳語，近臣盡規，親戚補察，瞽、史教誨，耆、艾修之，而後王斟酌焉，是以事行而不悖。」〔註1〕在周代，統治者治國必須參考公卿、列士、瞽、史、師、瞍、百工乃至庶人提供的意見，在多方考證之後再衡量、決定，透過這樣的方式，才能不背離社會現實情況。其中，公卿乃至列士負責獻詩，是屬於貴族的文字。除了由下而上的獻詩，亦有由上而下的採詩。《漢書・藝文志》記載：「故古者有采詩之官，王者所以觀

〔註1〕〔周〕左丘明撰，〔三國〕韋昭注：《國語》（臺北：里仁書局，1981年12月），頁9～10。

風俗，知得失，自考正也。」〔註2〕統治者派遣採詩官在各地採集歌謠，體察民情，辨明施政得失，強調詩歌的政治功能。「採詩」或稱「陳詩」。《禮記・王制》：「天子五年一巡守：歲二月，東巡守至于岱宗，柴而望祀山川，覲諸侯，問百年者就見之。命大師陳詩以觀民風。」〔註3〕周天子出巡至各諸侯國，除了祭祀山川、詢問諸侯國事，還會命大師上陳地方民歌，是一種下體民情的做法。以《詩經・小雅・采薇》為例：

> 采薇采薇，薇亦作止。曰歸曰歸，歲亦莫止。靡室靡家，玁狁之故。不遑啟居，玁狁之故。采薇采薇，薇亦柔止。曰歸曰歸，心亦憂止。憂心烈烈，載飢載渴。我戍未定，靡使歸聘。……彼爾維何？維常之華。彼路斯何？君子之車。戎車既駕，四牡業業。豈敢定居，一月三捷。……昔我往矣，楊柳依依。今我來思，雨雪霏霏。行道遲遲，載渴載飢。我心傷悲，莫知我哀。〔註4〕

此詩以戍邊士卒之口，寫周宣王時期，因北方玁狁侵犯，周王徵召人民，出守遠方邊境。征戰過程又飢又渴，但總是等不到歸期。好不容易征戰勝利，凱旋歸來，士卒內心卻未曾感受到戰勝者歡欣鼓舞的心情，反而充滿悲傷。不管此詩是透過采詩或獻詩而來，此詩都能在統治者獲得捷報欣喜之餘，提供了另一個觀點——征戰艱苦，提醒統治者對戰事應更謹慎。除了行役之苦，根據黃景進所說：「從《詩經》中我們的確看到當時生活的許多層面與某些問題，例如貴族的田獵宴樂，農民的辛勞工作，男女的戀愛，棄婦的悲哀，征夫的思鄉，及政治的諷刺等，凡此皆可說是實寫精神的表現。」〔註5〕《詩

〔註2〕〔漢〕班固撰，〔唐〕顏師古注：《漢書》（臺北：鼎文書局，1981年02月），頁1708。

〔註3〕〔漢〕鄭玄注，〔唐〕孔穎達疏，〔唐〕陸德明音義：《禮記注疏》（臺北：臺灣商務印書館，1986年03月《文淵閣四庫全書》本），頁253～255。

〔註4〕〔漢〕毛亨傳，〔漢〕鄭玄箋，〔唐〕孔穎達疏：《毛詩正義》（臺北：藝文印書館，1997年08月），頁330～334。

〔註5〕黃景進：〈中國詩中的寫實精神〉，《中國詩歌研究》（臺北：中央文物供應社，1985年06月），頁308。

經》還有大量以貧富懸殊、戰爭殘酷、沉重賦斂、征夫棄婦等主題的作品，都反映當時社會的不幸。

到了先秦時期，孔子首先反映了儒家以《詩經》作為教化工具的想法。《論語．為政》：「《詩三百》，一言以蔽之，曰『思無邪』。」〔註 6〕孔子認為藉由讀詩能感發出純真美善的心志，使人從放逸回歸到端正，具有個人的修身效果。又說：「《詩》，可以興，可以觀，可以群，可以怨。邇之事父，遠之事君。多識於鳥獸草木之名。」〔註 7〕孔子認為詩歌可以感發情志、考察風俗、促進群聚、抒發對社會的不滿，並能了解君、父的需求而適切侍奉之，還能學習物種之名，總括了《詩經》的社會功能。其中影響後來諷諭理論最大者，莫過於「怨」。怨不只是哀傷之情而已，還具有不平之氣，為抒發內心不平，便有諷。其後之孟子、荀子亦皆常引《詩》句，作為政治論述之輔助。如《孟子．梁惠王上》：「老吾老，以及人之老；幼吾幼，以及人之幼。天下可運於掌。《詩》云：『刑于寡妻，至于兄弟，以御于家邦。』言舉斯心加諸彼而已。」〔註 8〕孟子提示齊宣王推恩要從近而遠，並引《詩經．大雅．思齊》中，先以自己為妻子模範，再推及兄弟、家國的說法為佐證。《荀子．議兵》：「仁者之兵，所存者神，所過者化，若時雨之降，莫不說喜。……故近者親其善，遠方慕其德，兵不血刃，遠邇來服，德盛於此，施及四極。《詩》曰：『淑人君子，其儀不忒。』此之謂也。」〔註 9〕荀子認為統治者若能行仁義，自然能近悅遠來，並引《詩經．曹風．鳲鳩》中，若能達成淑善之儀而無差錯，便能為各國楷模之語為證。由此觀之，《詩經》確實是當

〔註 6〕〔宋〕朱熹編：《四書章句集注》（臺北：鵝湖出版社，2005 年 11 月），頁 53。

〔註 7〕〔宋〕朱熹編：《四書章句集注》（臺北：鵝湖出版社，2005 年 11 月），頁 178。

〔註 8〕〔宋〕朱熹編：《四書章句集注》（臺北：鵝湖出版社，2005 年 11 月），頁 209。

〔註 9〕〔清〕王先謙：《荀子集解》（臺北：藝文印書館，1988 年 06 月），頁 489～490。

時諷諫統治者的文字。

後來在《楚辭》之中，也有部分作品承繼了諷諭的精神。《史記·屈原列傳》:「屈平疾王聽之不聰也，讒諂之蔽明也，邪曲之害公也，方正之不容也，故憂愁幽思而作《離騷》。……〈國風〉好色而不淫，〈小雅〉怨誹而不亂。若〈離騷〉者，可謂兼之矣。上稱帝嚳，下道齊桓，中述湯武，以刺世事。」〔註10〕司馬遷認為屈原是因對邪佞當道的政治環境感到擔憂，才作〈離騷〉。〈離騷〉兼具《詩經》的風、雅性質，而屈原引述上古先聖賢君之德行，目的正是為了譏刺楚懷王之過。王熙元曾說：「諷諭是中國詩歌從《詩經》、《楚辭》以來，一個久遠的傳統。」〔註11〕當詩人看到社會黑暗，想勸諫王事，但又不便明說，便透過引詩、作詩的方式進行，而這也成了中國諷諭文學的源頭。

二、漢儒的美刺詩觀

先秦儒家偏向人格品德塑造與社會政治功能的詩教觀，雖在秦朝不受重視，但到了漢武帝獨尊儒術，《詩》成為五經之一，漢儒研究者眾，並越發強調《詩經》為政治服務的論述。學術傾向自「以《詩》為教」的觀點，延伸出「美刺諷諫」之說，代表即為《詩序》。《毛詩·大序》:「詩者，志之所之也。在心為志，發言為詩。……故正得失，動天地，感鬼神，莫近於詩。先王以是經夫婦，成孝敬，厚人倫，美教化，移風俗。」〔註12〕《詩》源於人民的情志，並會以傳唱歌謠表現於外。因此先王又以《詩》確立夫婦之道、養成孝敬之心、敦厚人倫分際、使教化美善、改變風氣與習俗。既然統治者要讀詩，那麼詩

〔註10〕瀧川龜太郎：《史記會注考證》（臺北：文史哲出版社，1993年10月），頁983。

〔註11〕王熙元：《古典文學散論》（臺北：臺灣學生書局，1987年03月），頁220。

〔註12〕〔漢〕毛亨傳，〔漢〕鄭玄箋，〔唐〕孔穎達疏：《毛詩正義》（臺北：藝文印書館，1997年08月），頁13～15。

人也可積極在詩中傳遞感化或規諫：「上以風化下，下以風刺上。主文而譎諫，言之者無罪，聞之者足以戒，故曰風。」〔註13〕詩人作詩的目的是為了「刺上」，假託對事物的形容，寄託勸戒之意。〈風〉並非直接指出過錯，而是透過委婉的「譎諫」，既為詩人保身，又使統治者了解施政狀況。鄭玄〈六藝論〉也說：「詩者，弦歌諷諭之聲也。……斯道稍衰，姦偽以生，上下相犯。……於是箴諫者希，情志不通，故作詩者以誦其美而譏其過。」〔註14〕在亂世，直接向統治者提出建言的人數量稀少，因此需要詩人作詩以「頌其美」與「譏其過」。蔡長林：「教化出於上，諷諭出於下。……美刺從理論上講，都應該是屬於諷諭的範疇而非教化的範疇，是批判意識而不是歌功頌德。」〔註15〕先秦時期強調統治者觀點的教化傾向，到了兩漢漸衰，人臣觀點的諷諭傾向則更加鮮明，並以「美刺」之說表現。無論是「美」或「刺」，都強調《詩經》的政教作用，美刺諷諭因此成為漢儒說《詩》的主流。

《毛詩．大序》更擴大解釋，將《詩經》所有篇章的創作目的都與政治掛勾：「是以一國之事，繫一人之本，謂之風；言天下之事，形四方之風，謂之雅。」〔註16〕以〈風〉諷諫統治者。因此一國的政事都寄託於詩人一人，這便是〈風〉；說解天下政事與地方風俗，則是〈雅〉。又更進一步區分出風雅「正」、「變」：「至於王道衰，禮義廢，政教失，國異政，家殊俗，而變風、變雅作矣。」〔註17〕鄭玄〈詩譜

〔註13〕〔漢〕毛亨傳，〔漢〕鄭玄箋，〔唐〕孔穎達疏：《毛詩正義》（臺北：藝文印書館，1997年08月），頁16。

〔註14〕〔漢〕毛亨傳，〔漢〕鄭玄箋，〔唐〕孔穎達疏：《毛詩正義》（臺北：藝文印書館，1997年08月），頁4。

〔註15〕蔡長林：〈皮錫瑞《詩》主諷諭說探論〉，《嶺南學報》第三輯（2015年06月），頁109。

〔註16〕〔漢〕毛亨傳，〔漢〕鄭玄箋，〔唐〕孔穎達疏：《毛詩正義》（臺北：藝文印書館，1997年08月），頁18。

〔註17〕〔漢〕毛亨傳，〔漢〕鄭玄箋，〔唐〕孔穎達疏：《毛詩正義》（臺北：藝文印書館，1997年08月），頁16。

序〉補充：「故孔子錄懿王、夷王時詩，訖於陳靈公淫亂之事，謂之「變風」、「變雅」。」〔註 18〕相較於治世的「正風」、「正雅」，政治敗壞之時，便是「變風」、「變雅」興起之時，也因此蘊含更多對黑暗政治的揭露。鄭玄明確劃分時期，不但提示了詩人寫作背景是建構詩意的根據，同時也帶有批判之意。《毛詩・大序》解詩幾乎都用「美刺」二字，朱自清《詩言志辨》指出：

> 《詩序》主要的意念是美刺，〈風〉〈雅〉各篇序言明言美的二十八，明言刺得一百二十九，兩共一百五十七，占〈風〉〈雅〉詩全數百分之五十九強。……所謂「詩言志」最初的意義是諷與頌，就是後來美刺的意思。……《詩經》說到作詩之意的有十二篇，都不外乎諷與頌。〔註 19〕

根據以上統計，明確寫出美刺目的詩篇數量已經過半。還有一些詩篇雖未明用這些字眼，實際仍是美刺之說者為數也不少。在漢儒解讀中，「詩言志」就是諷頌，就是美刺，且無論是〈風〉或〈雅〉都有規諫託寓的意涵。這種詮解《詩經》的方式未必符合詩人本義，過度曲解詩意的解釋也往往為人詬病，但這些為主張經世致用的漢儒，提供了理論依據。

在這種美刺諷諭傳統下，漢代大賦也受到了影響。班固認為漢賦作者的寫作目的不外乎陳述底層人民狀況與宣揚君主威德〔註 20〕，正符合美刺觀點。以此標準來看待當時的著名大賦，司馬相如的〈子虛賦〉、〈上林賦〉大量描繪宮苑畋獵場景之餘，篇末再寄以數語規勸，揚雄的〈羽獵賦〉、〈甘泉賦〉則在誇張堆砌出巡盛況、宮殿富麗後，

〔註 18〕〔漢〕毛亨傳，〔漢〕鄭玄箋，〔唐〕孔穎達疏：《毛詩正義》（臺北：藝文印書館，1997 年 08 月），頁 5～6。

〔註 19〕朱自清：《詩言志辨》（上海：開明書店，1947 年 08 月），頁 70～71。

〔註 20〕班固〈兩都賦序〉：「故言語侍從之臣，若司馬相如、虞丘壽王、東方朔、枚皋、王褒、劉向之屬，朝夕論思，日月獻納；而公卿大臣，御史大夫倪寬、太常孔臧、太中大夫董仲舒、宗正劉德、太子太傅蕭望之等，時時間作。或以抒下情而通諷諭，或以宣上德而盡忠孝，雍容揄揚，著於後嗣，抑亦雅頌之亞也。」見〔梁〕蕭統編，〔唐〕李善注：《文選》（臺北：華正書局，2000 年 10 月），頁 21。

再稍作君王應自省之提醒。這些賦都標榜自身的諷諭功能，但這種微乎其微的「諷諭」是否真能產生效果？劉勰《文心雕龍・詮賦》：「雖讀千賦，愈惑體要。遂使繁華損枝，膏腴害骨，無貴風軌，莫益勸戒。」〔註 21〕後人多半批評漢賦流於形式鋪張華美，而失其政治功能。雖然賦在實際層面可能難以達到諷諭效果，但其寫作方法仍反映了諷諭的目的。

三、漢魏樂府傳達民情

延續周代採詩作法，漢初先有「樂府」之官〔註 22〕，武帝時更設立「樂府」機構專門蒐集民間歌謠。《漢書・禮樂志》記載：「至武帝定郊祀之禮，……乃立樂府，采詩夜誦，有趙、代、秦、楚之謳。以李延年為協律都尉，多舉司馬相如等數十人造為詩賦，略論律呂，以合八音之調，作十九章之歌。」〔註 23〕樂府機構設立後，廣採地方歌謠，採詩範圍遍及黃河、長江流域，除了任命專員為演奏民歌之樂團指揮，也持續派遣文人進行仿作。民間歌謠自此被官方保存，可見統治者當時對地方民歌的重視。直到西漢末年，樂府遭到裁撤，《漢書・哀帝紀》：「詔曰：『鄭聲淫而亂樂，聖王所放，其罷樂府。』」〔註 24〕漢哀帝時，為了避免鄭、衛之聲造成淫靡風氣，取消了樂府採詩配樂一職。儘管樂府機構不復存在，「樂府」仍是「民間歌謠」

〔註 21〕〔梁〕劉勰撰，周振甫注：《文心雕龍注釋》（臺北：里仁書局，2001 年 09 月），頁 138～139。

〔註 22〕據〈百官公卿表〉記載：「少府，秦官，掌山海池澤之稅，以給共養，有六丞。屬官有尚書、符節、太醫、太官、湯官、導官、樂府、若盧、考工室、左弋、居室、甘泉居室、左右司空、東織、西織、東園匠十二官令丞，又胞人、都水、均官三長丞，又上林中十池監，又中書謁者、黃門、鉤盾、尚方、御府、永巷、內者、宦者七官令丞。」其中已列出樂府為職官之一，然並未提到該樂府之實際工作。見〔漢〕班固撰，〔唐〕顏師古注：《漢書》（北京：中華書局，1962 年 06 月），頁 415。

〔註 23〕〔漢〕班固撰，〔唐〕顏師古注：《漢書》（北京：中華書局，1962 年 06 月），頁 1045。

〔註 24〕〔漢〕班固撰，〔唐〕顏師古注：《漢書》（北京：中華書局，1962 年 06 月），頁 335。

的代名詞，也成了一種新興的詩歌體裁。

現存漢魏樂府詩（以下簡稱漢魏樂府）大都收錄於郭茂倩的《樂府詩集》，主要保存在其郊廟歌辭、鼓吹歌辭、相和歌辭、舞曲歌辭、雜曲歌辭、雜歌謠辭六類。〔註 25〕漢魏樂府廣泛反映了當代社會的現實，表現了當時人民的情感。郭茂倩引《宋書．樂志》：「漢、魏之世，歌詠雜興，而詩之流乃有八名：曰行，曰引，曰歌，曰謠，曰吟，曰詠，曰怨，曰歎，皆詩人六義之餘也。」〔註 26〕可見時人對漢魏樂府的解讀，與《詩經》的諷諭特質密切相關。

賴志遠又將漢魏樂府中的民間歌謠依思想內容分出了六種類型：一、反映底層人民的悲慘生活。二、反映上層貴族的豪奢。三、反映戰爭的冷酷無情。四、反映愛情與婚姻的真摯。五、讚美婦女的智慧與美德。六、抒發生命短暫的無奈。〔註 27〕這些都是民間生活和心聲的真實記錄，其中或多或少運用了大膽的想像與誇張技巧，但現實性仍是其主要特色。如〈戰城南〉：

戰城南，死郭北，野死不葬烏可食。
為我謂烏：「且為客豪，野死諒不葬，腐肉安能去子逃」
水深激激，蒲葦冥冥。梟騎戰鬥死，駑馬徘徊鳴。
梁築室，何以南？何以北？
禾黍不獲君何食？願為忠臣安可得？
思子良臣，良臣誠可思，朝行出攻，暮不夜歸。〔註 28〕

〔註 25〕郭茂倩將歷代樂府歌辭分為十二類，分別為：郊廟歌辭十二卷、燕射歌辭三卷、鼓吹曲辭五卷、橫吹曲辭五卷、相和歌辭十八卷、清商曲辭八卷、舞曲歌辭五卷、琴曲歌辭四卷、雜曲歌辭十八卷、近代曲辭四卷、雜歌謠辭七卷以及新樂府辭十一卷，共一百卷。見〔宋〕郭茂倩編撰：《樂府詩集》（臺北：里仁書局，1984 年 09 月）目錄，頁 1～97。

〔註 26〕〔宋〕郭茂倩編撰：《樂府詩集》（臺北：里仁書局，1984 年 09 月），頁 884。

〔註 27〕賴志遠：《兩漢樂府中反映之生活與民俗研究》（臺北：國立臺灣師範大學國文學系碩士論文，2009 年），頁 51～52。

〔註 28〕〔宋〕郭茂倩編撰：《樂府詩集》（臺北：里仁書局，1984 年 09 月），頁 228。

此詩先寫戰爭實景，以「戰城南」與「死郭北」兩句互文見義，極寫城北城南爭戰激烈，傷亡慘重，戰死者只能任憑烏鴉以腐屍為食。在長滿蘆葦的水岸邊，不見良驥飲水，只聽得駑馬悲鳴。這種對比，表現出強烈的諷刺意涵。其後詩人抒發對政治的評論：在橋上修築工事，導致南北往來乖隔。農人無法下田耕作，人們自然無糧食可食。忠貞將士尤為令人思念，因為他們早上出征，夜晚卻不見歸途。恐怕在這朝夕間便死於戰場，屍體也只能受烏鴉啄食。〈戰城南〉描述了戰爭慘況與人民苦痛，其中蘊含的反戰思想，正是人民最殷切的期待。

被喻為樂府雙璧之一的〈孔雀東南飛〉為女性視角，反映主角劉蘭芝遭遇的不公：

> 「雞鳴入機織，夜夜不得息。三日斷五疋，大人故嫌遲。非為織作遲，君家婦難為。妾不堪驅使，徒留無所施。便可白公姥，及時相遣歸。」……入門上家堂，進退無顏儀。阿母大拊掌：「不圖子自歸。十三教汝織，十四能裁衣。十五彈箜篌，十六知禮儀。十七遣汝嫁，謂言無誓違。汝今無罪過，不迎而自歸。」蘭芝慚阿母：「兒實無罪過。」阿母大悲摧。……蘭芝仰頭答：「理實如兄言。謝家事夫婿，中道還兄門。處分適兄意，那得自任專。雖與府吏要，渠會永無緣。登即相許和，便可作婚姻。」……其日牛馬嘶，新婦入青廬。菴菴黃昏後，寂寂人定初。我命絕今日，魂去尸長留。攬裙脫絲履，舉身赴清池。府吏聞此事，心知長別離。徘徊庭樹下，自掛東南枝。……多謝後世人，戒之慎勿忘。〔註29〕

此詩以劉蘭芝自述開啟對家庭的控訴，每日工作繁忙，卻總被大人（即焦母）嫌棄，焦仲卿無法平息焦母不滿，只好休妻，讓劉蘭芝返家。回家後，劉母以此為恥，故有一番責備，劉蘭芝表示自己並無過錯，母親雖然心疼，也無力回天。接著劉兄要求劉蘭芝改嫁，

〔註29〕〔宋〕郭茂倩編撰：《樂府詩集》（臺北：里仁書局，1984年09月），頁1034～1038。

劉蘭芝雖不願意，但也只能聽任兄長安排，最後劉蘭芝投湖自盡，焦仲卿則自縊於庭樹。這是一個有頭有尾的故事，以對話方式進行，卻能寫出了詩中各角色的鮮明形象，包括劉蘭芝的專情倔強、焦仲卿的懦弱無能、焦母的強勢蠻橫等等。〔註 30〕這個悲劇不只是寫一個人的故事，而是寫眾多當代女性的親身經歷。女性在家庭中身不由己，只因住在夫家，便必須聽任長輩要求。一旦離婚，社會責備的對象也往往是女性。而失婚後，在自家仍沒有話語權，只能接受父兄安排。這些不公平累積了大量悲憤，這股情緒唯一的出口，只有犧牲自己的生命，來換取對再婚的拒絕。這首詩雖然沒有直接批評社會不公，但劉蘭芝與焦仲卿雙雙殉情，正是社會風氣對女性的壓迫所致。詩末要世人不要忘記兩人故事，其實是在提醒人們，對弱勢者能有更多包容，別再讓類似事件發生在現實之中。張瓊：「作者將女性尊嚴作為敘事的中心，這種敘事中心，使女性在故事中成為主要描寫對象，流露出作者強烈的女性意識。……劉蘭芝的行動貫穿〈孔雀東南飛〉始終，事件的起因、發展、高潮、結局都圍繞著她維護個體尊嚴的行動而產生，詩作以展現女性尊嚴為敘事路徑，劉蘭芝對女性尊嚴的維護行動牽引著故事情節的發展。」〔註 31〕以女性為主角的敘事詩很多，但專注發揮女性作為「人」的尊嚴者卻不多。〈孔雀東南飛〉將女性尊嚴作為主體，無論是蘭芝自請遣歸、自訴無過、內心拒絕再婚以致選擇自盡，都因於強烈的自我道德要求。雖然此詩是悲劇結果，卻展現出作者對於女性自身尊嚴的正面

〔註 30〕黃景進認為：「當然作者並非用這些抽象的形容詞來介紹其人物，而是讓人物直接出場，由語言動作去表現其個別的性格，由事務的發展攤開一個嚴重的社會問題，當最後男女主角各自以死實踐其諾言時，讀者不僅賦出無限的同情，也自然引起批判的心理，不約而同地詛咒那造成男女悲劇的不合理現象。」見黃景進：〈中國詩中的寫實精神〉，《中國詩歌研究》（臺北：中央文物供應社，1985 年 06 月），頁 314。

〔註 31〕張瓊：〈女性尊嚴的悲歌——從敘事視角看〈孔雀東南飛〉的悲劇價值〉，《語文學刊》2008 年第 11 期（2008 年 11 月），頁 100～102。

評價。

漢魏樂府的內涵與《詩經》一樣，都在反映社會狀況，但不同的是，相較抒情為主的《詩經》，漢魏樂府更常以敘事方式表現，具備更完整的故事情節。辛曉娟對此做了解釋：「漢樂府大部分作品都曾在民間長期傳唱，且多數未經官方修訂、闡釋、經典化，故較多地保留了其原生狀態。……現存漢樂府大概有一百餘首，敘事之作竟多達三分之一，實在是一個可觀的比例。〔註32〕」漢魏樂府以敘事見長，與其出自民間的背景有關。漢魏樂府透過浪漫而帶有戲劇性的情節吸引一般大眾，隨著故事推進，角色形象越發鮮明，聽眾則在潛移默化中受到了倫理教化的影響，這是社會諷諭的一種方法。

四、建安正始文人樂府

漢代文人因多出自宮廷，所作之詩往往流於溢美，如賦「頌百而賦一」。直至建安時期，詩人有感於社會滿目瘡痍，繼承了漢魏樂府反映現實的精神進行創作，形式則包括樂府與古詩。如曹操〈蒿里行〉以戰爭為主題：

> 關東有義士，興兵討群凶。初期會盟津，乃心在咸陽。
> 軍合力不齊，躊躇而雁行。勢利使人爭。嗣還自相戕。
> 淮南弟稱號，刻璽於北方。鎧甲生蟣虱，萬姓以死亡。
> 白骨露於野，千里無雞鳴。生民百遺一，念之斷人腸。〔註33〕

「蒿里」為樂府古題，內容則寫漢末軍閥以討伐叛賊為名，實想自立稱王，以至軍心難齊、躊躇不前，最後甚至自相殘殺，導致屍橫遍野，戰士不得解甲，存活者稀之慘況。這段故事實以董卓之亂為背景，寫關東州郡將領們成立聯軍，準備討伐董卓，聯軍個個心懷鬼胎，包括渤海太守袁紹、淮南尹袁術等軍閥，在會軍之後，就開

〔註32〕辛曉娟：〈中國古代敘事詩的樂府傳統〉，《雲南大學學報（社會科學版）》第13卷2期（2014年04月），頁71。

〔註33〕〔宋〕郭茂倩編撰：《樂府詩集》（臺北：里仁書局，1984年09月），頁398。

啟了一番混戰。彭昱萱:「透過當代詩人的眼看當時代事件,一切就彷彿歷歷在目,而這正可以證明詩文與史具有相似的本質和功能」〔註 34〕此詩正可作為例證。詩中直言暢論,不假雕琢。李成林認為:「曹操的樂府詩語言古樸自然,簡約質直,頗得漢之遺風。」〔註 35〕除了繼承《詩經》、漢魏樂府以來,對戰爭的批判與人民的同情,曹操對戰亂根源的寫實描述,更反映了他對軍閥的不滿,與救世濟民的理想。

時代動亂造成弱勢族群的生活更加艱辛,也是建安文人關懷的焦點。如曹丕〈上留田行〉寫貧民:「世一何不同,上留田。富人食稻與粱,上留田。貧子食糟與糠,上留田。」〔註 36〕貧民與富人雖生在同個世代,出身階級不同,命運便有極大差異。阮瑀〈駕出北郭門行〉寫孤兒:「親母舍我歿,後母憎孤兒。飢寒無衣食,舉動鞭捶施。骨消肌肉盡,體若枯樹皮。藏我空室中,父還不能知。」〔註 37〕孤兒先是喪母,又遭後母虐待,飢寒交迫而形銷骨立,最後還遭遺棄。在社會動盪、經濟惡劣的時代,遺棄兒女恐怕是為了保命的常見之舉。陳琳〈飲馬長城窟行〉寫役夫的心聲:

> 男兒寧當格鬥死,何能怫鬱築長城。長城何連連,連連三千里。
>
> 邊城多健少,內舍多寡婦。……君獨不見長城下,死人骸骨相撐拄。〔註 38〕

為了配合國家加強邊防,平民被強迫徵用,但繁重徭役對人民帶來

〔註 34〕彭昱萱:《建安詩文中反映的社會現象》(臺北:淡江大學中國文學系碩士論文,2000 年)。

〔註 35〕李成林:〈論三曹樂府詩對兩漢民間樂府的繼承〉,《青海師範大學學報(哲學社會科學版)》2006 年第 4 期(2006 年 07 月),頁 83。

〔註 36〕〔宋〕郭茂倩編撰:《樂府詩集》(臺北:里仁書局,1984 年 09 月),頁 563。

〔註 37〕〔宋〕郭茂倩編撰:《樂府詩集》(臺北:里仁書局,1984 年 09 月),頁 889～890。

〔註 38〕〔宋〕郭茂倩編撰:《樂府詩集》(臺北:里仁書局,1984 年 09 月)頁 556～557。

的，一是使男子過勞而死，二是使女子成為寡婦。從征戍發展到役夫、征婦，痛切哀婉地呈現了政治社會騷動所造成的傷害。

正始之後，司馬氏父子把持朝政，政治處於肅殺氣氛中，原本建安時期外顯的諷諭特質轉為內斂。詩人雖憤世嫉俗，也只能以迂迴的方式表達思想，如阮籍〈詠懷〉：

高名令志惑，重利使心憂。

親昵懷反側，骨肉還相讎。〔註39〕

表面看起來只是抒發個人情志，但何嘗不是諷刺社會上常見的勢利之交？葛曉音認為阮籍、嵇康的這些憤懣不平的詩作：「在探索人生意義的言情述懷之作中透射出對現實的強烈不滿與否定。這在倫理教化為目的的美刺諷諭詩之外，為我國古代詩歌確立了批判現實的另一個優良傳統。」〔註40〕此後藉古詠懷、詠史以諷的做法，隱誨曲折，為諷諭詩開展了新的道路。東晉的左思、陶淵明，南朝的鮑照，諷諭亦屬此類。六朝詩人對黎民痛苦少有反映，而是藉詠史寄託小人當道、世人好慕名利之憤慨。

第二節　從初盛唐到杜甫

一、初唐與陳子昂

諷諭詩的發展，在六朝時主題限縮，初唐時期大致承繼，文字雖未褪去華靡的遣詞造字風格，但也不乏清新的警世之音。諷諭表現的樂府詩，古題作品如盧照鄰〈雨雪曲〉：「節旄零落盡，天子不知名。」〔註41〕寫老將征戰多年，功名卻不為天子知曉的悲涼，王

〔註39〕〔魏〕阮籍撰，林家驪注譯：《新譯阮籍詩文集》（臺北：三民書局，2001年02月），頁390。

〔註40〕葛曉音：《漢唐文學的嬗變》（北京：北京大學出版社，1990年11月），頁23。

〔註41〕〔清〕彭定求等編：《全唐詩》（北京：中華書局，2008年09月），頁523。

勃〈臨高臺〉:「君看舊日高臺處，柏梁銅雀生黃塵。」〔註42〕寫出古今盛衰、人生苦短之共感。新題作品如駱賓王〈疇昔篇〉:「舜澤堯曦方有極，讒言巧佞儻無窮。」〔註43〕則寫出即使有先王聖明，仍有小人擾亂朝政之弊，藉以表達詩人憤慨不遇之情。不管是古題樂府或自立新題，主題大都圍繞著戰爭、人生與君恩。初唐諷諭詩的另一個表現在詠物詩，如虞世南〈詠螢〉:「的歷流光小，飄颻弱翅輕。恐畏無人識，獨自暗中明。」〔註44〕寫螢光弱小卑微，卻能在暗世中獨自光明，寄託詩人不隨波逐流的清高節操。這類詠物詩多以文人不遇於亂世為背景，也是慨嘆政治難以清明的另一種表現方式。

此期陳子昂有感於齊梁遺風頹靡，提出追摹「漢魏風骨」的主張，李由認為:「陳子昂力矯時弊，標舉風雅比興、漢魏風骨，開啟盛唐標格，影響遠及李杜。〈感遇〉三十八首，或詠史或傷時或感事，多有諷喻，一掃齊梁舊格。」〔註45〕陳子昂將對現實的不滿，轉以個人情志的抒發，並以諷諭為作法，以其〈感遇〉第三十七首為例：

> 朝入雲中郡，北望單于臺。胡秦何密邇，沙朔氣雄哉。
> 藉藉天驕子，猖狂已復來。塞垣無名將，亭堠空崔嵬。
> 咄嗟吾何歎，邊人塗草萊。〔註46〕

此詩前六句寫外族入侵，來勢洶洶，接著轉寫因無名將駐留，瞭望臺再高聳也只是徒然，詩人為邊境人民血染野草感到嘆息。當時武則天正出兵契丹，陳子昂以此諷其窮兵黷武，所用非人，將帥無能，又導

〔註42〕〔清〕彭定求等編:《全唐詩》(北京：中華書局，2008年09月)，頁672。

〔註43〕〔清〕彭定求等編:《全唐詩》(北京：中華書局，2008年09月)，頁837。

〔註44〕〔清〕彭定求等編:《全唐詩》(北京：中華書局，2008年09月)，頁474。

〔註45〕李由:《唐詩選箋：初唐——盛唐》(臺北：秀威經典，2017年10月)，頁66。

〔註46〕〔清〕彭定求等編:《全唐詩》(北京：中華書局，2008年09月)，頁894。

致生靈塗炭之現實。朱我芯認為「他又自漢儒關乎美刺的『比興』說中，獨拈出『興』的物象感發手法，並強調物象的感發需託寄褒貶時政的寓意。」〔註 47〕陳子昂的「興寄」，突破了六朝以來的偏狹諷諭觀，更勇於直指政弊，氣概也更慷慨激憤，再現了建安詩人濟世救民的理想。

二、開元詩人襟懷

開元年間，唐朝國力正值大盛，政治風氣較以往開放，詩人更表現出儒者關注生民的精神。袁行霈、丁放認為：「開元年間，張說、張九齡先後為相，執掌集賢院，長期主持朝廷文化大局，為開元政治與文化的發展，起了很好的領導作用。」〔註 48〕在文學理論方面，張說首先提出「理關刑政」、「義涉箴規」、「興去國之悲」、「助從軍之樂」〔註 49〕，反覆強調詩歌的社會功能，對開元詩風影響甚鉅。張九齡則承襲陳子昂之興寄，以詩諷諭賢士得遇明君之不易，如〈感遇〉第七首：「江南有丹橘，經冬猶綠林。……可以薦嘉客，奈何阻重深。」〔註 50〕以屈原〈橘頌〉中橘樹深固難徙之形象，比喻出身南方的自己，雖有剛正不屈之志，卻不得看重。張九齡與陳子昂同是抒發不遇之憂怨，但語調較為和緩。崔顥〈長安道〉：「莫言貧賤

〔註 47〕朱我芯：《中國詩歌諷諭傳統：兼論唐代新樂府》（臺北：師大出版中心，2015 年 07 月），頁 136。

〔註 48〕袁行霈、丁放：《盛唐詩壇研究》（北京：北京大學出版社，2012 年 03 月），頁 88。

〔註 49〕張說〈洛州張司馬集序〉：「夫言者志之所之，文者物之相雜。然則心不可蘊，故發揮以形容；辭不可陋，故錯綜以潤色。……繼軌前途，遇物成興，理關刑政，鹹歸故事之台；義涉箴規，盡入名臣之奏。加以許與氣類，交遊豪傑，仕遘夷險，身更否泰。昔嚐攝戎幽易，謫居邛巂，亭皋漫漫，興去國之悲；旗鼓洶洶，助從軍之樂。……感激精微，混韶武於金奏；天然壯麗，綷雲霞於玉樓：當代名流，翕然崇尚。」見於〔清〕董誥等編：《全唐文》（北京：中華書局，1983 年 11 月），頁 2575～2576。

〔註 50〕〔清〕彭定求等編：《全唐詩》（北京：中華書局，2008 年 09 月），頁 572。

即可欺，人生富貴自有時。」〔註 51〕則直接批評權貴欺壓貧民。在這段平民苦貧與權貴享樂之對比中，讀者不但親見當時社會情況，更因此引發對弱者之同情。

這段時期戰爭頻仍，描寫邊塞的詩作大量湧現，如高適〈燕歌行〉：「少婦城南欲斷腸，征人薊北空回首。……相看白刃血紛紛，死節從來豈顧勳。君不見沙場征戰苦，至今猶憶李將軍。」〔註 52〕此詩寫思婦悲愁、征夫疾苦、戰爭殘忍，又透露出對於將帥無能之批判。此類詩作多以樂府古題為名，在高壯風格中抒發哀怨之情，又如王昌齡〈箜篌引〉：

> 將軍鐵驄汗血流，深入匈奴戰未休。黃旗一點兵馬收，亂殺胡人積如丘。
>
> 瘡病驅來配邊州，仍披漠北羔羊裘。顏色飢枯掩面羞，眼眶淚滴深兩眸。
>
> 思還本鄉食犛牛，欲語不得指咽喉。或有強壯能咿嚘，意說被他邊將讎。
>
> ……使令海內休戈矛，何用班超定遠侯，史臣書之得已不？〔註 53〕

此詩更從外族視角，書寫漢將殺人盈野，俘虜者病弱則發配做勞役，強壯者則為階下囚失去自由。詩人藉此提醒：戰爭不只對國人無益，亦殘害無辜胡人，與其尋找良將，不如主動收兵。李頎〈古從軍行〉：「年年戰骨埋荒外，空見蒲桃入漢家。」〔註 54〕則寫出統治者好大喜功，為了掠奪「蒲桃」而以無數冤魂為代價。此期之邊塞樂府多從小人物立場出發，譴責戰爭帶來的傷害，同情的對象不只是國人，還包

〔註 51〕〔清〕彭定求等編：《全唐詩》（北京：中華書局，2008 年 09 月），頁 1323。

〔註 52〕〔清〕彭定求等編：《全唐詩》（北京：中華書局，2008 年 09 月），頁 2218。

〔註 53〕〔清〕彭定求等編：《全唐詩》（北京：中華書局，2008 年 09 月），頁 1436。

〔註 54〕〔清〕彭定求等編：《全唐詩》（北京：中華書局，2008 年 09 月），頁 1346。

括敵人，這種人道精神極貼近儒者以天下蒼生為己任之思想。

三、李白古體樂府

開元以來詩歌的人道關懷，到李白仍持續發展，並承繼陳子昂以來的復古之說，其〈古風〉第一首：「大雅久不作，吾衰竟誰陳。……正聲何微茫，哀怨起騷人。……自從建安來，綺麗不足珍。……我志在刪述，垂輝映千春。」〔註 55〕李白認同孔子刪述詩歌，影響風俗之志向，遙承《詩經》講求教化的功能。與陳子昂追摹漢魏風骨不同的是，李白將詩歌的創作目的連結到《詩經》時期的大雅正聲，因此反對怨刺詩、建安詩。這種改革社會的使命感，促使他以復古的態度寫詩。葛曉音研究漢魏六朝樂府，發現其中部分題目：「它們在齊梁時是新體詩，到沈佺期演變為律詩，至李白又轉為古體。」〔註 56〕自齊梁以後，許多樂府古題受到詩歌律化的影響，在初、盛唐詩人筆下都是律詩，到李白以後，這些古題才又成為五、七言古詩的樣貌，如沈佺期用嚴格的五律形式寫古題〈有所思〉〔註 57〕，到了李白則改為七古〔註 58〕。

在內容上，李白對古題樂府做了大量加工，李秋吟整理出李白對古題樂府的處理方式，包括鑿璞為玉、依題立意、增補佚辭、另鑄新辭四種。〔註 59〕有些雖是對古題的再創作，卻更貼近時事，以李白〈戰

〔註 55〕〔清〕彭定求等編：《全唐詩》（北京：中華書局，2008 年 09 月），頁 1679。

〔註 56〕葛曉音：〈論李白樂府的復與變〉，《文學評論》第 2 期（1995 年 03 月），頁 5。

〔註 57〕沈佺期〈有所思〉：「君子事行役，再空芳歲期。美人曠延佇，萬里浮雲思。園槿綻紅豔，郊桑柔綠滋。坐看長夏晚，秋月照羅幃。」見〔清〕彭定求等編：《全唐詩》（北京：中華書局，2008 年 09 月），頁 1021。

〔註 58〕李白〈有所思〉：「我思仙人乃在碧海之東隅，海寒多天風。白波連山倒蓬壺，長鯨噴湧不可涉。撫心茫茫淚如珠，西來青鳥東飛去，願寄一書謝麻姑。」見〔清〕彭定求等編：《全唐詩》（北京：中華書局，2008 年 09 月），頁 1692。

〔註 59〕李秋吟：《浪漫飄逸之外——從樂府詩探李白用世之心》（彰化：國立

城南〉為例：

> 去年戰，桑乾源；今年戰，蔥河道。洗兵條支海上波，放馬天山雪中草。
>
> 萬里長征戰，三軍盡衰老。匈奴以殺戮為耕作，古來惟見白骨黃沙田。
>
> 秦家築城備胡處，漢家還有烽火燃。烽火燃不息，征戰無已時。
>
> 野戰格鬥死，敗馬號鳴向天悲。烏鳶啄人腸，銜飛上挂枯樹枝。
>
> 士卒塗草莽，將軍空爾為。乃知兵者是凶器，聖人不得已而用之。〔註 60〕

此詩前半明寫地點，反映天寶元年唐軍北伐突厥，在桑乾河三戰三捷，天寶六年在蔥嶺河與吐蕃兵刃相接，雖然戰事勝利，傷亡卻難以計數，而這些戰爭全是統治者主動挑起的。此詩後半描述的情景與同名漢魏樂府中「梟騎戰鬥死，駑馬徘徊鳴」、「野死不葬烏可食」〔註 61〕相去不遠，但更寫出小卒徒然犧牲、將帥無能為力，以凸顯戰爭必然帶來的悲劇後果。又或在〈登高丘而望遠海〉：「六鰲骨已霜，三山流安在？扶桑半摧折，白日沉光彩。銀臺金闕如夢中，秦皇漢武空相待。」〔註 62〕藉由秦始皇、漢武帝派人往東海尋求長生不老藥，指斥當時統治者求仙之虛妄不實。〈秋歌〉：「長安一片月，萬戶擣衣聲。秋風吹不盡，總是玉關情。何日平胡虜，良人罷遠征。」〔註 63〕則從征婦角度出發，寫天下女子對對遠行征夫的思念、平息戰爭的期

彰化師範大學國文學系碩士論文，2008 年），頁 78～84。

〔註 60〕〔清〕彭定求等編：《全唐詩》（北京：中華書局，2008 年 09 月），頁 1682。

〔註 61〕〔宋〕郭茂倩編撰：《樂府詩集》（臺北：里仁書局，1984 年 09 月），頁 228。

〔註 62〕〔清〕彭定求等編：《全唐詩》（北京：中華書局，2008 年 09 月），頁 1689。

〔註 63〕〔清〕彭定求等編：《全唐詩》（北京：中華書局，2008 年 09 月），頁 1711。

待。何寄澎對李白的這類閨情邊塞詩讚譽有加：「中國詩教溫柔敦厚的傳統，實賴此類詩篇作完美的表露！」〔註64〕有些內容亡佚的樂府古題，也經李白重新創作，而有了新生命，如〈梁甫吟〉便是從隱士角度出發，寫自身對於匡救扶正的政治抱負。古題樂府的質樸語言到了李白筆下變得更有氣勢，也擴大了諷諭時事的範疇。

除了古題樂府，李白也自創新題，如〈扶風豪士歌〉：「洛陽三月飛胡沙，洛陽城中人怨嗟。天津流水波赤血，白骨相撐如亂麻。」〔註65〕為李白避亂時所作，將安祿山攻陷洛陽之慘況寫實地描繪出來。這些對社會現狀的刻劃，傅如一以為對唐代樂府詩的發展有重大影響。〔註66〕李白的新題樂府書寫時事又不受篇幅限制，雖仍從個人經驗出發，但已開中唐新題樂府專以諷時之先，是古題樂府演化至新題樂府的過渡，對後來新樂府運動頗有貢獻。

四、杜甫時事歌行

將新題樂府拿來大量書寫現實，盛唐詩人中成就最大者應推杜甫。孟棨《本事詩》：「杜逢祿山之難，流離隴蜀，畢陳於詩，推見至隱，殆無遺事，故當時號為『詩史』。」〔註67〕李白遭遇的社會動亂，只是盛唐衰頹的開端，到了杜甫，親身經歷了安史之亂，也透過其詩作，為其後的外患叩關、內亂頻仍、生靈塗炭等等黑暗時局做了見證。杜甫同樣繼承儒學道統，在〈奉贈韋左丞丈二十二韻〉中提

〔註64〕何寄澎：《總是玉關情：唐代邊塞詩初探》（臺北：聯經出版事業公司，1978年06月），頁68。

〔註65〕〔清〕彭定求等編：《全唐詩》（北京：中華書局，2008年09月），頁1717。

〔註66〕傅如一認為：「既然樂府詩可以自擬新題寫時事，又可以不受篇幅的限制，可以肯定地講，李白這一成功的創作導向必然要給唐代樂府詩的革新、發展和演變，帶來巨大而深遠的影響啊！」見傅如一：〈李白樂府論〉，《文學遺產》第1期（1994年01月），頁30。

〔註67〕〔唐〕孟棨：《本事詩》，收入丁福保輯：《歷代詩話續編》（北京：中華書局，1983年8月），頁15。

出他的政治理想是「致君堯舜上，再使風俗淳」〔註 68〕，這種以天下生靈為己任的使命感，在杜甫的詩中反覆出現，黃輝平認為：「杜甫承繼著家族『奉儒守官』的傳統，不管是『造次必於是，顛沛必於是』，始終是以儒家思想為安身立命的根本，也因此他的愛民、忠君也會如此的沉重。」〔註 69〕在儒者觀點中，杜甫的生命經驗與社會動亂結合，他在政治舞台上的失意與遺憾，轉為對政治的憂慮與激憤，他遭遇的輾轉遷徙，則就是他所見社會的顛沛流離，他的詩作普遍呈現的其實是對現實的批判與否定。其著名的三吏三別，也都是戰亂之後的產物，以其〈石壕吏〉為例：

> 暮投石壕村，有吏夜捉人。老翁逾墻走，老婦出門看。
> 吏呼一何怒，婦啼一何苦。聽婦前致詞：三男鄴城戍，
> 一男附書至，二男新戰死。存者且偷生，死者長已矣。
> 室中更無人，惟有乳下孫。有孫母未去，出入無完裙。
> 老嫗力雖衰，請從吏夜歸。急應河陽役，猶得備晨炊。
> 夜久語聲絕，如聞泣幽咽。天明登前途，獨與老翁別。〔註 70〕

此詩背景為乾元二年鄴城戰敗，朝廷下令徵兵，本應免除兵役的老翁也逼不得已受到徵召。縣吏不在「白天徵人」而在「晚上捉人」，杜甫的文字正吐露他對蠻橫官吏的不滿。縣吏大怒後，引出老婦悲啼，原來老翁家中已死二人，戰爭造成的死傷何其無辜。為了家中哺乳幼孫的媳婦，老婦願意一肩挑起所有責任，自請服勞役，而故事最後只傳來幽幽的哭泣聲。此詩全然以第三人稱觀點敘事，卻能挑起讀者對社會不公的悲憤。雖然這件事發生於石壕村，但讀者必會感受到那個時代的所有人民也都遭遇了同樣的痛苦。杜甫身為旁觀者，他的心情又是如何？傅紹良認為杜甫：「個人的生存困窘，使他產生了深深的悲

〔註 68〕〔清〕彭定求等編：《全唐詩》（北京：中華書局，2008 年 09 月），頁 2252。

〔註 69〕黃輝平：《杜甫新題樂府研究》（臺北：東吳大學中國文學系碩士論文，2019 年），頁 189。

〔註 70〕〔清〕彭定求等編：《全唐詩》（北京：中華書局，2008 年 09 月），頁 2283。

己情懷；社會的生存危急，使他產生了強烈的憂世情懷，這兩種情懷成了杜甫心理的基調，成為他體驗生活、觀察社會的感情潛影，使得他對於社會的悲苦現象特別敏感，同時也使得他對造成社會悲苦的人和事異常憤恨。」〔註71〕這種抑鬱悲憤的情懷，正是杜甫諷諭詩的特色之一。

此外，相較過去詩人詠史喻今的委婉做法，杜甫批判時政更有針對性，〈三絕句〉第三首：「殿前兵馬雖驍雄，縱暴略與羌渾同。聞道殺人漢水上，婦女多在官軍中。」〔註72〕當其時，僕固懷恩叛唐起兵，各地烽煙四起，人民四散奔逃。難民遭遇官兵，以正義為名的官兵卻燒殺擄掠，不但殺人喋血，還劫持民女留在軍中以供享樂，這種行為與蠻族何異？在此詩中，杜甫對士兵的殘忍與非理性描繪得歷歷如繪，原屬同一族群的人民，有了士兵的身分後，殺的人是同族人，欺凌的是同族妻女，這種現象不禁令人毛骨悚然。七言詩饒富變化的句型，也為其詩中場景的渲染性增色。讀杜甫詩，可以深刻感受到當時戰爭的殘酷，引發對戰爭的強烈厭惡。

杜甫詩的諷諭主題除了對徭役的悲憫、對戰爭的反對外，〈傷春〉有「不成誅執法，焉得變危機」〔註73〕批評吏治的腐敗，〈麗人行〉有「犀箸厭飫久未下，鑾刀縷切空紛綸。黃門飛鞚不動塵，御廚絡繹送八珍」〔註74〕譏刺權貴的奢靡，這些不但對人民有更貼近的觀察，對世局也有更全面的觀照。在這些以「行」為主的新題樂府中，尤其具有大量政治批判，葛曉音〈論杜甫的新題樂府〉：「杜甫仿效漢魏晉古樂府以『行』詩和三字題為主的重要形式特點，將反映時事的職能

〔註71〕傅紹良：《盛唐文化精神與詩人人格》（臺北：文津出版社，1999年06月），頁130。

〔註72〕〔清〕彭定求等編：《全唐詩》（北京：中華書局，2008年09月），頁2490。

〔註73〕〔清〕彭定求等編：《全唐詩》（北京：中華書局，2008年09月），頁2471。

〔註74〕〔清〕彭定求等編：《全唐詩》（北京：中華書局，2008年09月），頁2260。

賦予這兩類題目，這就比同時代的詩人更自覺地將新題歌行與恢復漢魏古樂府的傳統聯繫起來了。」〔註 75〕以時事關懷為主要內容的新題歌行為杜甫首創，透過復古形式，使內容能與社會現實密切相關。

若拿杜甫的新題樂府與其他體裁作比較，可以發現更多差異，朱我芯：「杜甫古、近體詩的諷諭，多站在總論現象諸端的高度及廣度，以第一人稱的視角議論抒感；即使是敘事，也明顯出自杜甫的主觀視角，彰顯忠臣文儒的主體性；這些諷諭通常依附於抒感或議論的主軸之下，為詩的部份內容，而非全篇諷諭。而杜甫新樂府，則主要效法樂府民歌的表現手法，以具有代表性的事件敘述，反映一種普遍現象；敘事視角多為第三人稱，代表底層社會的發音，詩人主體隱而不顯，即使是杜甫以第一人稱存在，也謹守旁觀的姿態，扮演見證者的角色；且新樂府通篇皆為諷諭而設，諷旨集中。」〔註 76〕杜甫新題樂府具備的敘事性、第三人稱觀點、通篇諷諭的特質，扭轉了過往文人創作諷諭詩中詩人的主觀成分，使諷諭詩更貼近「即事名篇」，是發展中唐新樂府的關鍵。

第三節　元結、白居易到元和體

中唐以後，儒學日益鬆動，傅樂成：「代宗大曆以後，經學者多標新立異，不守舊說。……儒家經典舊日注疏的堤防盡失。」〔註 77〕打破舊注、懷疑古人不但成為學術思潮，這股中唐哲學的突破也蔓延到了詩學理論上。其中白居易將「新樂府」連結「諷諭」，自此，詩人們寫的樂府不再只是配合音樂的歌詩，更是以「諷諭」為目的的創作，至於能否配樂演唱反而成為次要的任務了。中唐時期的這波變化

〔註 75〕葛曉音：《詩國高潮與盛唐文化》（北京：北京大學出版社，1998 年 05 月），頁 202。

〔註 76〕朱我芯：〈唐代新樂府之發展關鍵——李白開創之功與杜甫、元結之雙線開展〉，《政大中文學報》第 7 期（2007 年 06 月），頁 38～39。

〔註 77〕傅樂成：〈唐型文化與宋型文化〉，《漢唐史論集》（臺北：聯經出版事業公司，1977 年 09 月），頁 370。

可追溯至早期元結提出的新樂府理論，其後元稹、白居易傾全力闡述新樂府理論，並進行大量創作，元和詩人也因此表現出更多形貌的新樂府。

一、元結的新樂府理論

在盛唐與中唐的詩歌轉換時期，杜甫的新題樂府已具備通篇諷諭的性質，但首位提出「規諷」理論者則是元結。繼承《毛詩・大序》的美刺之說，元結以〈二風詩論〉說明自己創作詩歌的動機：「客有問元子曰：『子著《二風詩》何也？』曰：『吾欲極帝王理亂之道，係古人規諷之流。』」〔註 78〕在唐朝由盛轉衰而動盪不安的階段，詩歌也要能明「理」止「亂」，所以他以〈治風詩〉歌頌古代賢君，以〈亂風詩〉批判古代昏君，其實際目的則在規勸諷諫天寶年間的唐玄宗。他又彷《詩經》詩序作法，在其詩作前說明創作旨趣，如〈系樂府・序〉也明指自己作詩是為了「上感於上，下化於下」〔註 79〕，傳統詩教觀念在元結反覆強調詩歌裨補君政的要求下，再次得到關注。

在形式上，元結仿效《詩經》，不但文字具有傳統四言詩的樣貌，又以組詩並序方式呈現，如〈二風詩〉、〈系樂府〉都是如此。他對詩歌有清晰的創作自覺，這種態度也展現在其新題樂府的命題上，如〈貧婦詞〉、〈農臣怨〉等等。在內容上，〈貧婦詞〉以「空念庭前地，化為人吏蹊」〔註 80〕寫失去土地的貧婦之悲悽，〈農臣怨〉以「謠頌若采之，此言當可取」〔註 81〕表達農人希冀統治者能傾聽民心之渴求，他關心的全是社會的底層階級。劉熙載《詩概》：「代匹夫匹婦語

〔註 78〕〔唐〕元結撰，〔民國〕孫望編校：《新校元次山集》（臺北：世界書局，1984 年 02 月），頁 10。

〔註 79〕〔清〕彭定求等編：《全唐詩》（北京：中華書局，2008 年 09 月），頁 2696。

〔註 80〕〔清〕彭定求等編：《全唐詩》（北京：中華書局，2008 年 09 月），頁 2697。

〔註 81〕〔清〕彭定求等編：《全唐詩》（北京：中華書局，2008 年 09 月），頁 2698。

最難，蓋飢寒勞困之苦，雖告人，人且不知，知之必物我無間者也。杜少陵、元次山、白香山不但如身入閭閻，目擊其事，直與疾病之在身者無異。」〔註 82〕在元結的諷諭詩中，確實能夠看到與其創作主張的互相輝映。

其後顧況承接元結四言詩與組詩並序的創作形式，對地方吏治敗壞有更深刻的揭露，如〈囝〉：「囝生閩方，閩吏得之。乃絕其陽，為臧為獲。」〔註 83〕詩中寫福建地區拐賣兒童、去除性徵以作為奴隸販賣的風俗，其中主導此事的竟還是地方官吏，讀來令人髮指。這些文字與元結詩一樣，具有強烈的復古風格，幾乎不假雕琢。許學夷批評元結詩「傷於訐直」，「椎樸贛直」〔註 84〕，但何林軍認為：「元結詩歌的平實直樸是與真率無華聯繫在一起的。力求反映生活準確可信，便成為其詩歌語言運用的又一特色。」〔註 85〕雖然元結諷諭詩的藝術手法並不豐富，復古痕跡也過於斧鑿，但其淺顯鋪敘的方式確實適合用來記敘民生疾苦，因此被後來的白居易等人繼承。

二、元稹、白居易的新樂府運動

新題樂府並非始於中唐，但中唐時期，「諷諭」乃逐漸成為新題樂府的主要價值取向。其中有兩人提出理論與大量創作，使「新樂府」一躍而上，成為文壇上眾所矚目的詩歌體裁。主要倡導新樂府運動者，便是元稹與白居易。兩人同年及第，同朝為官，對於安史之亂後人民處於水深火熱的處境備感憂心。他們都身懷以詩輔政的責任感，如元稹的〈樂府古題．序〉便透露出其詩論主張：

〔註 82〕〔清〕劉熙載：《詩概》，收於郭紹虞編選，富壽蓀校點《清詩話續編》（臺北：木鐸出版社，1983 年 12 月），頁 2430。

〔註 83〕〔清〕彭定求等編：《全唐詩》（北京：中華書局，2008 年 09 月），頁 2930。

〔註 84〕〔明〕許學夷：《詩源辯體》（北京：人民文學出版社，1987 年 10 月），頁 176、177。

〔註 85〕何林軍：《試論元結與新樂府運動》（湘潭：湘潭大學中國古代文學系碩士論文，2005 年），頁 31。

> 況自風雅至於樂流，莫非諷興當時之事，以貽後代之人，沿襲古題，唱和重複，於文或有短長，於義咸為贅賸，尚不如寓意古題。刺美見事，猶有詩人引古以諷之義焉，曹、劉、沈、鮑之徒時得如此，亦復稀少。近代唯詩人杜甫〈悲陳陶〉、〈哀江頭〉、〈兵車〉、〈麗人〉等，凡所歌行，率皆即事名篇，無復倚傍。余少時與友人樂天、李公垂輩，謂是為當，遂不復擬賦古題。〔註86〕

從《詩經》到漢魏樂府的詩歌創作目的，被元稹冠以「諷時」之名。既然詩是要記錄當時之事，以作後人之借鏡，那麼沿用古題而受古題內容限制，就不如託古題之名以寫時事，甚至直接以時事命題，更能產生諷諭時政的效果。自漢以後，元稹認為引用古題而稍有諷義的詩人只有三曹、劉楨、沈約、鮑照等人而已，因此他大加讚許杜甫不受古題限制、自創新題的創見。這種「即事名篇」的做法，後來也表現在他的詩作中。白居易則在〈與元九書〉提出了詩歌史中諷諭精神的繼承論述：

> 洎周衰秦興，採詩官廢，上不以詩補察時政，下不以歌洩導人情，乃至於諂成之風動，救失之道缺，於時六義始刓矣。國風變為騷辭，五言始於蘇李，……唐興二百年，其間詩人不可勝數，所可舉者：陳子昂有〈感遇詩〉二十首、鮑防有〈感興詩〉十五首。又詩之豪者，世稱李杜，李之作，才矣，奇矣，人不逮矣！索其風雅比興，十無一焉。杜詩最多，可傳者千餘篇。〔註87〕

在這段文字中，他以「六義」作為論詩的標準，認為自先秦《詩經》後，漢代作詩較符合詩義者不過蘇武、李陵，晉代後幾乎全無，直至唐代也僅陳子昂、鮑防、杜甫等人。過往詩評多將李、杜二人並列，白居易則以為李白缺乏諷諭作品，不及杜甫。元、白兩人對於

〔註86〕〔清〕彭定求等編：《全唐詩》（北京：中華書局，2008年09月），頁4605。

〔註87〕〔唐〕白居易撰，朱金城箋校：《白居易詩集箋校》（上海：上海古籍出版社，1988年12月），頁2790～2791。

繼承詩義者的說法略有不同，但與元結相同的是，都將詩歌的價值連結至《詩經》的教化功能。

白居易又在〈與元九書〉提及自己：「自拾遺來，凡所遇所感，關於美刺興比者，又自武德訖元和，因事立題，題為「新樂府」者，共一百五十首，謂之「諷諭詩。」〔註 88〕白居易在擔任左拾遺時，以詩為諫，積極干政。他以時事作為樂府詩的題目，藉以揭發社會黑暗，使統治者引以為戒。在此，「新題樂府」第一次與「諷諭詩」畫上等號。他曾在〈新樂府・序〉說明自己創作新題樂府的主張：

> 篇無定句，句無定字，繫於意，不繫於文。首句標其目，卒章顯其志，《詩三百》之義也。其辭質而徑，欲見之者易諭也。其言直而切，欲聞之者深誡也。其事覈而實，使采之者傳信也。其體順而肆，可以播於樂章歌曲也。總而言之，為君、為臣、為民、為物、為事而作，不為文而作也。〔註 89〕

他認為詩歌的創作目的是為了君臣、人民、時事而作，所以詩的內容重於形式，敘事要信而可徵，文字則要平易近人，又承襲詩前作序以彰其旨的漢儒傳統，以發揚諷諭時政的偉大理想。林志敏：「詩歌在白居易筆底下，非獨立的文學藝術，而是諷諫執政者的工具。」〔註 90〕意即風花雪月之類的無病呻吟不該是詩人的創作內容，詩歌必須對政治產生補偏救弊的功能才有價值。

兩人除了提出諷諭理論，諷諭詩主題更加多元，對於時事細節的刻劃更加明確具體。萬建軍就曾將元稹諷諭詩的題材分為「對君主的諷諫」、「對權豪貴近的鞭撻」、「對邊疆安危的擔憂」、「對人民疾苦的同情」、「對婦女命運的關注」五類〔註 91〕，為婦女發聲的代

〔註 88〕〔唐〕白居易撰，朱金城箋校：《白居易詩集箋校》（上海：上海古籍出版社，1988 年 12 月），頁 2794。

〔註 89〕〔清〕彭定求等編：《全唐詩》（北京：中華書局，2008 年 09 月），頁 4690。

〔註 90〕林志敏：《儒家詩教復變——以中唐詩歌為探討中心》（新北：花木蘭文化出版社，2014 年 03 月），頁 243。

〔註 91〕萬建軍：〈元稹諷諭詩的題材〉，《語文學刊》第 2010 卷 9A 期（2010

表作如〈上陽白髮人〉：

天寶年中花鳥使，撩花狎鳥含春思。滿懷墨詔求嬪御，走上高樓半酣醉。

醉酣直入卿士家，閨闈不得偷回避，良人顧妾心死別，小女呼爺血垂淚。

十中有一得更衣，永配深宮作宮婢。御馬南奔胡馬蹙，宮女三千合宮棄。

宮門一閉不復開，上陽花草青苔地。月夜閑聞洛水聲，秋池暗度風荷氣。

日日長看提眾門，終身不見門前事。近年又送數人來，自言興慶南宮至。

我悲此曲將徹骨，更想深冤復酸鼻。……何如決壅順眾流，女遣從夫男作吏。〔註 92〕

此詩寫天寶年間，玄宗派遣花鳥使蒐羅天下麗人，強搶民女、離散家庭，稍有姿色者好不容易入宮，但在安史之亂後，三千宮人連上陽宮都被捨棄了，她們鎮日深鎖長門之中，虛度青春乃至白頭，最後同情宮娥命運的詩人，對當時憲宗提出大放宮人的建議。詩中揭露選妃制度的殘酷與罪惡，也暗諷玄宗耽於聲色、專寵楊貴妃之不當、甚至導致安祿山之叛亂之事。元、白兩人互相唱和，白居易亦有同名詩作，另有〈賣炭翁〉譏刺「宮市」制度：

賣炭翁，伐薪燒炭南山中。滿面塵灰煙火色，兩鬢蒼蒼十指黑。

賣炭得錢何所營？身上衣裳口中食。可憐身上衣正單，心憂炭賤願天寒。

夜來城上一尺雪，曉駕炭車輾冰轍。牛困人飢日已高，市南門外泥中歇。

翩翩兩騎來是誰？黃衣使者白衫兒。手把文書口稱敕，迴車

年 09 月），頁 3～4。

〔註 92〕〔清〕彭定求等編：《全唐詩》（北京：中華書局，2008 年 09 月），頁 4618。

叱牛牽向北。

一車炭重千餘斤，官使驅將惜不得。半疋紅紗一丈綾，繫向牛頭充炭直。〔註93〕

德宗末年，皇宮日常所需不再屬官府承辦，改由宦官負責。賣炭老人工作胼手胝足，全為衣食溫飽，忍受飢餓侷促，好不容易才等到買家。然而買家不是一般人，而是為皇宮採購的宮使。宮使以低價強買貨物，讓賣炭老人原本對寒天賣炭或許能賣個好價格的期待，一夕化為烏有。這些對人民困苦的憐憫，與詩人對時政的批判緊密結合在一起。讀白居易的諷諭詩，可以看到許多當時社會制度的不合理之處，黃景進認為：「除了一般的主題——如農民的苦痛，官吏的橫徵暴斂，征人思婦的怨恨外，樂天又找到了許多新的題材，例如『凶宅』與『夢仙』寫迷信及妄想；『不致仕』諷刺那些貪戀富貴、老而不退休的人；『立碑』批評世俗之好名；『五弦』論時人好今樂不好古樂等。」〔註94〕元、白二人的諷諭詩數量極多，主題廣泛，批判的對象包括帝王、后妃、藩鎮、宦官、邊將、富商，同情的對象包括農人、小販、織婦、征夫、宮女等等，是其諷諭理論的具體實踐。

在文字風格方面，范淑芬以為：「元白二人因共同提倡代表民眾心聲的社會文學，為補察時政的致用文學，因此主張詩歌要平易尚質；……然而在表達上，白居易似更淺切俚俗。」〔註95〕元、白以淺顯之語寫詩，有助詩歌的流行，對詩的教化功能大有裨益。他們透過寫實筆法寫詩，反映的是有血有淚的真實人生，感動讀者之餘，也自然會對讀者產生潛移默化的效果。

〔註93〕〔清〕彭定求等編：《全唐詩》（北京：中華書局，2008年09月），頁4704。

〔註94〕胡萬川：〈中國的社會詩〉，《中國詩歌研究》（臺北：中央文物供應社，1985年06月），頁428。

〔註95〕范淑芬，《元稹及其樂府詩研究》（臺北：文津出版社，1984年07月），頁212。

三、元和詩人發揚新樂府

元和年間，詩人的大量創作，使「元和體」一說應運而生。關於元和體有兩種說法：一說為廣義的元和體，將元和時期的代表文人都列入其中，以凸顯元和體之特異，如李肇《國史補》：

> 元和已後，為文筆則學奇詭於韓愈，學苦澀於樊宗師；歌行則學流盪於張籍；詩章則學矯激於孟郊，學淺切於白居易，學淫靡於元稹，俱名為「元和體」。大抵天寶之風尚黨，大曆之風尚浮，貞元之風尚蕩，元和之風尚怪也。〔註 96〕

另一說為狹義的元和體，限定為元、白詩作，如《舊唐書．元稹傳》：

> 稹聰警絕人，年少有才名，與太原白居易友善。工為詩，善狀詠風態物色，當時言詩者稱元、白焉。自衣冠士子，至閭閻下俚，悉傳諷之，號為「元和體」。〔註 97〕

綜上說法可知：在元、白提出新樂府的創作理念後，元和時期的詩人或多或少受到影響。本研究所欲探討的元和體，指的是藉由詩歌對社會所發出的不平之聲，雖然受到新樂府運動的影響，但其作品也因應詩人特質而有各自風格。除去前段提過的元、白，本研究的之重點詩人張籍外，以下依序介紹：

孟郊，一生坎坷孤苦，志不得伸，詩多悲愁憤世之詞。張修蓉認為：「他的樂府詩多以窮愁、民困、和征戍為寫作題材，反映其個人與社會的民生疾苦。」〔註 98〕因為孟郊的個人遭遇，使他在寫人民傷痛時，透露出強烈的共鳴感。以其〈織婦辭〉為例：「如何織紈素，自著藍縷衣。官家牓村路，更索栽桑樹。」〔註 99〕前兩句寫農家村婦手上

〔註 96〕〔唐〕李肇：《唐國史補》（上海：上海古籍出版社，1979 年 01 月），頁 57。

〔註 97〕〔後晉〕劉昫等撰：《舊唐書》（北京：中華書局，1975 年 05 月），頁 4331。

〔註 98〕張修蓉：《中唐樂府詩研究》（臺北：文津出版社，1981 年 10 月），頁 338。

〔註 99〕〔清〕彭定求等編：《全唐詩》（北京：中華書局，2008 年 09 月），頁 4187。

趕織絲帛，身上則著襤褸布衣。絲帛到哪裡去了？後二句告訴讀者，原來是官府正在索討蠶絲桑樹。政府徵收賦稅，原是為了造橋鋪路、改善民生，但徵收的若是奢侈品，那只是為了滿足皇室欲望，無益於民，反而害民。此詩藉織婦的弱女子形象，對苛徵稅賦提出控訴，也在諷刺官吏成為侈靡皇室的幫兇。

王建，年代較元、白二人稍早，與張籍交誼甚篤。毛先舒《詩辯坻》曾言：「中唐樂府，人稱張王。」〔註100〕可窺見其樂府受當時看重。因兩人詩作風格相似，常被並稱為張王樂府。試看王建〈北邙行〉：

北邙山頭少閑土，儘是洛陽人舊墓。
舊墓人家歸葬多，堆著黃金無買處。
天涯悠悠葬日促，岡阪崎嶇不停轂。
高張素幕繞銘旌，夜唱輓歌山下宿。
洛陽城北復城東，魂車祖馬長相逢。
車轍廣若長安路，蒿草少於松柏樹。
澗底盤陀石漸稀，盡向墳前作羊虎。
誰家石碑文字滅，後人重取書年月。
朝朝車馬送葬回，還起大宅與高臺。〔註101〕

北邙在洛陽城北，城中達官貴人逝世之後，往往安葬於北方邙山。詩中寫邙山墓多，即使拿著黃金來買，也未必能如願。富貴人家或舉旗幡、或唱輓歌、或以車馬送行、或取澗石雕刻羊虎置於墓前，喪葬儀式鋪張浪費，人來人往如同長安盛況。碑石日久，文字湮滅，被後人竊據，上面記載的那些豐功偉業無人在意。送葬結束，生者返家又蓋起高臺大院，繼續揮霍享樂的生活。詩中先諷富人生前積累臨死無用，銘石立碑意圖名留千古，到頭來也不過是一場空，又

〔註100〕〔清〕毛先舒：《詩辯坻》，收於郭紹虞編選，富壽蓀校點《清詩話續編》（臺北：木鐸出版社，1983年12月），頁49。
〔註101〕〔清〕彭定求等編：《全唐詩》（北京：中華書局，2008年09月），頁3375。

諷生者參與送葬未以死者為鑑，仍不改愛慕名利的價值觀。譚潤生認為：「即使與同時代的元稹、白居易的某些新樂府詩相比，也更具含蓄蘊藉之美，而這也正是王建樂府詩的一大特色。」〔註 102〕王建詩雖諷諭卻不失敦厚，文字自然流暢，適合細膩體味。

李紳，與元、白二人交往密切。早在白居易作〈新樂府〉之前，便曾作〈新題樂府〉二十首〔註 103〕。目前留存作品不多，〈古風〉第一首（又名「憫農」）：「春種一粒粟，秋成萬顆子。四海無閑田，農夫猶餓死。」〔註 104〕前兩句寫農民經歷春、夏、秋三季的辛苦耕耘，才獲得美好收成。後兩句卻話鋒一轉，說天下土地皆由農夫開墾，而最應享受豐收的農夫卻因飢餓致死。其原因何在？不就是有人奪取了農夫的成果嗎？此詩雖然未曾明指那些欺壓農民的人是誰，但透過「無閒田」與「猶餓死」的對比，令人不由得激發對社會不公義的憤慨。

劉禹錫，晚年常與白居易相互酬唱，並稱「劉白」。因曾被遠派邊荒任官，在描繪地方風俗上著力甚深。以其〈賈客詞〉為例：

賈客無定游，所遊唯利並。眩俗雜良苦，乘時取重輕。
心計析秋毫，搖鉤侔懸衡。錐刀既無棄，轉化日已盈。
邀福禱波神，施財遊化城。妻約雕金釧，女垂貫珠纓。
高貲比封君，奇貨通幸卿。趨時鷙鳥思，藏鏹盤龍形。
大艑浮通川，高樓次旗亭。行止皆有樂，關梁自無征。
農夫何為者，辛苦事寒耕。〔註 105〕

此詩對追逐名利者如何用盡心機刻劃甚多，先說商人一舉一動都是為

〔註 102〕譚潤生：《唐代樂府詩》（臺北：黎明文化事業公司，2000 年 03 月），頁 181～182。

〔註 103〕元稹〈和李校書新題樂府十二首〉：「余友李公垂貺余樂府新題二十首，雅有所謂。不虛為文，余取其病時之尤急者。列而和之，蓋十二而已。」然李紳之新題樂府二十首今多亡佚，見〔清〕彭定求等編：《全唐詩》（北京：中華書局，2008 年 09 月），頁 4615。

〔註 104〕〔清〕彭定求等編：《全唐詩》（北京：中華書局，2008 年 09 月），頁 5494。

〔註 105〕〔清〕彭定求等編：《全唐詩》（北京：中華書局，2008 年 09 月），頁 3974。

了利益，或在將好壞貨物混雜一起欺騙顧客，或囤積貨物以待時機賣出，或在磅秤上偷斤減兩，平日求神問卜全是為了累積財富。妻女得以穿金戴銀，家業堪比諸侯之餘，又用奇貨賄賂官員，因此即使有大船、店鋪，卻免繳地方稅收。末二句則以不分四季、勤苦耕耘的農夫作對比，表現對腳踏實地者的同情。詩中揭露奸商牟取暴利的手段，雖未明白寫出官商勾結的政治生態，但讀者自然能領會其中旨趣。林志敏認為：「與其他主張詩教詩人有異的是，劉禹錫之詩作反映民瘼者反而不太多，詩人較多選擇從政治嘲諷中來關心民瘼，以及關懷國家政教。」〔註 106〕劉禹錫與元、白同樣繼承《詩經》美刺精神，但他的詩中較少直接對統治者的控訴，而是委婉含蓄的。

本章小結

概述詩歌諷諭傳統在各朝代的進程，首先是詩教觀的發展：周代開始，上有採詩，下有獻詩，詩歌是統治者的輔佐。先秦時期，儒家學者則認為《詩經》能作為教化之用，詩人眼見政治黑暗或社會不公，便藉由引詩、作詩對統治者提出勸諫。漢代以後，更強調人臣以詩諷諭的功能，在詮解《詩經》時，常附會美刺諷頌的功能，文學創作也常連結至勸戒君王之說。其次是寫實樂府的興起：漢代設立樂府官署，蒐集民間歌謠，使「樂府」成為新的詩歌體裁，內容往往聚焦於現實，手法則運用更多的敘事，使聽者能在潛移默化中受到影響。建安時期的文人樂府，延續了古樂府的精神直陳批判，正史以後，文人樂府則轉為隱誨迂迴，主題限縮。

到了唐代，先有陳子昂主張追摹「漢魏風骨」，將興寄手法運用在詩歌之中，扭轉齊梁遺風，開元時期儒者關懷生民的責任感，則因穩定的政治局面而得到了發揮。在此背景下，盛唐的兩位詩人分別對古題樂府與新題樂府進行深化：李白將流行的律體轉以大量古

〔註 106〕林志敏：《儒家詩教復變——以中唐詩歌為探討中心》（新北：花木蘭文化出版社，2014 年 03 月），頁 202～203。

體創作，延續了古樂府的質樸風格，又對古題樂府做了大量加工，使其更具氣勢；杜甫則在新題樂府上著力甚多，他以時事關懷作為主要內容，取材不做泛論，而選用現實中的典型化事件，觀點採用第三人稱敘述，抽離主觀抒情成分，並使新題樂府專作諷諭，與其他體裁作出區隔。尤其他的個人生存與社會環境環環相扣，詩中展現強烈的抑鬱悲憤，諷諭的效果更為顯著。

中唐元和年間，新樂府創作大盛。在此之前，元結曾提出規諷理論，又仿《詩經》以組詩並序的方式呈現，雖有顧況承接，可惜藝術性不足，對當時詩界影響不大。後來元稹、白居易同樣推尊風雅六義，指出從《詩經》而降的諷諭詩源流發展，並將詩歌的功能完全寄於裨益時政。白居易更明確提出「諷諭詩」概念，將新題樂府專用作美刺興比。這些新樂府形式不受格律限制，仿效《詩經》首句標目、卒章見志的特色，語言平實直切，內容則講求貼近時事。其他元和詩人，如李紳結合個人遭遇與社會狀況、王建不失敦厚的諷諭、李紳對農民受欺壓的不平、劉禹錫運用較多的政治嘲諷等等，使諷諭詩展現出各種面貌。

第三章　張籍創作背景

欲了解張籍為何在中唐創作諷諭詩，須從宏觀的社會體系與微觀的社會角色、社會互動下手，才能釐清其創作背景，故本章依序探悉中唐社會情況、張籍生平經歷與張籍交遊往來三項主題。

第一節　中唐社會狀況

孟郊、張籍、王建、元稹、白居易、李紳、劉禹錫等眾多詩人，在元和年間有大量以政治社會為背景的詩歌創作，在整個唐代之中是明顯特殊的現象。白居易：「詩到元和體變新」〔註1〕，元和詩改變既有的唐詩，在文學史上具有獨特地位。葛曉音在〈中唐文學的變遷〉中指出：「文學史上的「中唐」，一般是指唐代宗大歷元年（766）到唐文宗太和九年（835），大約70年的這段時期。從大歷到唐德宗貞元（785～805）初的前20年，是文學從盛唐轉向中唐的過渡時期，又可稱為中唐前期。後50年則是中唐文學的大變時期。」〔註2〕為瞭解詩人求新求變的原因，以及當時諷諭詩所反映的社會實況，當觀察中唐時期的政治局勢與人民生計，底下主要以葛氏所稱之中唐時期作為探討範疇。

〔註1〕〔清〕彭定求等編：《全唐詩》（北京：中華書局，2008年09月），頁5000。

〔註2〕葛曉音：〈中唐文學的變遷〉，《古典文學知識》1994年第4期（1994年06月），頁43。

一、政治局勢

（一）藩鎮割據

唐代的藩鎮本是為保衛邊境安全而設立，但其勢力到了中唐卻越來越壯大，反而對國內造成威脅。身在京城的李唐皇室經歷了動盪不安的八年安史之亂，最後實乃仰賴地方藩鎮平定。且戰亂雖平息，餘孽仍盤踞河北，加之外患威脅，只好又設藩鎮制衡。《資治通鑑・唐紀三十八》：

> 癸亥，以史朝義降將薛嵩為相、衛、邢、洺、貝、磁六州節度使，……田承嗣為魏、博、德、滄、瀛五州都防禦使，……李懷仙仍故地為幽州、盧龍節度使。……朝廷亦厭苦兵革，苟冀無事，因而授之。〔註3〕

李唐皇室為了盡速弭平戰事、穩定政局，讓安、史舊將轉任河北區域的節度使或防禦使。然而當藩鎮坐大，在朝廷積弱已久、沒有足夠軍力的條件下，李唐皇室為求制衡原有藩鎮，又更廣設藩鎮〔註4〕。此後藩鎮自恃軍隊，對皇室權威產生極大危害，《新唐書・兵志》：

> 由是方鎮相望於內地，大者連州十餘，小者猶兼三四。故兵驕則逐帥，帥彊則叛上。或父死子握其兵而不肯代；或取捨由於士卒，往往自擇將吏，號為「留後」，以邀命於朝。天子顧力不能制，則忍恥含垢，因而撫之，謂之姑息之政。……由是號令自出，以相侵擊，虜其將帥，并其土地，天子熟視不知所為，反為和解之，莫肯聽命。〔註5〕

〔註3〕〔宋〕司馬光：《資治通鑑》（臺北：明倫出版社，1972年08月），頁7141。

〔註4〕《新唐書・兵志》：「始時為朝廷患者，號『河朔三鎮』。及其末，朱全忠以梁兵、李克用以晉兵更犯京師，而李茂貞、韓建近據岐、華，……嚮之所謂三鎮者，徒能始禍而已。其他大鎮，南則吳、浙、荊、湖、閩、廣，西則岐、蜀，北則燕、晉，而梁盜據其中，自國門以外，皆分裂於方鎮矣。」，見〔宋〕歐陽修、宋祁撰：《新唐書》（北京：中華書局，1975年02月），頁1330。

〔註5〕〔宋〕歐陽修、宋祁撰：《新唐書》（北京：中華書局，1975年02月），頁1329。

「節度使」一職雖為皇帝封賜，但皇帝卻沒有實權拔除之，而是任憑當地勢力自立新節度使，或由子繼，或由部下取而代之。對於這些抗命之舉，皇帝只能姑息與遷就，藩鎮若為爭權而彼此衝突，皇帝也無力處理，因此藩鎮越發恣意妄為。《新唐書・藩鎮傳・序》：

> 亂人乘之，遂擅署吏，以賦稅自私，不朝獻於廷。效戰國，肱髀相依，以土地傳子孫，脅百姓，加鋸其頸，利怵逆汙，遂使其人自視由羌狄然。一寇死，一賊生，訖唐亡百餘年，卒不為王土。〔註6〕

除了軍事不效忠李唐皇室外，各藩鎮自行任命文官武將，不申報戶口、不上繳賦稅，司法、財政儼然獨立於李唐皇室，如同戰國時期地方割據局面。人民在利誘威逼下，受藩鎮治理而不屬朝廷管轄。藩鎮彼此各自為政，猶如化外之地。張籍〈永嘉行〉：「九州諸侯自顧土，無人領兵來護主。」〔註7〕便是在寫這種狀況。李樹桐對此現象的評論：「朝廷方面因大亂之後，力求安定，遂特別優容，而藩鎮們則一則蠻橫成性，二則看破朝廷弱點，愈益跋扈。」〔註8〕這些地方勢力蠻橫跋扈，經常反抗中央命令，也常因擴張勢力而導致彼此衝突。當時為求安定而普設藩鎮，實為養癰遺患之舉，李唐皇室之中央集權統治已然一蹶不振。

（二）朋黨傾軋

自科舉取士以來，寒士出身的朝官與士族出身的朝官自然集結為兩個派系。平心而論，「朋黨」並非起自中唐，然而以黨對立而造成朝廷亂象，確然由牛李黨爭開始。牛李二黨分屬兩個族群，楊儀君：「大多以為牛黨代表著進士出身的庶族官僚地主，而李黨則代表

〔註6〕〔宋〕歐陽修、宋祁撰：《新唐書》（北京：中華書局，1975年02月），頁5922。

〔註7〕李建崑：《張籍詩集校注》（臺北：華泰文化事業公司，2001年07月），頁50。

〔註8〕李樹桐：〈元和中興之研究〉，《唐史索隱》（臺北：商務印書館，1988年02月），頁145。

北朝以來山東士族出身的官僚，他們之間的分歧不僅在於政治主張的不同，還包括禮法、門風等文化背景的差異。」〔註9〕其中李黨代表人物為李德裕，牛黨則有牛僧孺、李宗閔、李逢吉等人，一般以為雙方的矛盾始於憲宗在位時期。《新唐書．李德裕傳》：

> 始，吉甫相憲宗，牛僧孺、李宗閔對直言策，痛詆當路，條失政。吉甫訴於帝，且泣，有司皆得罪，遂與為怨。吉甫又為帝謀討兩河叛將，李逢吉沮解其言，功未既而吉甫卒，裴度實繼之。逢吉以議不合罷去，故追銜吉甫而怨度，擯德裕不得進。至是，間帝暗庸，訹度使與元稹相怨，奪其宰相而己代之。欲引僧孺益樹黨，乃出德裕為浙西觀察使。俄而僧孺入相，由是牛、李之憾結矣。〔註10〕

李吉甫為李德裕之父，因牛僧孺、李宗閔在應試時指陳自己施政錯誤而有隙，又因主張削藩而與李逢吉結怨。待得李逢吉取代元稹擔任宰相，遂將李德裕遠調浙西。此後一旦一方得勢，必定削減另一方勢力；一方取得話語權，必定與另一方唱反調。派系偏見致使議政不問是非、互相爭鬥，《舊唐書．白居易傳》：

> 大和已後，李宗閔、李德裕朋黨事起，是非排陷，朝升暮黜，天子亦無如之何。楊穎士、楊虞卿與宗閔善，居易妻，穎士從父妹也。居易愈不自安，懼以黨人見斥，乃求致身散地，冀於遠害。凡所居官，未嘗終秩，率以病免，固求分務，識者多之。〔註11〕

牛李二黨互相傾軋，即使皇帝亦無可奈何。白居易姻親與李宗閔有關，為免被標上黨人之名，自請外放。無過而自貶，可見當時禍害之甚。當時的朝臣即使未明確隸屬其黨，也或多或少與其黨人有所接觸，或被貶，或被殺，整個朝廷因朋黨之爭而草木皆兵，人才自

〔註9〕楊儀君：《論牛李黨爭與李商隱政治詩的關係》（臺北：華梵大學東方人文思想研究所碩士學位論文，2005年），頁34。

〔註10〕〔宋〕歐陽修、宋祁撰：《新唐書》（北京：中華書局，1975年02月），頁5327。

〔註11〕〔後晉〕劉昫等撰：《舊唐書》（北京：中華書局，1975年05月），頁4353。

然受到壓抑。而若無朋黨提攜，文士即使才華洋溢，也難以入朝為官，張籍〈長塘湖〉:「小魚如針鋒，水濁誰能辯真龍」〔註12〕便是對這樣的時局，發出的慨嘆。文宗曾言:「去河北賊易，去此朋黨難！」〔註13〕朝官本應為國出力，卻結為朋黨互相攻擊，又影響朝廷選賢與能，對國力實是莫大損傷。

（三）宦官弄權

朝內除有朋黨，宦官也是內政騷亂之因。他們受皇帝寵信，往往身兼政務、軍事職務，權傾朝野。寶應二年（763），安史之亂結束，肅宗即位便重用宦官李輔國，《舊唐書・外戚傳》云：

> 代宗立，輔國等以定策功，愈跋扈，至謂帝曰:「大家弟坐宮中，外事聽老奴處決。」帝矍然欲翦除，而憚其握兵，因尊為尚父。〔註14〕

宦官李輔國因對肅宗上位有功，受封高官，文武百官無不聽從李輔國命令，甚至得以執掌禁軍，欺代宗即位不久，儼然欲號令天下。儘管代宗不滿，仍不敢輕易動搖，原因就在於宦官握有重兵。《舊唐書・宦官傳》:「朝恩專典神策軍，出入禁中，賞賜無算。」〔註15〕「涇師之亂，帝召禁軍禦賊，……唯文場、仙鳴率諸宦者及親王左右從行。志貞貶官，左右禁旅，悉委文場主之。」〔註16〕宦官魚朝恩、竇文場、

〔註12〕李建崑:《張籍詩集校注》(臺北：華泰文化事業公司，2001年07月)，頁442。

〔註13〕《新唐書・李宗閔傳》:「時訓、注欲以權市天下，凡不附己者，皆指以二人黨，逐去之。人人駭栗，連月雺晦。帝乃詔宗閔、德裕姻家門生故吏，自今一切不問，所以慰安中外。嘗歎曰:『去河北賊易，去此朋黨難！』」，見〔宋〕歐陽修、宋祁撰:《新唐書》(北京：中華書局，1975年02月)，頁5236。

〔註14〕〔後晉〕劉昫等撰:《舊唐書》(北京：中華書局，1975年05月)，頁5882。

〔註15〕〔後晉〕劉昫等撰:《舊唐書》(北京：中華書局，1975年05月)，頁4763。

〔註16〕〔後晉〕劉昫等撰:《舊唐書》(北京：中華書局，1975年05月)，頁4766。

霍仙鳴等人長期擔任神策軍或禁軍統帥，不但坐擁軍權，對中央行政亦有極大影響。

憲宗在位時，為削減藩鎮，曾不顧諫官、御史上疏反對，任用宦官吐突承璀為統帥。〔註 17〕雖然皇帝也憂宦官羽翼壯大，但相對寵信的仍是這群與他在宮中朝夕相處的宦官。過往史家常以皇帝昏庸作為宦官干政之解釋，但為何皇帝厭惡宦官驕橫，卻往往在遏其勢力後，又培養新宦官取而代之？楊西雲認為：「宦官勢力是與君臣關係惡化以及安史亂後統治危機加深密切聯繫在一起的。皇帝重用宦官的目的是為了在突變的政治環境下強化皇權，宦官體現了皇帝的意志。……因為比起權臣武將來說，作為家奴的宦官畢竟不能取皇帝而代之，所謂兩害相權取其輕而已。」〔註 18〕當藩鎮、朋黨在朝坐大，皇帝無法信任文臣武將，便只能仰賴宦官加強皇權以對抗外朝勢力。但宦官勢力對皇權影響實不亞於其他二者，《新唐書．宦者傳》：「守澄與內常侍陳弘志弒帝於中和殿，緣所餌，以暴崩告天下，乃與梁守謙、韋元素等定冊立穆宗。」〔註 19〕「文宗嗣位，守澄有助力。」〔註 20〕宦官王守澄歷任憲宗、穆宗、敬宗、文宗四朝，弒帝立帝所在多有。原本是為鞏固皇權而興的宦官，在唐皇帝繼承過程中卻常擔任決定性的角

〔註 17〕《舊唐書·吐突承璀傳》:「吐突承璀，幼以小黃門直東宮，性敏慧，有才幹。憲宗即位，授內常侍，知內省事，左監門將軍。俄授左軍中尉、功德使。四年，王承宗叛，詔以承璀為河中、河南、浙西、宣歙等道赴鎮州行營兵馬招討等使，……諫官、御史上疏相屬，皆言自古無中貴人為兵馬統帥者，補闕獨孤郁、段平仲尤激切。……出師經年無功，……段平仲抗疏極論承璀輕謀弊賦，請斬之以謝天下，憲宗不獲已，降為軍器使。俄復為左衛上將軍，知內侍省事。」，見〔後晉〕劉昫等撰：《舊唐書》(北京：中華書局，1975 年 05 月)，頁 4767。

〔註 18〕楊西雲：〈唐文宗除宦與宦官專權政局〉,《歷史教學(高校版)》2007 年第 7 期（2007 年 08 月），頁 10～15。

〔註 19〕〔宋〕歐陽修、宋祁撰：《新唐書》(北京：中華書局，1975 年 02 月)，頁 5883。

〔註 20〕〔宋〕歐陽修、宋祁撰：《新唐書》(北京：中華書局，1975 年 02 月)，頁 5884。

色，這不僅增加了朝臣對皇帝的不信任，也牽制了皇權的發展。

（四）外族侵擾

外患問題一直存在於唐代〔註21〕，到了天寶十四年（755）安史之亂發生，國內動盪不安，給予虎視眈眈的外敵可乘之機，尤其是吐蕃與回紇。

首先是西方的吐蕃，對李唐多次進犯，據《舊唐書．吐蕃傳》：

> 乾元之後，吐蕃乘我間隙，日蹙邊城，或為虜掠傷殺，或轉死溝壑。數年之後，鳳翔之西，邠州之北，盡蕃戎之境，湮沒者數十州。〔註22〕

李唐遭逢內亂同時，吐蕃趁機寇邊。其燒殺擄掠之殘忍行徑令人髮指，從邊境到中原各地皆畏苦之，也有多處淪陷。《舊唐書．代宗本紀》：「是月，吐蕃大寇河、隴，陷我秦、成、渭三州，入大震關，陷蘭、廓、河、鄯、洮、岷等州，盜有隴右之地。」〔註23〕軍事地位極高的隴右地區，歸吐蕃管控數十年，長期對李唐造成威脅。除了侵占地方，吐蕃更曾進逼中央，《新唐書．李賢傳》：「廣德元年，吐蕃入京師，天子如陝，虜宰相馬重英立承宏為帝，以翰林學士于可封、霍瓌為宰相。」〔註24〕代宗初立，吐蕃一度占領長安，另立李承宏為帝，並設置百官，代宗為此出奔陝州，以此為辱。其後雖有郭子儀收復，但自此長安四郊常設堡壘，只要吐蕃來犯便經常戒嚴。吐蕃不但對西北領土蠶食鯨吞，也對李唐皇室的安危造成莫大陰影，為後來仰賴藩鎮種下前因。張籍〈隴頭行〉：「去年中國養子

〔註21〕《新唐書．四夷傳》：「唐興，蠻夷更盛衰，嘗與中國亢衡者有四：突厥、吐蕃、回鶻、雲南是也。」，見〔宋〕歐陽修、宋祁撰：《新唐書》（北京：中華書局，1975年02月），頁6023。

〔註22〕〔後晉〕劉昫等撰：《舊唐書》（北京：中華書局，1975年05月），頁5236。

〔註23〕〔後晉〕劉昫等撰：《舊唐書》（北京：中華書局，1975年05月），頁272。

〔註24〕〔宋〕歐陽修、宋祁撰：《新唐書》（北京：中華書局，1975年02月），頁931。

孫，今着氈裘學胡語。」〔註 25〕寫的就是領土陷落外族，以致人民改服易俗的處境。

其次是北方的回紇。回紇早期為突厥部落之一，叛變後稱「回鶻」或「回紇」。安史之亂迫使皇帝捨棄京城奔逃四川，唐軍潰敗之際，原與吐蕃結盟攻唐的回紇陣前倒戈，為李唐效力〔註 26〕。回紇向來善於野戰，騎兵健旅為李唐扭轉情勢，遂平定安史之亂。據《資治通鑑．唐紀》記載：

> 回紇入東京，肆行殺略，死者萬計，火累旬不滅。……比屋蕩盡，士民皆衣紙。回紇悉置所掠寶貨於河陽，留其將安恪守之。〔註 27〕

助李唐平亂後，回紇在京城殺人放火，大肆擄掠。雖與李唐為盟，卻居功勒索，擾邊劫掠不斷。《新唐書．董晉傳》：「回紇恃有功，見使者倨，因問：『歲市馬而唐歸我賄不足，何也？』」〔註 28〕回紇年年賣馬給李唐，駑瘠之馬卻以高價售出，對於因長年戰亂而入不敷出的李唐而言，壓力實在沉重。劉義棠：「在此（安史之亂）以前，回紇屢表依順唐朝，而在此以後，則唐朝百般容忍結好回紇，因之，傲慢、驕橫，成為回紇之寫照，入寇、掠奪亦就相繼而至。」〔註 29〕回紇少與唐軍

〔註 25〕李建崑：《張籍詩集校注》（臺北：華泰文化事業公司，2001 年 07 月），頁 426。

〔註 26〕《新唐書．郭子儀傳》：「懷恩盡說吐蕃、回紇、党項、羌、渾、奴剌等三十萬，掠涇、邠，躪鳳翔，入醴泉、奉天，京師大震。……子儀以數十騎出，免冑見其大酋曰：『諸君同艱難久矣，何忽亡忠誼而至是邪？』回紇捨兵下馬拜曰：『果吾父也。』子儀即召與飲，遺錦綵結歡，誓好如初。……子儀遣將白元光合回紇眾追躡，大軍繼之，破吐蕃十萬於靈臺西原，斬級五萬，俘萬人，盡得所掠士女牛羊馬橐駝不勝計。」見〔宋〕歐陽修、宋祁撰：《新唐書》（北京：中華書局，1975 年 02 月），頁 4606。

〔註 27〕〔宋〕司馬光：《資治通鑑》（臺北：明倫出版社，1972 年 08 月），頁 7135。

〔註 28〕〔宋〕歐陽修、宋祁撰：《新唐書》（北京：中華書局，1975 年 02 月），頁 4819。

〔註 29〕劉義棠：〈回鶻與唐朝和戰之研究〉，《政大學報》2009 年第 4 期

短兵相接，而是在邊境大肆掠奪財貨，又仗勢平亂之功而在絹馬交易上囂張跋扈，李唐皇室為求安定，只能一味順從。

二、人民生計

（一）賦稅沉重

八年的安史之亂對國家經濟消耗甚鉅，無論中央或地方都積極向百姓催討稅收並加倍徵收。然而戰亂時人口逃散，田畝荒廢，戰後土地兼併情況頻繁，《新唐書．食貨志》：「租庸調之法，以人丁為本。自開元以後，天下戶籍久不更造，丁口轉死，田畝賣易，貧富升降不實。」〔註 30〕朝廷並無確切的人口資料，過往田地也早經轉手，然而其原居地區的總稅額並不因此改易，也就是原居地區的農戶必須分攤那些出逃者的稅額，即所謂「攤逃」，《舊唐書．李渤傳》：「訪尋積弊，始自均攤逃戶。凡十家之內，大半逃亡，亦須五家攤稅。似投石井中，非到底不止。」〔註 31〕苛徵雜稅，對向來貧苦的農民實是極大苦難。

為求公平，也為了確實充實國庫，德宗建中元年改行兩稅法，據《唐會要》對兩稅法的記載〔註 32〕，課稅的對象從紙上農戶改為各地的現居人口，並依照資產多寡實施差別稅率，戶稅繳錢，地稅

（1974 年 05 月），頁 95。

〔註 30〕〔宋〕歐陽修、宋祁撰：《新唐書》（北京：中華書局，1975 年 02 月），頁 1351。

〔註 31〕〔後晉〕劉昫等撰：《舊唐書》（北京：中華書局，1975 年 05 月），頁 4438。

〔註 32〕王溥：「凡百役之費，一錢之斂，先度其數而賦於人，量出以制入。戶無土客，以見居為簿；人無丁中，以貧富為差。不居處而行商者，在所州縣稅三十之一，度所取與居者均，使無僥倖。居人之稅，秋夏兩徵之，俗有不便者正之。其租庸雜徭悉省，而丁額不廢，申報出入如舊式。其田畝之稅，率以大曆十四年墾田之數為准而均徵之。夏稅無過六月，秋稅無過十一月。逾歲之後，有戶增而稅減輕及人散而失均者，進退長吏，而以度支總統之。」見〔宋〕王溥：《唐會要》（上海：上海古籍出版社，1991 年 01 月），頁 1820。

交實物。除了以前的農戶外，官員、僧侶、商人等其他職業人口也都需要繳稅。然而此法亦有許多問題，如以舊制徵稅即是明顯不合現實，周姍穎：「兩稅法以大曆十四年的墾田數為準，各州各道按照所掌握的舊有數額進行攤派，但由於戰亂，田畝數量變化很大，而當時仍然以舊額攤派賦稅，顯然是不合理的。」〔註 33〕《資治通鑑·唐紀》又云：

> 建中初定兩稅，貨重錢輕；是後貨輕錢重，民所出已倍其初，其留州、送使者，所在又降少目估，就實估以重斂於民。〔註 34〕

以錢繳稅，相較過往單純以實物繳稅，人民的負擔更易受到幣值波動而增加，而當時遇到的問題便是貨幣增值、物價下跌。農戶的穀物換成錢幣後大大貶值，實際負擔便增加了。此外，孫彩紅觀察到：「行業間稅率差別的存在，致使不同行業的納稅人稅負不均，形成『惰游之戶藏富』而稅輕、『耕桑之賦愈重』的不公平現象。」〔註 35〕雖是以資產課稅，但富人莫不隱匿資產，實際資產難以估算，以致稅率並不公平。張籍〈野老歌〉：「老農家貧在山住，……苗疏稅多不得食，……西江賈客珠百斛，船中養犬長食肉。」〔註 36〕詩中也反映了貧農交付重稅，商人卻逃脫稅制的不合理。賦稅太重再次導致人民出逃，劉玉峰引用李劍農《魏晉南北朝隋唐經濟史稿》的說法：「唐代經濟社會崩潰之主要原因，為土地財富分配之失調，致令貧富懸絕，更益以租稅負擔之失均，貧者負擔奇重，不能維持生存，因而流亡者

〔註 33〕周姍穎：〈簡評租庸調製到兩稅法改革〉，《商業文化》2010 年第 4 期（2010 年 04 月），頁 152。

〔註 34〕〔宋〕司馬光：《資治通鑑》（臺北：明倫出版社，1972 年 08 月），頁 7654。

〔註 35〕孫彩紅：〈唐後期兩稅法下納稅人的稅收負擔水準新探〉，《廈門大學學報（哲學社會科學版）》2010 年第 2 期（2010 年 03 月），頁 107。

〔註 36〕李建崑：《張籍詩集校注》（臺北：華泰文化事業公司，2001 年 07 月），頁 16。

聚為盜賊，遂至於政權解體。」〔註 37〕社會之所以動盪不安，實在是官逼民反的結果。

（二）官箴敗壞

朝廷中有宦官干政、朋黨傾軋，導致正常的任用升遷管道遭到破壞，為求升官調任，討好當時權臣，有些官吏往往不擇手段。如《舊唐書・元載傳》：

> 載兼判度支，志氣自若，……城南膏腴別墅，連疆接畛，凡數十所，婢僕曳羅綺一百餘人，恣為不法，侈僭無度。江、淮方面，京輦要司，皆排去忠良，引用貪猥。士有求進者，不結子弟，則謁主書，貨賄公行，近年以來，未有其比。〔註 38〕

代宗年間，宰相元載控制朝廷人事，一般人若無向其巴結，絕無升遷機會。且眾人賄賂的對象不只是宰相，宰相身邊的相關人等也都因此大肆斂財。官員不是戮力從公，而是盡可能地剝削民脂民膏，再將錢拿來蓋別墅、養奴僕、穿金戴銀等等。為了滿足這些貪婪的高官，分配到地方的下級官員自然也會中飽私囊。《新唐書・食貨志》：

> 朱泚既平，於是帝屬意聚斂，常賦之外，進奉不息。……當是時，戶部錢物，所在州府及巡院皆得擅留，或矯密旨加斂，謫官吏、刻祿稟，增稅通津、死人及蔬果。凡代易進奉，取於稅入，十獻二三，無敢問者。常州刺史裴肅鬻薪炭案紙為進奉，得遷浙東觀察使。刺史進奉，自肅始也。劉贊卒於宣州，其判官嚴綬傾軍府為進奉，召為刑部員外郎。判官進奉，自綬始也。〔註 39〕

德宗平定朱泚之亂後，國庫卻空空如也，地方官吏揣度聖意，有意討

〔註 37〕劉玉峰：〈20 世紀前半葉唐代經濟史研究回顧〉，《思想戰線》第 34 卷 4 期（2008 年 07 月），頁 103。

〔註 38〕〔後晉〕劉昫等撰：《舊唐書》（北京：中華書局，1975 年 05 月），頁 3410。

〔註 39〕〔宋〕歐陽修、宋祁撰：《新唐書》（北京：中華書局，1975 年 02 月），頁 1358。

好，於是他們壓榨人民血汗，搜刮出大量財貨。而當眾人發現「進奉」天子可以得到加官進爵的機會，歪風自然更盛。《舊唐書．食貨志》又云：「淮南節度使陳少遊請於本道兩稅錢每千增二百，因詔他州悉如之。」〔註40〕這些「父母官」仗著職位特權，在催收稅賦時法外加徵，全然不顧人民疾苦。此時腐敗的吏治風氣，已然從中央蔓延到地方。

除此之外，德宗年間統一由宦官負責採購宮廷日常用品，稱為宮市。鍾優民評論：「宮市是當時宮廷掠奪民間財物的一種最狠毒的流氓方式。」〔註41〕根據《新唐書．叛臣傳》記載：

> 貞元以後，中官市物都下，謂之「宮市」，不持符牒，口含詔命，取濫縑惡布紅紫之，倍其估，裂以償直。市之良賈精貨，皆逃去不出，列廛閉者，惟粗雜苦窳而已。又有彊驅入禁中，罄所車輦，賣者不平，因共歐笞之。蒼頭女奴，名馬工車，惴惴常畏捕取。〔註42〕

宮市交易進行時不需朝廷文書，而是任憑宦官隨口喊價，他們以極低廉的價格購買昂貴精品，若商家不滿，便施予刑罰。一般商家每逢宮市時間便下架良品，奴僕、婢女也都因此畏懼。在天子默許下，宦官強取豪奪，除了低價買物，他們也會直接拿取民間物資而不給予金錢，甚至勒索百姓繳交額外財貨。〔註43〕這些橫搶他人財物的行為，怎能不激起民怨？

〔註40〕〔後晉〕劉昫等撰：《舊唐書》（北京：中華書局，1975年05月），頁2093。

〔註41〕鍾優民：《新樂府詩派研究》（瀋陽：遼寧大學出版社，1997年），頁210。

〔註42〕〔宋〕歐陽修、宋祁撰：《新唐書》（北京：中華書局，1975年02月），頁6384。

〔註43〕《舊唐書．張建封傳》：「末年不復行文書，置白望數十百人於兩市及要鬧坊曲，閱人所賣物，但稱宮市，則斂手付與，真偽不復可辨，無敢問所從來及論價之高下者，率用直百錢物買人直數千物，仍索進奉門戶及腳價銀。人將物詣市，至有空手而歸者，名為宮市，其實奪之。」見〔後晉〕劉昫等撰：《舊唐書》（北京：中華書局，1975年05月），頁3830。

（三）貧富矛盾

宮廷、官吏的生活豪奢，但農民生計卻在權臣貪官的壓迫下苦不堪言，陸贄〈均節賦稅恤百姓六條〉描述了當時的狀況：

> 今制度弛紊，疆理隳壞，恣人相吞，無復畔限。富者兼地數萬畝，貧者無容足之居，依託強豪，以為私屬，貸其種食，賃其田廬，終年服勞，無日休息，罄輸所假，常患不充。有田之家，坐食租稅，貧富懸絕，乃至於斯，厚斂促徵，皆甚公賦。今京畿之內，每田一畝，官稅五升，而私家收租殆有畝至一石者，是二十倍於官稅也。降及中等，租猶半之，是十倍於官稅也。〔註 44〕

在吏治不公的狀態下，富人得以不斷侵占土地，窮人無地可耕，只能成為底下佃農，終日耕作不懈，收成卻大多上繳。這些地主又大多兼具地方官吏身分，他們生活富裕，稅率較低；平民省吃儉用，稅率卻是官稅的十倍甚至二十倍。不合時宜的制度，加速農民貧困化的過程。劉玉峰認為這些富人屬於貴富集團：「既『貴』又『富』——既有權有勢，又有資有財，是一個統治階級上層強勢利益集團。」〔註 45〕並同時兼具多個身分，「唐代的『貴富集團』包括貴族、官僚、宦官、地主、富商大賈、佛寺道觀等。」〔註 46〕這些富人不但在經濟上從事多角化經營，又在政治上具備強大影響力，因此除了能不斷累積財富，還能千方百計躲避稅收、規避兵役，古怡青研究發現當時富人「改雇貧弱代番，結果兵役集中於農民，簡點不實，負擔過重，農民逃亡、暴動。」〔註 47〕在此同時，貧民只能不斷受其壓

〔註 44〕〔清〕董誥等編：《全唐文》（北京：中華書局，1983 年 11 月），頁 4759～4760。

〔註 45〕劉玉峰：〈試論唐代貴富集團田莊經濟的惡性特徵〉，《思想戰線》第 36 卷 6 期（2010 年 11 月），頁 92。

〔註 46〕劉玉峰：〈試論唐代貴富集團田莊經濟的惡性特徵〉，《思想戰線》第 36 卷 6 期（2010 年 11 月），頁 92。

〔註 47〕王吉林：《唐代府兵制度與衰研究：從衛士負擔談起》（臺北：新文豐出版社，2002 年 09 月），頁 470。

榨卻無可逃脫。

安史亂後，李唐皇室經濟困窘，便行「榷鹽法」壟斷鹽價，從中收稅牟利。一度達到「天下之賦，鹽利居半」〔註48〕的程度。商賈見奇貨可居，或大量走私，或勾結官府，從中牟取暴利，《新唐書．食貨志》：

> 亭戶冒法，私鬻不絕，巡捕之卒，遍于州縣。鹽估益貴，商人乘時射利，遠鄉貧民困高估，至有淡食者。……其後軍費日增，鹽價寖貴，有以穀數斗易鹽一升。私糴犯法，未嘗少息。〔註49〕

當時走私貿易不斷，官府積極派人巡視。因走私而被捕者雖多，但沒被捕的鹽商卻能一夕暴利，自然人人趨之若鶩。因鹽價高漲，人民只能任憑剝削，或寧可不吃鹽，但也並非長久之計。《新唐書．食貨志》：「農人日困，末業日增。」〔註50〕農民為了謀生，只好捨棄農耕本業，改從事手工業或商業。張安福：「手工業領域主要集中在紡織業、製茶業、礦業等需要勞動力較多的行業。……許多地方出現了脫離糧食生產而專門從事茶葉生產的『園戶』。」〔註51〕這些紡織、製茶、採礦等行業雖讓農民增加了收入，但仍是為了滿足皇室貴族或權臣富豪的物質欲望，如胡如雷研究唐代的絹帛價格波動，便從中發現：「綿帛雖然基本上是農民的產品，卻主要是供剝削階級消費的。」〔註52〕富人得到的商品，實際上仍是對貧民生產成果的掠奪。貧民即使轉換到其他行業，在高密度的勞動環境與低水準的生產所得下仍難以改變貧窮的現狀，懸殊的貧富差距下只能一直延續。

〔註48〕〔宋〕歐陽修、宋祁撰：《新唐書》（北京：中華書局，1975年02月），頁1378。

〔註49〕〔宋〕歐陽修、宋祁撰：《新唐書》（北京：中華書局，1975年02月），頁1379。

〔註50〕〔宋〕歐陽修、宋祁撰：《新唐書》（北京：中華書局，1975年02月），頁1360。

〔註51〕張安福：〈稅制改革對唐代農民產業經營和日常生活的影響〉，《江西社會科學》2009年第7期（2009年07月），頁144。

〔註52〕胡如雷：《隋唐五代社會經濟史論稿》（北京：中國社會科學出版社，1996年12月），頁156。

（四）女性劣勢

值得注意的是，平民之中也有尊卑之別，女性便多半比男性卑下。婦女在農村終日採桑養蠶、紡紗織布，為家庭增加收入，且還須負擔家務，如做飯、縫衣、服侍公婆等等，照顧全家起居，一旦惹得夫家不快，便有可能遭遇離休，如孟郊〈堯歌〉：

> 爾室何不安，爾孝無與齊。一言應對姑，一度為出妻。
> 往轍才晚鐘，還轍及晨雞。往還跡徒新，很戾竟獨迷。
> 蛾女無禮數，污家如糞泥。父母呑聲哭，禽鳥亦為啼。〔註53〕

婦女本以為夫家是一生歸宿，嫁入夫家，代夫君盡孝，卻因一時與婆婆的應對不當，狠遭夫家休妻，前一晚才嫁入，隔天一早便要離開，還被貼上沒禮貌的標籤，使自己的娘家蒙羞，娘家人也只是哀傷哭泣，無人能站在她的立場、為她發聲。還有一些已婚婦女因丈夫受徵召出征，便開始在家守活寡，張籍〈妾薄命〉便曾這麼記錄：

> 薄命嫁得良家子，無事從軍去萬里。漢家天子平四夷，護羌都尉裹屍歸。
> 念君此行為死別，對君裁縫泉下衣。與君一旦為夫婦，千年萬歲亦相守。
> 君愛龍城征戰功，妾願青樓歌樂同。人生各各有所欲，詎得將心入君腹。〔註54〕

在這首詩中的女主角，因嫁給必須為國家守土衛民的良家子，當夫君將要遠行之時，她明知丈夫多半有去無回，仍努力裁剪衣裳，盡力為夫君付出。她的內心想的是與丈夫白頭到老，但卻不被包括在夫君的征戰藍圖中。張籍〈白紵歌〉：「皎皎白紵白且鮮，將作春衣稱少年」〔註55〕也寫出了女性為出征丈夫辛勤縫製衣物的場景。社會因為她們

〔註53〕〔清〕彭定求等編：《全唐詩》（北京：中華書局，2008年09月），頁4195。

〔註54〕李建崑：《張籍詩集校注》（臺北：華泰文化事業公司，2001年07月），頁71～72。

〔註55〕李建崑：《張籍詩集校注》（臺北：華泰文化事業公司，2001年07月），頁14。

的女性身分而產生看不見的期望，雖然沒有明說，這些責任卻確確實實地積壓在了婦女身上，使她們沒有追求自己理想的機會。

唐代有皇家作坊、私人作坊與織造戶負責高級織品的生產，高美娟《唐代織婦詩研究》提及這些織造戶：「在官府備案有籍，受官方控制，並根據官方要求進行生產，……織造戶使用自家的工具，以較分散的狀態進行生產，……但是到期限後，官府會前來收取並進貢，而且品質和要求會很嚴苛。」〔註 56〕織造戶又稱為「織錦戶」或「貢綾戶」，她們技藝精湛，養蠶、繅絲、織染，每道工序都非常耗費精神，但生產結果全數收歸官府，自身的經濟狀況並未因此獲得提升。官家頻頻催逼成果，使得她們的青春時光多半在趕工、勞作上流逝，許多織婦甚至因此一生未嫁。元稹〈織婦詞〉曾記錄當時的貢綾戶：

> 繅絲織帛猶努力，變緝撩機苦難織。東家頭白雙女兒，為解挑紋嫁不得。〔註 57〕

她們終其一生辛勤工作，但紡織出來的華美絹帛卻從不在她們身上出現；她們創造了巨大的社會財富，但日常生活卻往往飢寒交迫，甚至犧牲了自己的幸福。她們無法享受一般女子的幸福，而是像農奴一般附屬於朝廷，且終生不能擺脫貧苦。

第二節　張籍生平經歷

一、家世淵源

張籍，字文昌，世稱「張水部」或「張司業」。史傳中未記載其生卒年〔註 58〕，本研究據羅聯添〈張籍年譜〉研究，應生於代宗大歷

〔註 56〕高美娟：《唐代織婦詩研究》（呼和浩特：內蒙古大學中國古代文學系碩士論文，2018 年）

〔註 57〕〔清〕彭定求等編：《全唐詩》（北京：中華書局，2008 年 09 月），頁 4607。

〔註 58〕巫淑寧曾在《張籍及其樂府詩研究》之第二章第一節，蒐羅諸家意見為其生卒年做詳細考證，詳見巫淑寧：《張籍及其樂府詩研究》（新北：花木蘭文化出版社，2009 年 09 月），頁 5～15。

元年（西元 766 年），卒於文宗大和四年（西元 830 年）〔註 59〕，年六十餘歲。吳汝煜《唐才子傳校箋．張籍》認為其祖籍應為蘇州吳郡（今江蘇省蘇州市），其後乃寓居和州烏江（今安徽省和縣烏江鎮）。〔註 60〕由於出身微寒，古代文獻未曾記載先世。據徐禮節、余恕誠〈張籍譜略〉考證：

> 張籍，字文昌，籍貫蘇州。行十八。先世為農，父「始易農為儒」。妻胡氏，貝州宗城人；岳父胡珦，妻弟胡遇。子黯。〔註 61〕

張籍家中排行第十八，先祖世代務農，自其父始學文，餘則難考。妻子胡氏，為胡珦之女；岳父胡珦，與韓愈往來甚密，世代為官〔註 62〕；張籍曾作〈哭胡十八遇〉哀悼胡遇英年早逝〔註 63〕，故可知與妻舅兩人來往甚密。〈晚秋閑居〉自云：「身老轉憐兒」〔註 64〕，可見他晚年得子，釋無可〈哭張籍司業〉又云：「夕臨諸孤少」〔註 65〕，可知其子嗣應不只一人，然而目前可考者僅張黯而已。徐禮節〈張籍的婚姻及其與胡遇交游考說〉：「張籍娶胡珦之女當不在其求學時期，

〔註 59〕羅聯添：〈張籍年譜〉，《唐代詩文六家年譜》（臺北：學海出版社，1986 年 07 月），頁 161、229。

〔註 60〕〔元〕辛文房撰，吳汝煜校箋，傅璇琮主編：《唐才子傳校箋　第 2 冊》（北京：中華書局，1989 年 03 月），頁 552～556。

〔註 61〕徐禮節、余恕誠：〈張籍譜略〉，《張籍集繫年校注》（北京：中華書局，2011 年 06 月），頁 1051～1052。

〔註 62〕韓愈〈唐故中散大夫少府監胡良公墓神道碑〉：「少府監胡公諱珦，字潤博，……其子逞、迺、巡、遇、述、遷、造與公婿廣文博士吳郡張籍。……胡姓本出安定，後徙清河，於今為宗城，屬貝州。大父諱秀，武后時以文材徵為麟台正字。父宰臣，用進士卒官平陽冀氏令，贈潭州大都督。」，見〔清〕董誥等編：《全唐文》（北京：中華書局，1983 年 11 月），頁 5686。

〔註 63〕李建崑：《張籍詩集校注》（臺北：華泰文化事業公司，2001 年 07 月），頁 249。

〔註 64〕李建崑：《張籍詩集校注》（臺北：華泰文化事業公司，2001 年 07 月），頁 154。

〔註 65〕〔清〕彭定求等編：《全唐詩》（北京：中華書局，2008 年 09 月），頁 9168。

而在元和初年。時張籍不僅及第，而且為官，並在文壇有了名聲，這些正是封建官宦擇婿的理想標準。……張籍年過不惑才娶妻成家，對於封建士子而言確實晚了一些，其原因一定很多，但家境貧寒恐是主要原因之一。」〔註 66〕張籍出自寒門的背景不只影響成家，也不利其仕途的發展。自己的親身遭遇，使他後來對科舉不公、寒士不遇等現象有更多關注。

二、布衣生活

張籍家中清寒仍刻苦讀書，德宗年間結識王建，兩人便離鄉求學。張籍〈逢王建有贈〉:「年狀皆齊初有髭，鵲山漳水每追隨。使君座下朝聽易，處士庭中夜會詩。」〔註 67〕〈登城寄王秘書建〉:「十年為道侶，幾處共柴扉。」〔註 68〕張籍與王建兩人年紀相仿，在河北南部同窗十年，切磋學問，所經之地包括邢州、洺州、魏州、鄴城、磁州等等〔註 69〕。貞元六年曾短暫入幕〔註 70〕，貞元九年（西元 793 年），張籍辭別王建西赴長安，求人引薦卻不斷碰壁，失意後的他開始了遊歷生涯，徐禮節認為:「張籍南遊有兩次。第一次始於貞元九年，歷今鄂、湘、贛、嶺南一帶；第二次在貞元十二年夏秋間，歷湖州、杭州、剡溪一帶。」〔註 71〕這兩段漫遊，雖在仕進方面未有斬獲，

〔註 66〕徐禮節:〈張籍的婚姻及其與胡遇交游考說〉,《巢湖學院學報》第 7 卷 4 期（2005 年 07 月），頁 94。

〔註 67〕李建崑:《張籍詩集校注》（臺北：華泰文化事業公司，2001 年 07 月），頁 252。

〔註 68〕李建崑:《張籍詩集校注》（臺北：華泰文化事業公司，2001 年 07 月），頁 138。

〔註 69〕此說參見徐禮節、李書安:〈張籍王建求學「鵲山漳水」地域考〉,《巢湖學院學報》第 9 卷 1 期（2007 年 01 月），頁 92。

〔註 70〕〈張籍譜略〉:「貞元六年……本年初或上年，入舒州刺史鄭甫幕。約於秋，甫解印，籍返河北。」見徐禮節、余恕誠:《張籍集繫年校注》（北京：中華書局，2011 年 06 月），頁 1059。

〔註 71〕徐禮節:〈張籍故鄉與南游考辨〉,《安慶師範學院學報（社會科學版）》第 26 卷 1 期（2007 年 01 月），頁 31。

但所見所聞開闊了他的眼界，也結合了他當時的抑鬱不遇之情，使他對於社會民生之苦有深刻的共感。潘景翰認為：「張籍的一些人民性最強的作品，大多產生或孕育於這一時期。」〔註72〕在此期間，他看盡戰亂帶來的殘破、農民的勞苦，這些遂成為日後創作的素材。

據〈唐張文昌先生籍年譜〉記載，貞元十三年（西元797年），張籍經孟郊介紹，前往汴州隨韓愈學文，隔年韓愈為科舉考官，張籍順利中舉，又一年，登進士第，時年三十四歲，張籍登第後未立即當官，而是先回鄉居喪，其後再次入幕，擔任戎幕之辟草章記〔註73〕。羅聯添認為：「作〈節婦吟〉詩寄鄆州李師古，疑在本年（西元805年）。……洪邁《容齋》三筆六張籍條曰：『張籍在他鎮幕府，鄆帥李師古又以書幣辟之，籍卻而不納，而作〈節婦吟〉一章寄之。』」〔註74〕這首〈節婦吟〉後來成為張籍詩中受到最多討論的作品，詳細內容分析留待本研究第三章第三節討論。當時張籍家境不佳，李師古則為當時強大藩鎮勢力之一，姚合〈贈張籍太祝〉曾如此稱張籍：「甘貧辭聘幣，依選受官資。」〔註75〕探究張籍婉謝聘任的用心，應是不認同李氏父子身為藩鎮卻在當時如此跋扈，與其依附於權貴，更願意堅持理念，甘於淡泊生活。

三、仕宦經歷

張籍一生中擔任的官職多為冷官，《新唐書・張籍傳》中保留了對張籍仕宦生涯的記載：

> 張籍者，……第進士，為太常寺太祝。久次，遷祕書郎。愈

〔註72〕潘景翰：〈窮苦詩人張籍〉，《文史知識》1983年第10期（1983年10月），頁71。

〔註73〕詳見刁抱石：《唐張文昌先生籍年譜》（臺北：臺灣商務印書館，1993年01月），頁10～22。

〔註74〕羅聯添：〈張籍年譜〉，《唐代詩文六家年譜》（臺北：學海出版社，1986年07月），頁182。

〔註75〕〔清〕彭定求等編：《全唐詩》（北京：中華書局，2008年09月），頁5651。

薦為國子博士。歷水部員外郎、主客郎中。當時有名士皆與游，而愈賢重之。〔註 76〕

元和元年（西元 806 年），張籍四十一歲，終於釋褐入官，擔任太常寺太祝。《新唐書・百官志》：「太常寺……太祝六人，正九品上。掌出納神主；祭祀則跪讀祝文；卿省牲則循牲告充，牽以授太官。」〔註 77〕及第後苦等六年，做的工作卻是僅是掌管祭祀的九品芝麻官，薪俸微薄。張籍〈酬韓庶子〉曾描述自己：「西街幽僻處，正與懶相宜。……家貧無易事，身病是閑時。」〔註 78〕本無顯赫家世，又職卑俸薄，住所偏僻之外，雪上加霜的還有身體上的疾病，張籍〈寄白學士〉：「自掌天書見客稀，縱因休沐鎖雙扉。」〔註 79〕入仕短短三年，張籍便遭逢眼疾，因無錢延醫，雙眼幾近失明。巫淑寧統計：「在張籍的詩中，直接提到貧的約有二十處，提到病的約有三十處。」〔註 80〕張籍當官原是為了施展抱負，卻因官職卑下，落入貧病交迫的窘境。在這種狀況下，張籍一度罷官，〈同韋員外開元觀尋時道士〉曾自言：「昨來官罷無生計，欲就師求斷穀方。」〔註 81〕斷穀方是一種道教治病的方法，張籍眼疾嚴重，僅能暫時罷官尋求解方。徐禮節考證：「張籍罷官當在元和六年春夏間，至元和九年才復官。」〔註 82〕似因眼疾好轉，才又恢復官職。白居易〈重到城七

〔註 76〕〔宋〕歐陽修、宋祁撰：《新唐書》（北京：中華書局，1975 年 02 月），頁 5265。

〔註 77〕〔宋〕歐陽修、宋祁撰：《新唐書》（北京：中華書局，1975 年 02 月），頁 1240～1241。

〔註 78〕李建崑：《張籍詩集校注》（臺北：華泰文化事業公司，2001 年 07 月），頁 142。

〔註 79〕李建崑：《張籍詩集校注》（臺北：華泰文化事業公司，2001 年 07 月），頁 339。

〔註 80〕巫淑寧：《張籍及其樂府詩研究》（新北：花木蘭文化出版社，2009 年 09 月），頁 35。

〔註 81〕李建崑：《張籍詩集校注》（臺北：華泰文化事業公司，2001 年 07 月），頁 367。

〔註 82〕徐禮節：〈張籍病眼、罷官考辨〉，《古籍研究》2006 年第 1 期（2006 年 06 月），頁 199。

絕句・張十八〉:「獨有詠詩張太祝，十年不改舊官銜。」〔註83〕太祝一當就是十年，張籍難以透過政治發揮影響，只能藉由創作批判時事。十年的仕途坎坷與眼疾阻礙，或許消磨了他的仕進之心，但拮据生活的親身經歷，卻使他對於弱者的命運更能感同身受。

元和十一年（西元816年）張籍五十一歲，仕途乃起了變化，先是轉任國子監廣文館助教，教授國子學生，四年後轉任秘書郎，管理宮中書籍，長慶元年（西元821年），在韓愈的推薦下，擔任國子監廣文館博士，領導國子監教學工作，隔年再轉任水部員外郎，長慶四年（西元824年）休官二月，再拜主客郎中，掌管諸侯、外蕃朝聘之事。〔註84〕官職連連升遷，使張籍與其他文人的來往密集〔註85〕。除了與朝中官員有酬唱之作，張籍也很願意提拔新人，范攄《雲溪友議》提到：

> 朱慶餘遇水部郎中張籍知音，索慶餘新舊篇什數通吟改，只留二十六章，籍置於懷抱而推贊之，時人以籍重名，無不繕錄諷詠，遂登科第。初慶餘尚為謙退，作〈閨意〉一篇以獻張曰:「洞房昨夜停紅燭，待曉堂前拜舅姑。粧罷低聲問夫婿，畫眉深淺入時無。」籍酬之曰:「越女新粧出鏡心，……。」由是朱之詩名，流於四海內矣。〔註86〕

〈閨意〉又名〈近試上張水部〉，朱慶餘以此詩干謁，得張籍嘉許，張籍特取朱之數十則作品加以篩選修改，置於懷中而向朝官稱頌，朱慶餘因此名聲大噪而成功登第。除了朱慶餘外，潘景翰補充:「其他青年詩人如項斯、姚合也曾受過張籍的獎腋。」太和二年（西元828年）張籍遷國子司業，此時他已六十三歲。《新唐書・百官志》:「國子監……司業二人，從四品下。掌儒學訓導之政，總國子、太學、廣文、四門、

〔註83〕〔清〕彭定求等編：《全唐詩》（北京：中華書局，2008年09月），頁4863。

〔註84〕詳見羅聯添：〈張籍年譜〉，《唐代詩文六家年譜》（臺北：學海出版社，1986年07月），頁199～218。

〔註85〕張籍與同時期文人的來往留待下節〈張籍交遊往來〉討論。

〔註86〕〔唐〕范攄：《雲溪友議》（臺北：廣文書局，1971年09月），頁43～44。

律、書、算凡七學。……歲終，考學官訓導多少為殿最。」〔註87〕國子司業相當於國子監的副校長，工作為輔佐國子祭酒訓導國子學生，為文職事官。兩年後，張籍以此職銜於太和四年（西元 830 年）辭世，享壽六十五歲。綜觀張籍仕宦生涯，壯年時期因病坎坷，其後任職亦非位高權重，而多偏向教學工作。但也因此，他較少直接參與政治鬥爭，這或許是他能長留京城的原因。

第三節　張籍交遊往來

張籍在尚未仕進前便已認識了不少文友，入朝任官後與人酬贈作品更多，對象不只是朝廷官員，道士、僧人、隱士都與張籍有所往來，或他人贈詩，或張籍贈詩於他人。據巫淑寧在〈張籍與時人酬贈交往詩篇目表〉的統計〔註88〕，與張籍有交往唱和者約有一百四十多人，包括于鵠、元稹、元宗簡、劉禹錫、裴度、賈島、張徹、楊巨源、姚合、朱慶餘等人。本研究將以其中與張籍關係密切、對其有重要影響的人物，即王建、孟郊、韓愈、白居易四人，做深入說明。

一、王建同窗十年

王建，字仲初，穎川人，擅樂府、宮詞，與張籍並稱「張王樂府」。與張籍同生於大曆元年（西元 766 年），距離安史之亂僅十年，卒年不詳。羅聯添引卞孝萱《張籍簡譜》說法，認為兩人相識於二十歲〔註89〕，此後常在一起切磋學問、研討詩藝。王建〈山中寄及第故人〉曾寫兩人「十年居此溪，松桂日蒼蒼。」〔註90〕這段時間

〔註87〕〔宋〕歐陽修、宋祁撰：《新唐書》（北京：中華書局，1975 年 02 月），頁 1265。

〔註88〕巫淑寧：《張籍及其樂府詩研究》（新北：花木蘭文化出版社，2009 年 09 月），頁 62～71。

〔註89〕羅聯添：〈張籍年譜〉，《唐代詩文六家年譜》（臺北：學海出版社，1986 年 07 月），頁 164。

〔註90〕〔清〕彭定求等編：《全唐詩》（北京：中華書局，2008 年 09 月），頁 3368。

兩人同在河北南部遊歷，時間約十年左右。王建繼張籍之後，同樣經歷入幕、漫遊、隱居過程，直到元和八年（西元 813 年）才到長安與張籍重逢。當時張籍仍為「窮瞎張太祝」，王建則為昭應縣丞，兩人皆官卑職小，此後張籍多為冷官，王建則多任小吏，如：太府寺丞、太常丞、秘書丞、侍御史之類，甚至外放陝州司馬。相同境遇使兩人更加意氣相投，王建〈寄廣文張博士〉：「春明門外作卑官，病友經年不得看。」〔註 91〕張籍〈酬秘書王丞見寄〉：「芸閣水曹雖最冷，與君長喜得身閑。」〔註 92〕兩人唱答頻繁，除了顯現兩人交情深厚，或許也透露身為閒曹冷官，更需要彼此的相互鼓勵。

在酬唱詩之外，兩人長期處於困頓之中，對社會底層的生活極為熟悉，於是他們繼承杜甫寫實的筆法，以樂府詩表達對百姓疾苦的同情，如王建〈當窗織〉：「水寒手澀絲脆斷，續來續去心腸爛。草蟲促促機下啼，兩日催成一匹半。」〔註 93〕寫貧女苦織勞心費力，卻有官家催繳之辛酸。張、王兩人不但取材類似，對厭戰、諷時主題著力甚多，更常擇同一題目進行創作，如〈望行人〉、〈寄遠曲〉、〈北邙行〉等等。其中，王建曾擔任陝州司馬，從軍塞上的經歷，使其對兵馬倥傯的描繪更加深刻；在宮詞樂府詩中，則透露出許多不為人知的宮闈生活。除了題材相仿外，兩人的寫作風格亦常被過往詩評歸為同類，胡震亨《唐音癸籤》：

> 大歷以還，樂府不作。獨張籍、王建二家體製相近，稍復古意。或舊曲新聲，或新題古義，詞旨通暢，悲歡窮泰，慨然有古歌謠之遺，亦唐世流風之變，而不失其正者。〔註 94〕

〔註 91〕〔清〕彭定求等編：《全唐詩》（北京：中華書局，2008 年 09 月），頁 3436。

〔註 92〕李建崑：《張籍詩集校注》（臺北：華泰文化事業公司，2001 年 07 月），頁 232。

〔註 93〕〔清〕彭定求等編：《全唐詩》（北京：中華書局，2008 年 09 月），頁 3380。

〔註 94〕〔明〕胡震亨：《唐音癸籤》（上海：上海古籍出版社，1984 年 08 月），頁 66。

兩人的樂府詩文字淺白，自然流暢，詞淺義深，有古樂府之風。李軍則指出張王與白居易的差異：「張、王樂府多用白描手法，直敘其事，多融議論抒情於敘事之中，故顯得蘊藉含蓄，與白居易往往『卒章顯志』的直接議論抒情不同。」〔註 95〕雖是諷諭詩，但沒有直接的議論，而是以敘事為主的寫作方式也是兩人共通點。嚴羽：「以人而論，則有……張籍、王建體。」〔註 96〕兩人從年輕時的相交，到仕宦時期的惺惺相惜，境遇相仿的兩人來往酬贈之餘，詩作同以勞苦大眾為主題，風格亦互相影響，成為獨特「張王」詩體。

二、孟郊際遇相近

孟郊，字東野，湖州武康人。生於玄宗天寶十年（西元 751 年），卒於憲宗元和九年（西元 814 年），年六十四。張籍私謚為貞曜先生。孟郊早年屢試不第，但依舊鎮日苦吟，不問生計，因此大部分時間都是飢寒交迫。四十六歲始登進士第。那一年是貞元十二年（西元 796 年），張籍仍在和州，〈張籍年譜〉：「是年孟東野登進士第，自長安東歸，道出和州晤張籍，籍與遊桃花塢上。秋，東野離和州，籍有詩贈之。」〔註 97〕孟郊長期失意，登第後偶然遇到懷才不遇的張籍，自然理解張籍心中的抑鬱與苦悶，兩人同遊又以詩相贈，甚至隔年孟郊便向韓愈推薦了張籍，讓張籍的求仕之路終於撥雲見日。

孟郊官職卑下，又秉性耿介，命運多舛，因此他極能體會戰亂帶來的水深火熱。悲愁憤世的作品是孟郊詩的大宗。其〈古怨〉：「試妾與君淚，兩處滴池水。看取芙蓉花，今年為誰死？」〔註 98〕詩中想像

〔註 95〕李軍：〈論「張籍王建體」的藝術特徵〉，《連雲港職業技術學院學報（綜合版）》第 15 卷 1 期（2002 年 03 月），頁 7。

〔註 96〕〔宋〕嚴羽撰，〔民國〕郭紹虞校釋：《滄浪詩話》（臺北：里仁書局，1987 年 04 月），頁 59。

〔註 97〕羅聯添：〈張籍年譜〉，《唐代詩文六家年譜》（臺北：學海出版社，1986 年 07 月），頁 166。

〔註 98〕〔清〕彭定求等編：《全唐詩》（北京：中華書局，2008 年 09 月），頁 4180。

女子與夫君以相思之淚較勁，看看何人之池中荷花會先被眼淚浸死，設想實在奇異。其文字樸實簡直，有古樂府氣息，曾季貍《艇齋詩話》曾如此評論：

孟郊、張籍，一等詩也。唐人詩有古樂府氣象者，惟此二人。但張籍詩簡古易讀，孟郊詩精深難窺耳。〔註 99〕

孟郊、張籍的文字形式均有古樸之風，但張籍詩流暢易解，孟郊詩則需反覆吟詠，讀了幾遍後乃能感受到其中苦澀韻味。孟郊一生貧窮潦倒仍奮力吟詠，一字一句皆苦心鑽研之作，因此有「苦吟詩人」之稱號。

三、韓愈積極提攜

韓愈，字退之，河南河陽人。生於代宗大曆三年（西元 768 年），卒於穆宗長慶四年（西元 824 年），年五十七。韓愈年紀小張籍兩歲，但較張籍、孟郊二人的科考過程幸運得多，貞元八年（西元 792 年），韓愈與孟郊同年應考，韓愈二十五歲登第，孟郊則落榜。其後應吏部試，三試皆失敗，貞元十二年（西元 796 年）轉入當時汴州節度使董晉之幕府任職。《舊唐書．韓愈傳》：

愈性弘通，與人交，榮悴不易。少時與洛陽人孟郊、東郡人張籍友善。二人名位未振，愈不避寒暑，稱薦於公卿間，而籍終成科第，榮於祿仕。後雖通貴，每退公之隙，則相與談讌，論文賦詩，如平昔焉。〔註 100〕

孟郊、張籍於此時造訪韓愈，請教為文之道，其後因此順利中舉、登第。韓愈不僅指點文學，對兩人仕途的推進也不遺餘力，如張籍轉任國子博士便是受韓愈推荐。待得兩人入仕後，亦常與韓愈往來，或同遊、或酬唱。《唐國史補》提到：「韓愈引致後進，為求科第，多有投書請益者，時人謂之韓門弟子。」〔註 101〕韓愈不吝獎掖後進，其後陸

〔註 99〕〔宋〕曾季貍：《艇齋詩話》（臺北：廣文書局，1971 年 04 月），頁 99。

〔註 100〕〔後晉〕劉昫等撰：《舊唐書》（北京：中華書局，1975 年 05 月），頁 4203。

〔註 101〕〔唐〕李肇：《唐國史補》（上海：上海古籍出版社，1979 年 01 月），頁 57。

續指點了張徹、侯喜、皇甫湜、盧仝，又陸續向科舉考官舉荐多位青年才俊，使他們得以登第〔註102〕。後來又任國子祭酒，帶動古文學術風氣。這群密切來往的韓門弟子亦漸漸形成一個文學集團，韓愈則隱然成為當時文壇盟主。

張籍在登第前曾作〈上韓昌黎書〉兩篇，指責韓愈「尚駁雜無實之說」〔註103〕，勸其「論著以興聖人之道」〔註104〕，韓愈不但不以為忤，還作〈答張籍書〉兩篇一一回應，由此可見他對張籍相當敬重。徐禮節、余恕誠：「張籍新樂府在其貞元十三年結識韓愈前同樣流傳不廣，後得韓愈稱揚才較為人知。」〔註105〕韓愈不計前嫌，常在詩文中大加稱許張籍，間接拉抬張籍的詩名。元和五年（西元811年），韓愈更讓兒子韓昶受教於張籍學詩，這也能看出韓愈對張籍詩的肯定。

後來元稹、白居易的新樂府運動提出「抑李揚杜」的論點，韓愈知張籍與元、白來往密切，特別作〈調張籍〉提醒：「李杜文章在，光燄萬丈長。不知群兒愚，那用故謗傷。蚍蜉撼大樹，可笑不自量。……顧語地上友，經營無太忙。乞君飛霞佩，與我高頡頏。」〔註106〕韓愈以為李白與杜甫旗鼓相當，作品皆上乘之作，時人批評實是班門弄斧，不自量力。詩末提醒張籍，公務之餘，詩不可廢，且應追摹李杜作品一同創作。但若細察韓愈作品，韓詩與杜詩則有更

〔註102〕《唐摭言》：「貞元十八年，權德輿主文，陸員外通榜帖，韓文公薦十人於，其上四人曰侯喜、侯雲長、劉述古、韋紓，其次六人：張弦、尉遲汾、李紳、張浚餘，而權公凡三榜共放六人，而弦、紳、俊餘不出五年內，皆捷矣。」見〔五代〕王定保撰：《唐摭言》，（上海：上海古籍出版社，1978年5月），頁82。

〔註103〕徐禮節、余恕誠：《張籍集繫年校注》（北京：中華書局，2011年06月），頁994。

〔註104〕徐禮節、余恕誠：《張籍集繫年校注》（北京：中華書局，2011年06月），頁1005。

〔註105〕徐禮節、余恕誠：〈張王與元白新樂府創作關係考論〉，《安徽師範大學學報（人文社會科學版）》第33卷4期（2005年07月），頁455。

〔註106〕〔清〕彭定求等編：《全唐詩》（北京：中華書局，2008年09月），頁3815。

多的相似性，李建崑在〈韓杜關係論之察考〉認為：「前賢不論自作風比較、用韻模式、作法作意各方面進行銓衡，都能發現韓愈取法杜甫之蛛絲馬跡，『韓詩學杜』實為無可置疑之客觀事實。」〔註 107〕韓詩的藝術手法源自杜甫，但表現於外則不同於杜甫，而是獨樹一幟，以其〈病中贈張十八〉為例：

籍也處閭里，抱能未施邦。文章自娛戲，金石日擊撞。……

夜闌縱捭闔，哆口疎眉厖。勢侔高陽翁，坐約齊横降。

連日挾所有，形軀頓胮肛。將歸乃徐謂，子言得無尨。〔註 108〕

此詩用大量冷僻字與怪異詞語，如「哆口、「疎眉厖」、「胮肛」等，讀來生硬拗口。不但結構幾近於文，也會加入語助詞，此詩首句之「也」字便是一例，常被人譏為「以文為詩」。此外，此詩一韻到底，所押江韻屬於韻字較少的窄韻。張修蓉：「蓋韓愈為詩，幾全恃其才情，鮮見講求詩之正格。」〔註 109〕不管是用怪字或用險韻，多少有點逞能炫技的意思，也造成其詩獨特的「奇險」風格。這也產生了文學的「陌異化」（Defamiliarization），透過刻意造成的疏離使人對經驗產生美感。張籍想寫的諷諭詩正好與這種藝術手法背道而馳，因為如果諷諭的對象是社會大眾，自然不適合用如此疏離生硬的文字去講述內容。

張籍屬韓門弟子，但受韓愈影響者，主要在文章與政治思想二層面。若單看詩，張籍多流暢歌行，多諷諭之作，與韓愈詰屈硬語的寫作方法截然不同。張籍在韓愈辭世後，曾作〈寄退之〉記頌韓愈生前功德，柯萬成：「他倣〈此日足可惜〉之體，縷述師恩，表示所學，名為祭詩，似為鬥韻，實為侑報。」〔註 110〕〈此日足可惜〉為張籍登第

〔註 107〕李建崑：《韓孟詩論叢（上）》（臺北：秀威資訊科技股份有限公司，2005 年 12 月），頁 99。

〔註 108〕〔清〕彭定求等編：《全唐詩》（北京：中華書局，2008 年 09 月），頁 3816。

〔註 109〕張修蓉：《中唐樂府詩研究》（臺北：文津出版社，1981 年 10 月），頁 323。

〔註 110〕柯萬成：〈韓愈「以詩為教」與張籍「以詩為報」〉，《漢學研究集刊》第 11 期（2012 年 12 月），頁 43。

後，韓愈所贈之詩。〈寄退之〉捨棄張籍原有風格，刻意仿效韓詩另闢蹊徑的體裁、用韻，詩中除了表達對韓愈深切的緬懷，也藉以回報韓愈歷年來多次舉荐與幫助。

四、白居易酬唱密切

白居易，字樂天，太原人，自號香山居士。生於代宗大曆七年（西元 772 年），卒於武宗會昌六年（西元 846 年），年七十五。白居易年紀小張籍六歲，二十九歲進士及第，兩年後便在長安就任。張籍此時亦在長安擔任太常寺太祝，兩人約於此時開始來往。張籍雖然屬於韓愈門人，韓孟詩派與元白詩派二者風格殊異，但當時文人既然同朝為官，實際上並未存在嚴格界線，韓愈便曾作〈同水部張員外籍曲江春游寄白二十二舍人〉〔註 111〕給白居易，調侃他春遊爽約一事。白居易則因與張籍皆為小官，更有仕途失意之共感，曾作〈酬張太祝晚秋臥病見寄〉寫張籍：「高才淹禮寺，短羽翔禁林。」〔註 112〕他對張籍詩才讚譽有加，也對張籍久病而屈居下僚的處境表達真摯的同情。

元和三年（西元 808 年），白居易任左拾遺，大量創作新樂府，主張以新題樂府表達對政治的諷諭、對社會的批判。在此之前，張籍曾向白居易分享自己創作的樂府詩，白居易〈讀張籍古樂府〉如此評論：

張君何為者，業文三十春。尤工樂府詩，舉代少其倫。
為詩意如何，六義互鋪陳。風雅比興外，未嘗著空文。
讀君學仙詩，可諷放佚君。讀君董公詩，可誨貪暴臣。
讀君商女詩，可感悍婦仁。讀君勤齊詩，可勸薄夫敦。
上可裨教化，舒之濟萬民。下可理情性，卷之善一身。
始從青衿歲，迨此白髮新。日夜秉筆吟，心苦力亦勤。
時無采詩官，委棄如泥塵。恐君百歲後，滅沒人不聞。

〔註 111〕〔清〕彭定求等編：《全唐詩》（北京：中華書局，2008 年 09 月），頁 3864。
〔註 112〕〔清〕彭定求等編：《全唐詩》（北京：中華書局，2008 年 09 月），頁 4773。

願藏中秘書，百代不湮淪。願播內樂府，時得聞至尊。〔註113〕

白居易對於張籍樂府詩的評價極高，認為張籍為文三十載，努力耕耘的成果即使在當世也少有人能比擬，尤其張籍詩內容效法詩經，能夠諷誨感勸那些縱情享樂的國君、貪汙暴戾的臣子、驃悍兇惡之女子、狡詐寡情的丈夫，不管是對上或對下，都具有教化功能。這種為人、為事而作的精神，與白居易創作新樂府的動機可謂不謀而合，因此白居易很樂意將張籍詩作大加散播。

早在白居易提出「新樂府」之前，張籍便已創作過不少新題樂府，其中部分作品確實能符合教化目的。不過徐禮節、余恕誠以為：「我們比較一下張王的古、新題樂府會發現，二者除詩題外，無論題材、內容、語言、風格等都沒有鮮明的差別，因此張王的新樂府與古樂府並無嚴格分界。」〔註114〕不管是古樂府或新樂府，張籍都是以流暢著稱，並未特別標舉新題樂府的政治目的。若探究兩人新樂府之異同可發現：相較白居易特別要求針對「時事」而作，張籍仍有不少以古史為背景的新題樂府；白居易詩多附有詩人自己的評論，張籍則以平民角度書寫社會生活，作者極少現身於詩中；白居易詩針砭直切，張籍詩則含蓄委婉。

雖然張籍樂府詩未必是標舉政治目的的創作，但于展東也認為：「張王樂府的創作精神與元白等是相通的，都是關注民生疾苦、反映時政的缺失和貽誤。」〔註115〕白詩內容或諷重賦擾民、或刺驕將貪吏、或誡君王逸遊、或傷農民之困、或憫女工勞苦，與張籍樂府的主題極為雷同。形式方面，張籍樂府文字風格也不同於崇尚奇險的韓孟詩派，與通俗淺切的元白詩派更為相似。巫淑寧：「白集中與張籍的

〔註113〕〔清〕彭定求等編：《全唐詩》（北京：中華書局，2008年09月），頁4654。

〔註114〕徐禮節、余恕誠：〈張王與元白新樂府創作關係考論〉，《安徽師範大學學報（人文社會科學版）》第33卷4期（2005年07月），頁456。

〔註115〕于展東：〈論「張王樂府」與「元白樂府」之不同〉，《理論月刊》2011年第3期（2011年03月），頁59。

詩作最多，約有十五首，自其為太祝、為博士、為水部員外郎，各階段之作品，皆見集中，其交往之久可知；而張籍的酬答也有十四首之多。」〔註 116〕張籍與白居易自同朝為官開始，便常以詩互相慰勉，兩人熟知彼此際遇，也以詩歌分享所見所聞，社會底層人民的苦痛尤其是他們觀察的重點，淺白語言尤其適合用來表達這些社會狀況。長期酬唱之餘，兩人風格逐漸相似。吳鶯鶯以為：「相互交往可以是形成流派的一種觸媒，但只有具有相近的藝術興趣和共同的藝術追求，才能在相互影響下形成一定的流派；不同個性的詩人，即使有非常密切的交往，也未必同屬一個詩歌流派。」〔註 117〕詩人本身的氣質與興趣造就了其詩作風格的必然，這不是外在環境能夠輕易扭轉的，而張籍與白居易正是千萬人中，難得志趣相投的兩個人。這造就了兩人樂府詩在內容上對社會的關注，與有意以平易文字表達見聞的寫作方式，都有明顯的相似之處。

本章小結

觀察中唐社會情況，可發現政治局勢與人民生計都與盛唐時期有顯著差異。在政治局勢方面，安史亂造就諸多地方將領坐大，猖狂妄為，李唐皇室無力管控；朝官則分成寒門出身與士族出身兩大派系，相互排擠不問是非，文人仕途乖舛；在皇帝無法信用武將與文官的狀態下，仰賴宦官加強皇權，卻讓宦官勢力過度壯大，甚至危害皇權；外患叩邊則從未停息，如吐蕃曾一度占領長安，回紇則仗勢平亂有功，在國境擄掠不斷。在人民生計方面，安史亂後改行兩稅法，卻以舊額攤派稅務，以錢繳稅則受匯差影響，反倒增加人民負擔；地方官員為求升遷，重金賄賂的來源卻是人民血汗，往往

〔註 116〕巫淑寧：《張籍及其樂府詩研究》（新北：花木蘭文化出版社，2009 年 09 月），頁 51。

〔註 117〕吳鶯鶯：〈張籍與韓愈、白居易的交遊及唱和〉，《湘潭師範學院學報（社會科學版）》第 23 卷 6 期（2001 年 11 月），頁 80。

稅外加稅，宦官則以「為天子置貨」之名，在民間強取豪奪；權臣地位尊貴，又能規避稅收、徵役，商人若走私成功，或與官府勾結，也能累積財富，相較之下，農民或勞動人口大多被稅收壓得更加貧困；在家庭之中，女性往往比男性負擔更多照顧家人的責任，她們精於織布，為唐代織錦創造極大榮耀，但成果收歸官府，酬勞則由夫家所有，從來無法改善自身經濟。

張籍處於這樣的時代，又出身寒門，使他在求仕上必然要遭遇困阨。他早年曾與王建到河北遊歷共學，之後兩次南遊求薦，都未有結果，但也因此接觸不少民間疾苦。後來在孟郊介紹下，認識了韓愈，在韓愈引領下順利中舉。四十一歲，張籍正式當官，但連著十年都只是小小太祝，又為眼疾所困，一度罷官。十年之後才有升遷，多屬文職或教學工作，六十五歲辭世，世稱「張司業」。

當時與張籍來往密切者，至少有王建、孟郊、韓愈、白居易四人。王建與張籍同年，又同窗苦讀、同樣求仕不順，詩風相類，常並稱為「張王樂府」。孟郊長期懷才不遇，窮困潦倒，又官小位卑，詩句往往反覆吟詠，有「苦吟詩人」之稱。韓愈曾提拔孟郊、張籍，常稱許張籍詩文，又舉薦張籍轉任國子祭酒，是張籍仕途重要推手，文章講求復古，詩歌則用大量怪字險韻，形成奇險風格。白居易與張籍的來往已是出仕之後，兩人創作精神相通，在諷諭詩內容上有許多重疊，語言平易也是兩人共通之處。

第四章　張籍諷諭詩之表現形式

張戒《歲寒堂詩話》:「張司業詩與元、白一律，專以道得人心中事為工，但白才多而意切，張思深而語精，元體輕而詞躁爾。」〔註1〕張籍洞悉中唐戰禍下弱勢族群的內心，諷諭詩內容反映其「得人心中事」，而其「思深語精」則透過諷諭詩的形式表現，以下就其體制結構、藝術技巧、語言風格三者分析之。

第一節　體制結構

一、詩題源流

將張籍作品對照《樂府詩集》，將詩題屬於樂府古題者、新樂府辭者、不屬兩類者依序分類，可知張籍 85 首諷諭詩中，67 首詩的詩題皆源於樂府，占其諷諭詩之八成。王安石〈題張司業詩〉:「蘇州司業詩名老，樂府皆言妙入神；看似尋常最奇崛，成如容易卻艱辛。」〔註2〕周紫芝《竹坡詩話》:「唐人作樂府者甚多，當以張文昌為第

〔註1〕〔宋〕張戒:《歲寒堂詩話》，收於丁福保輯《歷代詩話續編》(臺北：木鐸出版社，1988 年 07 月)，頁 454。

〔註2〕〔宋〕王安石:《王安石詩集》(臺北：河洛圖書出版社，1974 年 10 月)，頁 200。

一。」〔註 3〕對樂府的繼承與開拓，是張籍詩能超出常人之處。此外，在這 67 首源自樂府的諷諭詩中，古題占 28 首。相較白居易專以「因事立題」之新題樂府作諷諭詩，張籍諷諭詩則不受新舊限制。整理參見下表。

表 4-1　張籍諷諭詩詩題源流表

<table>
<tr><th colspan="2">源　流</th><th>詩　題</th></tr>
<tr><td rowspan="2">古題樂府</td><td>古意</td><td>〈雜怨〉、〈行路難〉、〈白紵歌〉、〈築城詞〉、〈猛虎行〉、〈別離曲〉、〈採蓮曲〉、〈關山月〉、〈少年行〉、〈白頭吟〉、〈車遙遙〉、〈妾薄命〉、〈遠別離〉、〈烏啼引〉、〈宛轉行〉、〈望行人〉、〈出塞〉、〈從軍行〉、〈隴頭行〉、〈秋夜長〉、〈董逃行〉、〈烏棲曲〉、〈楚妃怨〉</td></tr>
<tr><td>新意</td><td>〈傷歌行〉、〈賈客樂〉、〈朱鷺〉、〈楚妃怨〉、〈白鼉吟〉</td></tr>
<tr><td colspan="2">新題樂府</td><td>〈西州〉、〈寄遠曲〉、〈征婦怨〉、〈野老歌〉、〈寄衣曲〉、〈牧童詞〉、〈沙堤行呈裴相公〉、〈求仙行〉、〈古釵嘆〉、〈節婦吟〉、〈永嘉行〉、〈吳宮怨〉、〈北邙行〉、〈將軍行〉、〈羈旅行〉、〈楚宮行〉、〈促促詞〉、〈江陵孝女〉、〈漁陽將〉、〈征西將〉、〈涼州詞三首之一〉、〈涼州詞三首之二〉、〈涼州詞三首之三〉、〈宮詞兩首之一〉、〈宮詞兩首之二〉、〈倡女詞〉、〈離宮怨〉、〈春別曲〉、〈廢宅行〉、〈塞上曲〉、〈江村行〉、〈樵客吟〉、〈泗水行〉、〈雲童行〉、〈長塘湖〉、〈山頭鹿〉、〈廢瑟詞〉、〈洛陽行〉、〈離婦〉</td></tr>
<tr><td colspan="2">詩題無關樂府</td><td>〈野居〉、〈三原李氏園宴集〉、〈送宮人入道〉、〈送流人〉、〈送防秋將〉、〈舊宮人〉、〈沒蕃故人〉、〈送和蕃公主〉、〈宮山祠〉、〈鄰婦哭征夫〉、〈臺城〉、〈董公詩〉、〈學仙〉、〈老將〉、〈秋閨〉</td></tr>
</table>

這些古題諷諭詩多為古風形式，與李白樂府同有仿古跡象，如初唐杜審言用嚴格的五律形式寫古題〈妾薄命〉〔註 4〕，到了李白

〔註 3〕〔宋〕周紫芝：《竹坡詩話》，收於何文煥輯《歷代詩話》（北京：中華書局，1992 年 05 月），頁 354。

〔註 4〕杜審言〈賦得妾薄命〉：「草綠長門掩，苔青永巷幽。寵移新愛奪，淚落故情留。啼鳥驚殘夢，飛花攪獨愁。自憐春色罷，團扇復迎秋。」見〔清〕彭定求等編：《全唐詩》（北京：中華書局，2008 年 09 月），頁 733。

則改為五古〔註 5〕，張籍〈妾薄命〉則以七古形式寫成。張籍仿效李白的樂府古題還有〈行路難〉、〈白紵歌〉、〈猛虎行〉、〈採蓮曲〉、〈關山月〉、〈少年行〉、〈白頭吟〉、〈遠別離〉、〈烏棲曲〉等等，這些諷諭詩清一色都是七言古詩的形式。呂家慧：「排比張籍、王建的古題擬作，其絕大多數的古樂府都是七言古詩或雜言歌行，說明張、王在體式上的復古是與李白的創作實踐一致的。」〔註 6〕既是古題，就不採唐律，而模仿古樂府書寫，此與李白做法一致。屬於古題古意者有 23 首，如〈白頭吟〉，《樂府詩集》引《樂府解題》：「古辭云：『皚如山上雪，皎若雲間月。』又云：『願得一心人，白頭不相離。』始言良人有兩意，故來與之相決絕。次言別於溝水之上，敘其本情。終言男兒重意氣，何用於錢刀。」〔註 7〕古辭即有同題詩作，除了李白，南朝宋之鮑照、南朝陳之張正見、唐代劉希夷均有同名作品，張籍也以此代白頭宮娥訴怨。李白古樂府的另一個特色是依題立意，往往跳脫過往古題樂府的內容範疇，如〈梁甫吟〉過往為喪歌，李白則模擬諸葛亮躬耕南陽的狀況，改寫隱士等待時用的心情。張籍同樣在選用古題之餘，順勢採古意書寫，如〈董逃行〉歷來多為游仙求藥之詩，張籍則恢復題意，寫董卓作亂，人民因此逃亡，藉以諷諭唐代藩鎮跋扈。

屬於古題新意者有 5 首：〈傷歌行〉本為感傷日月代謝、年歲消長、與友訣別之辭，張籍藉以寫楊憑貶謫之事；〈賈客樂〉又作「估客樂」、「賈客詞」，但張籍之前的作品如李白〈估客樂〉：「海客乘天風，

〔註 5〕李白〈妾薄命〉：「漢帝寵阿嬌，貯之黃金屋。咳唾落九天，隨風生珠玉。寵極愛還歇，妒深情卻疏。長門一步地，不肯暫迴車。雨落不上天，水覆難再收。君情與妾意，各自東西流。昔日芙蓉花，今成斷根草。以色事他人，能得幾時好。」見〔清〕彭定求等編：《全唐詩》（北京：中華書局，2008 年 09 月），頁 1696～1697。

〔註 6〕呂家慧：〈論張王樂府與唐代新樂府形成之關係〉，《清華學報》第 45 卷第 2 期（2015 年 6 月），頁 278。

〔註 7〕〔宋〕郭茂倩編撰：《樂府詩集》（臺北：里仁書局，1984 年 09 月），頁 599。

將船遠行役。譬如雲中鳥，一去無蹤跡。」〔註8〕與張籍寫貪商截然不同；〈朱鷺〉原非諷諭，《張籍集繫年校注》引楊慎《升菴詩話》：「蓋鷺色本白，漢初有朱鷺之瑞，故以鷺形飾鼓，又以朱鷺名《鼓吹曲》也。」〔註9〕古辭也收在《樂府詩集・鼓吹歌辭》中；〈楚妃怨〉（七言絕句）為樂府古辭〈楚妃嘆〉的變題，張籍用以寫宮人汲水勞苦，而未涉及有德善諫的楚妃之事；〈白黿吟〉本為民間歌謠，《宋書・五行志》：「孫亮初，公安有〈白黿鳴〉。童謠曰：『白黿鳴，龜背平，南郡城中可長生，守死不去義無成。』……黿有鱗介，甲兵之象。」〔註10〕張籍則改以描寫農人盼雨急切。

除了古題外，張籍諷諭詩的詩題又有 39 首可歸於樂府新題。這些詩題部分仿效《詩經》、樂府古辭的命名方式，直接取自詩歌首句，如〈西州〉、〈長塘湖〉、〈山頭鹿〉，頗有民歌風味。但更多詩題則具有明顯歌詞特徵，如：以「行」為名者有〈沙堤行呈裴相公〉、〈求仙行〉、〈永嘉行〉、〈北邙行〉、〈將軍行〉、〈羈旅行〉、〈楚宮行〉、〈廢宅行〉、〈江村行〉、〈泗水行〉、〈雲童行〉、〈洛陽行〉；以「詞」為名者有〈牧童詞〉、〈促促詞〉、〈涼州詞〉、〈宮詞〉、〈倡女詞〉、〈廢瑟詞〉；以「曲」為名者有〈寄遠曲〉、〈寄衣曲〉、〈春別曲〉、〈塞上曲〉；以「怨」為名者有〈征婦怨〉、〈吳宮怨〉、〈離宮怨〉；以「吟」為名者有〈節婦吟〉、〈樵客吟〉；以「歌」為名者有〈野老歌〉；以「嘆」為名者有〈古釵嘆〉。這些題目往往能概括篇意，除了上述詩題外，還有〈西州〉、〈江陵孝女〉、〈漁陽將〉、〈征西將〉、〈離婦〉，雖無歌行之題，但仍具有「即事名篇」之特質。管世銘〈七古凡例〉：「樂府古詞，陳陳相因，易於取厭。張文昌、王仲初創為新制，文

〔註8〕〔清〕彭定求等編：《全唐詩》（北京：中華書局，2008 年 09 月），頁 1711。

〔註9〕徐禮節、余恕誠：《張籍集繫年校注》（北京：中華書局，2011 年 06 月），頁 107。

〔註10〕〔梁〕沈約：《宋書》（北京：中華書局，1983 年 04 月），頁 913。

今意古，言淺諷深，頗合《三百篇》興、觀、群、怨之旨。」〔註11〕張籍不用古題古意，自創新題樂府又一反初、盛唐鋪張揚厲、極力描繪京城壯麗豪奢的手法，改以寫實敘事的方式細膩刻劃民間疾苦。呂家慧以為：「張籍、王建在杜、韋之後集中創作新題歌行，且將歌行、樂府題和時事三者合一，足以說明張籍、王建對於杜甫理念的發揚。」〔註12〕師法杜甫寫實主義的精神，張籍繼承了新題樂府的創作方式，反映當時的社會狀況。

值得注意的是，張籍樂府詩並不等同張籍諷諭詩；張籍諷諭詩也不全是樂府詩，因為在所有的張籍諷諭詩中，仍有 15 首詩題與樂府無關，純為自創新題。其詩題大多扣合內容，如〈送流人〉哀憐被流放的罪犯、〈送防秋將〉讚頌防秋將的英武、〈舊宮人〉矜憫宮人無家可歸、〈沒蕃故人〉痛心友人戰死沙場、〈送和蕃公主〉憐惜公主一去不返、〈鄰婦哭征夫〉悲泣夫妻生離死別等等，這種命名方式與新題樂府相似，明顯展現了張籍的創作意圖。

二、格律句式

察考張籍諷諭詩歌格律，包括古體 56 首、絕句 14 首、律詩 15 首；從句式來看，以七言句為主，五言句為次，偶有三言、五言、八言、九言夾雜於七言之中。李立信：「我國古典詩歌中的古體，主要分為五言古詩和七言古詩兩大類。五言古詩清一色是齊言的；七言古詩則可分為純七言和雜言兩種，又以純七言為多。」〔註13〕以此定義將 12 首雜言詩列入七言古詩，則張籍諷諭詩可分為：62 首七言詩，23 首五言詩，七言詩比例超過七成。若又將郭茂倩《樂府詩集》分

〔註11〕〔清〕管世銘：《讀雪山房唐詩序例》，收於郭紹虞編選，富壽蓀校點《清詩話續編》（臺北：木鐸出版社，1983 年 12 月），頁 1549。

〔註12〕呂家慧：〈論張王樂府與唐代新樂府形成之關係〉，《清華學報》第 45 卷第 2 期（2015 年 6 月），頁 291。

〔註13〕李立信：〈論亂中有序的〈雜言詩〉〉，《東海學報》第 36 卷 1 期（1995 年 07 月），頁 2。

類加入比對，可再細分為：七古樂府 48 首，七絕樂府 9 首，七言絕句 4 首，七言律詩 1 首；五古樂府 4 首〔註 14〕，五言古詩 4 首，五絕樂府 1 首，五律樂府 5 首，五言律詩 9 首，表列如下。

表 4-2　張籍諷諭詩格律句式表

體裁		詩題
七言	七古樂府（含雜言）	〈寄遠曲〉、〈行路難〉、〈征婦怨〉、〈白紵歌〉、〈野老歌〉、〈寄衣曲〉、〈築城詞〉、〈猛虎行〉、〈別離曲〉、〈牧童詞〉、〈沙堤行呈裴相公〉、〈求仙行〉、〈古釵嘆〉、〈節婦吟〉、〈永嘉行〉、〈採蓮曲〉、〈傷歌行〉、〈吳宮怨〉、〈北邙行〉、〈關山月〉、〈少年行〉、〈白頭吟〉、〈將軍行〉、〈賈客樂〉、〈羈旅行〉、〈車遙遙〉、〈妾薄命〉、〈朱鷺〉、〈遠別離〉、〈楚宮行〉、〈烏啼引〉、〈促促詞〉、〈隴頭行〉、〈廢宅行〉、〈秋夜長〉、〈塞上曲〉、〈董逃行〉、〈江村行〉、〈白鼉吟〉、〈樵客吟〉、〈烏棲曲〉、〈泗水行〉、〈雲童行〉、〈長塘湖〉、〈山頭鹿〉、〈楚妃怨〉、〈廢瑟詞〉、〈洛陽行〉
	七絕樂府	〈涼州詞三首之一〉、〈涼州詞三首之二〉、〈涼州詞三首之三〉、〈宮詞兩首之一〉、〈宮詞兩首之二〉、〈倡女詞〉、〈楚妃怨〉、〈離宮怨〉、〈春別曲〉
	七言絕句	〈宮山祠〉、〈鄰婦哭征夫〉、〈華清宮〉、〈臺城〉
	七言律詩	〈送和蕃公主〉
五言	五古樂府	〈西州〉、〈雜怨〉、〈五古樂府〉、〈離婦〉
	五言古詩	〈野居〉、〈三原李氏園宴集〉、〈董公詩〉、〈學仙〉
	五絕樂府	〈從軍行〉
	五律樂府	〈江陵孝女〉、〈漁陽將〉、〈望行人〉、〈征西將〉、〈出塞〉
	五言律詩	〈送宮人入道〉、〈送邊使〉、〈送流人〉、〈送防秋將〉、〈送安西將〉、〈舊宮人〉、〈沒蕃故人〉、〈老將〉、〈秋閨〉

以上屬於近體格律者有 29 首，約佔張籍諷諭詩三成，可知張籍諷諭詩受到唐代律體影響。此又與杜甫作法相近，韓成武：「五絕、七絕、五律、七律這些體式，歷來是用為抒情的，杜甫卻用來

〔註 14〕〈宛轉行〉一詩在李建崑或徐禮節、余恕誠分類版本都歸於七言古詩，然其通篇五言，又屬樂府古題，故歸於五古樂府。

記事。」〔註15〕他們都打破律體詩的限制，將原屬於個人抒情的律體詩，轉作社會寫實之用。李懷民《重定中晚唐詩主客圖》也以為：「水部五言，體清韻遠，意古神閑，與樂府詞相為表裏，得風騷之遺。」〔註16〕可見古人也觀察到張籍的五言律體詩具有《詩經》韻味。而他的諷諭主題散見於各種體式中，相較題目往往標舉諷諭對象，諷諭內容與體裁的關聯並不顯著。

張籍諷諭詩使用純粹近體（包括絕句、律詩）的數量只有14首，其餘多為古體，且具有明顯的七古樂府傾向。張修蓉研究張籍樂府詩也有類似發現：「以七言句式為主，所構成的七言古體詩（其中或參雜了少量的三言、五言句），內容上有一共同的特色，就是多具有諷諭社會的主旨。」〔註17〕唐人諷諭詩中，如杜甫〈兵車行〉〔註18〕，元稹〈織婦詞〉〔註19〕、白居易〈杜陵叟〉〔註20〕等等也都屬七古樂府，七古樂府用作諷諭確實極為常見。賀貽孫《詩筏》：「七言古須具轟雷掣電之才，排山倒海之氣，乃克為之。張司業籍以樂府古風合為

〔註15〕韓成武：〈杜甫在中國詩歌史上的十個創新之舉〉，《濟南大學學報（社會科學版）》第16卷2期（2006年03月），頁49。

〔註16〕〔清〕李懷民：《重定中晚唐詩主客圖》，收於陳伯海主編《唐詩論評類編》（濟南：山東教育出版社，1993年01月），頁1234。

〔註17〕張修蓉：《中唐樂府詩研究》（臺北：文津出版社，1981年10月），頁68。

〔註18〕杜甫〈兵車行〉：「車轔轔，馬蕭蕭，行人弓箭各在腰。爺娘妻子走相送，塵埃不見咸陽橋。牽衣頓足攔道哭，哭聲直上干雲霄。……君不見青海頭，古來白骨無人收。新鬼煩冤舊鬼哭，天陰雨濕聲啾啾。」見〔清〕彭定求等編：《全唐詩》（北京：中華書局，2008年09月），頁2255。

〔註19〕元稹〈織婦詞〉：「織夫何太忙，蠶經三臥行欲老。蠶神女聖早成絲，今年絲稅抽徵早。早徵非是官人惡，去歲官家事戎索。……羨他蟲豸解緣天，能向虛空織羅網。」見〔清〕彭定求等編：《全唐詩》（北京：中華書局，2008年09月），頁4607。

〔註20〕白居易〈杜陵叟〉：「杜陵叟，杜陵居，歲種薄田一頃餘。三月無雨旱風起，麥苗不秀多黃死。……手持尺牒牓鄉村。十家租稅九家畢，虛受吾君蠲免恩。」見〔清〕彭定求等編：《全唐詩》（北京：中華書局，2008年09月），頁4704。

一體，深秀古質，獨成一家，自是中唐七言古別調。」〔註21〕管世銘也以為：「張、王樂府多七言，易於曲折動人也。」〔註22〕用古體寫詩，具有語句自由的優點，能不受句數、押韻、平仄限制，便於「緣事而發」；七言古詩相較五言古詩，又更富有聲情上的變化，跌宕起伏，更能感人；此外，七言與雜言交錯使用，則可顯現參差的章法，保留民間歌謠的形貌。張籍諷諭詩的七古又全屬樂府，敘事酣暢，有助於發揮諷諭效果。

三、敘述視角

早期諷諭詩來自民間樂府，多從第一人稱讓角色直接向讀者傾述。這種第一人稱敘述又分為兩類，一是「我」的自述，如古辭〈孤兒行〉：「父母在時，乘堅車，駕駟馬。父母已去，兄嫂令我行賈。」〔註23〕從孤兒角度抒發被兄嫂虐待而內心悲痛；二是「我」對「你」訴說，如陳琳〈飲馬長城窟行〉：「君獨不見長城下，死人骸骨相撐拄。」〔註24〕透過與君的對話，表現役夫對繁重徭役的不滿。若詩中沒有主觀敘述，則屬第三人稱敘述。以此為張籍諷諭詩做分類如下：

表4-3　張籍諷諭詩敘述視角表

視角		詩題
第一人稱敘述	「我」的自述	〈野居〉、〈西州〉、〈雜怨〉、〈三原李氏園宴集〉、〈別離曲〉、〈牧童詞〉、〈白頭吟〉、〈羈旅行〉、〈車遙遙〉、〈隴頭行〉、〈秋夜長〉、〈董逃行〉、〈離婦〉、〈董公詩〉

〔註21〕〔清〕賀貽孫：《詩筏》，收於郭紹虞編選，富壽蓀校點《清詩話續編》（臺北：木鐸出版社，1983年12月），頁188。

〔註22〕〔清〕管世銘：《讀雪山房唐詩序例》，收於郭紹虞編選，富壽蓀校點《清詩話續編》（臺北：木鐸出版社，1983年12月），頁1547。

〔註23〕〔宋〕郭茂倩編撰：《樂府詩集》（臺北：里仁書局，1984年09月），頁567。

〔註24〕〔宋〕郭茂倩編撰：《樂府詩集》（臺北：里仁書局，1984年09月）頁557。

	對「你」訴說	〈行路難〉、〈寄衣曲〉、〈求仙行〉、〈節婦吟〉、〈吳宮怨〉、〈北邙行〉、〈妾薄命〉、〈遠別離〉、〈楚宮行〉、〈促促詞〉、〈宛轉行〉、〈送流人〉、〈沒蕃故人〉、〈春別曲〉、〈樵客吟〉
第三人稱敘述		〈寄遠曲〉、〈征婦怨〉、〈白紵歌〉、〈野老歌〉、〈築城詞〉、〈猛虎行〉、〈沙堤行呈裴相公〉、〈古釵嘆〉、〈永嘉行〉、〈採蓮曲〉、〈傷歌行〉、〈關山月〉、〈少年行〉、〈將軍行〉、〈賈客樂〉、〈朱鷺〉、〈烏啼引〉、〈江陵孝女〉、〈漁陽將〉、〈望行人〉、〈送宮人入道〉、〈送邊使〉、〈征西將〉、〈送防秋將〉、〈出塞〉、〈送安西將〉、〈舊宮人〉、〈送和蕃公主〉、〈從軍行〉、〈宮山祠〉、〈鄰婦哭征夫〉、〈涼州詞三首之一〉、〈涼州詞三首之二〉、〈涼州詞三首之三〉、〈宮詞兩首之一〉、〈宮詞兩首之二〉、〈華清宮〉、〈倡女詞〉、〈楚妃怨〉、〈離宮怨〉、〈臺城〉、〈廢宅行〉、〈塞上曲〉、〈江村行〉、〈白鼉吟〉、〈烏棲曲〉、〈泗水行〉、〈雲童行〉、〈長塘湖〉、〈山頭鹿〉、〈楚妃怨〉、〈廢瑟詞〉、〈洛陽行〉、〈學仙〉、〈老將〉、〈秋閨〉

從上可知，張籍諷諭詩以「第一人稱敘述」者有29首：其中「第一人稱為主角」者有14首，如〈野居〉：「我無耒與網，安得充廩廚？寒天白日短，簷下煖我軀。」〔註25〕這些詩中的「我」包括農民、征夫、思婦、文人、征婦、牧童、宮女、難民、村民、離婦、大官等；「由第一人稱對某人敘述」者有15首，作者以「君」或「汝」作為敘事對象，透過對話傳達其見聞與想法，如〈節婦吟〉：「知君用心如日月，事夫誓擬同生死。還君明珠雙淚垂，何不相逢未嫁時。」〔註26〕此手法又多用於主角為女性的作品，如〈寄衣曲〉、〈吳宮怨〉、〈妾薄命〉、〈遠別離〉、〈楚宮行〉、〈烏啼引〉、〈促促詞〉、〈宛轉行〉、〈春別曲〉都是代女性發聲。這些代言體式的諷諭詩中，作者假託為主角分享親身經歷，使讀者感受真實而有親切感。

〔註25〕李建崑：《張籍詩集校注》（臺北：華泰文化事業公司，2001年07月），頁2。

〔註26〕李建崑：《張籍詩集校注》（臺北：華泰文化事業公司，2001年07月），頁41。

但張籍絕大部分的諷諭詩是採「第三人稱敘述」，共有 56 首，占 85 首諷諭詩近七成。作者在詩中是獨立事件之外的記錄者，可以宏觀地描述場景，也可以對不同角色進行特寫。如〈野老歌〉：

老翁家貧在山住，耕種山田三四畝。

苗疏稅多不得食，輸入官倉化為土。

歲暮鋤犁倚空室，呼兒登山收橡實。

西江賈客珠百斛，船中養犬長食肉。〔註 27〕

全詩只寫情景、事件、行動，而未對角色的情感做任何刻劃，也未提出任何批判，但透過冷靜的描述，便能引領讀者，使讀者自己感受賦稅不公與人民貧苦，這種作法正與諷諭的目的不謀而合。又或是〈江村行〉：

耕場磷磷在水底，短衣半染蘆中泥。

田頭刈莎結為屋，歸來繫牛還獨宿。

水淹手足盡為瘡，山蝱遶衣飛撲撲。〔註 28〕

畫面從遠望水田一隅開始，先看農人衣服沾染爛泥；再轉向莎草小屋，關心獨居的狀況；鏡頭又拉近，聚焦在手足成瘡、蚊蟲圍繞不去等畫面，藉以暗示農人的狼狽困頓。這種敘述視角在描寫角色與周圍人事互動時，較第一人稱更有彈性，使民情事證更為完整。鄧大情以為：「張籍的歌行在表現樣式上以『視點的第三人稱化和場面的客體化』為主的特性，一個很重要的原因就是他繼承了杜甫歌行的寫實手法。」〔註 29〕本研究在第二章第二節曾提到杜甫在新題樂府大量運用第三人稱觀點以反映現實，而張籍諷諭詩沿用這種即事起敘的作法，為他所看到的社會現況作實事求是的報導。

〔註 27〕李建崑：《張籍詩集校注》（臺北：華泰文化事業公司，2001 年 07 月），頁 16。

〔註 28〕李建崑：《張籍詩集校注》（臺北：華泰文化事業公司，2001 年 07 月），頁 432。

〔註 29〕鄧大情：《論張籍的歌行詩》（廣州：華南師範大學古代文學系碩士論文，2004 年），頁 28。

四、首尾結構

文人創作諷諭詩，是從輔君憂國的角度，發表對政治的見解，其中不乏有論述成分。在張籍第一人稱敘述的諷諭詩中，往往透過主角之口闡發議論，如〈別離曲〉:「男兒生身自有役，那得誤我少年時。不如逐君征戰死，誰能獨老空閨裏？」〔註 30〕抒發征婦對丈夫遠行、蹉跎歲月的埋怨，或〈行路難〉:「君不見牀頭黃金盡，壯士無顏色。龍蟠泥中未有雲，不能生彼升天翼。」〔註 31〕慨嘆自己雄心萬丈，卻因無人引薦而無法嶄露頭角。在第三人稱敘述的諷諭詩中，則從詩人角度，發表對時局的看法，如〈涼州詞三首其二〉:「邊將皆承主恩澤，無人解道取涼州。」〔註 32〕暗指國土淪落數十年，正是因將領不思立功報國，或〈廢瑟詞〉:「幾時天下復古樂？此瑟還奏雲門曲。」〔註 33〕感喟正聲不存，也表達自己「復古」的抱負。無論是第一人稱或第三人稱，這些諷諭詩都傾向將論述成分置於篇末，形成「先敘後議」的架構。

在直接指謫以外，張籍諷諭詩也有不少通篇敘事的作品。如〈猛虎行〉:「谷中近窟有山村，長向村家取黃犢。五陵年少不敢射，空來林下看行迹。」〔註 34〕寫猛虎掠奪近村牛犢，京城子弟不敢來射，只做做樣子、看看爪印。詩中埋藏的「五陵」一詞，使讀者類比當時京城皇室，對此詩自然產生諷刺時政的解讀。又如〈鄰婦哭征夫〉:「雙鬟初合便分離，萬里征夫不得隨。今日軍回身獨歿，去時鞍馬

〔註 30〕李建崑:《張籍詩集校注》(臺北：華泰文化事業公司，2001 年 07 月)，頁 28。

〔註 31〕李建崑:《張籍詩集校注》(臺北：華泰文化事業公司，2001 年 07 月)，頁 11。

〔註 32〕李建崑:《張籍詩集校注》(臺北：華泰文化事業公司，2001 年 07 月)，頁 380。

〔註 33〕李建崑:《張籍詩集校注》(臺北：華泰文化事業公司，2001 年 07 月)，頁 451。

〔註 34〕李建崑:《張籍詩集校注》(臺北：華泰文化事業公司，2001 年 07 月)，頁 26。

別人騎。」〔註 35〕從少年分別，到夫君鞍馬由他人騎回，詩中全在敘事，而無抒情字眼，但情感渲染力更甚，類似作品還有〈築城詞〉、〈沙堤行呈裴相公〉、〈華清宮〉等等。

在篇首部分，張籍諷諭詩經常在首句或首聯點題。如〈促促詞〉、〈隴頭行〉、〈泗水行〉、〈雲童行〉、〈山頭鹿〉等等，都以首句前二字或前三字為題，與樂府古辭〈戰城南〉作法相似；另外，〈採蓮曲〉前兩句：「秋江岸邊蓮子多，採蓮女兒凭船歌。」〔註 36〕〈白頭吟〉前兩句：「請君膝上琴，彈我白頭吟。」〔註 37〕〈賈客樂〉前兩句：「金陵向西賈客多，船中生長樂風波。」〈車遙遙〉前兩句：「征人遙遙出古城，雙輪齊動駟馬鳴。」〔註 38〕這些以首聯點題的作法，亦與樂府古辭〈木蘭詞〉相同。白居易〈新樂府・序〉：「首句標其目，卒章顯其志，詩三百之義也。」〔註 39〕從詩歌開頭的設計，可知張籍有意模仿《詩經》與古樂府，一下筆便要立下總旨，以此統領全詩。

結尾部分，范德機《木天禁語》：「（樂府篇法）張籍為第一，……要訣在於反本題結，如〈山農詞〉，結卻用『西江賈客珠百斛，船中養犬多食肉。』是也。又有含蓄不發結者。又有截斷頓然結者。」〔註 40〕以「反本題」作結者如〈山農詞〉，又名〈野老歌〉，詩中先寫老農辛勤耕作，收成上繳官府，自己只能採拾橡實為食，末二句則以江上商賈以肉餵狗做對比，激起讀者氣憤填膺。又或是〈將軍

〔註 35〕李建崑：《張籍詩集校注》（臺北：華泰文化事業公司，2001 年 07 月），頁 363。

〔註 36〕李建崑：《張籍詩集校注》（臺北：華泰文化事業公司，2001 年 07 月），頁 52。

〔註 37〕李建崑：《張籍詩集校注》（臺北：華泰文化事業公司，2001 年 07 月），頁 62。

〔註 38〕李建崑：《張籍詩集校注》（臺北：華泰文化事業公司，2001 年 07 月），頁 70。

〔註 39〕〔清〕彭定求等編：《全唐詩》（北京：中華書局，2008 年 09 月），頁 4690。

〔註 40〕〔元〕范德機：《木天禁語》，收於何文煥輯《歷代詩話》（北京：中華書局，1992 年 05 月），頁 476。

行〉前寫將軍領兵連戰皆勝，死傷無數，末二句：「磧西行見萬里空，幕府獨奏將軍功。」〔註41〕話鋒一轉寫將軍獨貪戰功，前線征人則無從享福。「含蓄不發」作結者如〈江陵孝女〉末二句：「江頭聞哭聲，寂寂楚花香。」〔註42〕，〈送宮人入道〉末二句：「中官看入洞，空駕玉輪歸。」〔註43〕均在寫完詩中人物的遭遇後，將鏡頭拉遠，意境幽遠。「截斷頓然」作結者如〈舊宮人〉末二句：「一身難自說，愁逐路人行。」〔註44〕寫盡宮人悲哀身世後，卻轉寫無言而行，又或如〈江村行〉末二句：「一年耕種長辛苦，田熟家家將賽神。」〔註45〕述說完農作苦辛，改寫慶祝豐收之景。巫淑寧以為：「張籍的樂府詩的結尾是全篇必不可少的部分，且凝鍊而冷峭，在全篇蓄足力量的基礎上，出以警句，使全詩主旨得以揭示或深化，具有強烈的諷刺力量。」〔註46〕透過詩末警句凸顯諷諭主題，也成為張籍詩篇結構的一大特色。

第二節　藝術技巧

高棅《唐詩品彙·七言古詩敘目》曾評張王樂府：「詞旨通暢，悲歡窮泰，慨然有古歌謠之遺風，皆名為樂府。雖未必盡被於絃歌，是亦詩人引古以諷之義歟？抑亦唐世流風之變而得其正也歟！……

〔註41〕李建崑：《張籍詩集校注》（臺北：華泰文化事業公司，2001年07月），頁65。
〔註42〕李建崑：《張籍詩集校注》（臺北：華泰文化事業公司，2001年07月），頁88。
〔註43〕李建崑：《張籍詩集校注》（臺北：華泰文化事業公司，2001年07月），頁97。
〔註44〕李建崑：《張籍詩集校注》（臺北：華泰文化事業公司，2001年07月），頁193。
〔註45〕李建崑：《張籍詩集校注》（臺北：華泰文化事業公司，2001年07月），頁432。
〔註46〕巫淑寧：《張籍及其樂府詩研究》（新北：花木蘭文化出版社，2009年09月），頁224～225。

元和歌詩之盛，張王樂府尚矣。」〔註47〕詞旨通暢是張王樂府一大特色，也是諷諭能產生效果的關鍵要素。如何通暢表達詞旨，這涉及藝術技巧的運用，王安石在〈題張司業詩〉又說：「看似尋常最奇崛，成如容易卻艱辛。」〔註48〕張籍詩文字看似平易，讀來琅琅上口，但卻不流於俚俗，概因技巧運用嫻熟之故，以下就取法《詩經》含蓄起興、仿照樂府敘事夾雜口語、以對比與頂真加強諷諭、效杜甫旁觀而略異元白四者依序說明。

一、取法《詩經》含蓄起興

從《詩經》有六義以來，「興」便一直是諷諭詩中最常見的手法之一。劉勰《文心雕龍・比興》：「興者，起也。……興則環譬以托諷。……觀夫興之託諭，婉而成章，稱名也小，取類也大。」〔註49〕意即「興」是一種藉言事物，婉轉勸喻的技巧，它表面上說的是一項較小的事物，引出的則是一件較大範圍的意義。感官接觸事物後，引發了情感，這段過程便是「興」。有情感之後才能發展詩歌內容，所以「興」自然放在詩篇開頭。葉嘉瑩也有類似觀點：「所謂興者，有感發興起之意，是因某一事物之觸發而引出所欲敘寫之事物的一種表達方法。」〔註50〕此法在《詩經》中相當常見，如《周南・桃夭》或《周南・關雎》都由觸物而起感發，張籍也沿用了此技巧，如〈雜怨〉前兩句：「切切重切切，秋風桂枝折。」〔註51〕以淒切風聲

〔註47〕〔明〕高棅編選：《唐詩品彙》（臺北：學海出版社，1983年07月），頁269。

〔註48〕〔宋〕王安石：《王安石詩集》（臺北：河洛圖書出版社，1974年10月），頁200。

〔註49〕〔梁〕劉勰撰，周振甫注：《文心雕龍注釋》（臺北：里仁書局，2001年09月），頁677。

〔註50〕葉嘉瑩：《迦陵談詩二集》（臺北：東大書局，1985年02月），頁119。

〔註51〕李建崑：《張籍詩集校注》（臺北：華泰文化事業公司，2001年07月），頁5。

為開頭，渲染烘托思婦內心的寂寞淒苦。〈山頭鹿〉：「山頭鹿，雙角芟芟尾促促，……縣家唯憂少軍食，誰能令爾無死傷？」〔註 52〕從描繪山鹿角長尾短，再導入官府不顧人民死活之要旨，起興選材的鄉土化與生活化，更使整首詩具有濃厚的民歌風味。

周振甫曾言：「興是觸物起情，所以都放在每章的開頭。因為觸物起情，所以同一物可以引起不同的情。」〔註 53〕以下兩首作品起興類似，但所觸及的諷諭主題截然不同，〈遠別離〉：「蓮葉團團荇葉折，長江鯉魚鬐鬣赤。……幾時斷得城南陌，勿使居人有行役。」〔註 54〕從江中景物起興，引出役伕申恨之主題。〈春別曲〉：「長江春水綠堪染，蓮葉出水大如錢。江頭橘樹君自種，那不長繫木蘭船。」〔註 55〕亦從江上美景落筆，但寫的則是思婦傷別之恨。以此來看，詩中的「物」與「情」並不一定有絕對性的關聯，作者的主觀意識具有了極大的影響力。張籍選擇藉物起興，美化了諷諭的文辭，也緩和了諷諭的直切，錢鍾書《談藝錄》：「其（張籍）詩自以樂府為冠，世擬之白樂天、王建，則似未當。文昌含蓄婉摯，長於感慨，興之意為多；而白王輕快本色，寫實敘事，體則近乎賦也。」〔註 56〕起興的寫作技巧，更凸顯張籍諷諭詩構思巧妙，筆調含蓄。

二、仿照樂府敘事夾雜口語

漢魏樂府的諷諭以敘事見長，大多藉著人物語言來展現內心世界，透過場景細節顯示時代風氣，間接使讀者產生評述，而少在詩

〔註 52〕李建崑：《張籍詩集校注》（臺北：華泰文化事業公司，2001 年 07 月），頁 444。

〔註 53〕〔梁〕劉勰撰，周振甫注：《文心雕龍注釋》（臺北：里仁書局，2001 年 09 月），頁 689。

〔註 54〕李建崑：《張籍詩集校注》（臺北：華泰文化事業公司，2001 年 07 月），頁 74。

〔註 55〕李建崑：《張籍詩集校注》（臺北：華泰文化事業公司，2001 年 07 月），頁 407。

〔註 56〕錢鍾書：《談藝錄》（北京：生活、讀書、新知三聯書局，2008 年 06 月），頁 224。

中闡發議論。計有功：「籍詩善敘事。」〔註 57〕王靜研究張王樂府發現：「張王樂府詩藝術上的相同點：緊承漢魏樂府傳統，語言以樸實取勝，比較簡練，鋪敘和議論說教較少；詩歌多用白描手法，構成的意境清淡卻深刻。」〔註 58〕在諷諭詩中，張籍也善於運用白描手法，如〈牧童詞〉：

遠牧牛，遶村四面禾黍稠。陂中飢烏啄牛背，令我不得戲壟頭。

入陂草多牛散行，白犢時向蘆中鳴。隔堤吹葉應同伴，還鼓長鞭三四聲。

牛群食草莫相觸，官家截爾頭上角。〔註 59〕

牧童來到遠處放牛，經過莊稼茂密的田野，再到蘆葦繁盛的水岸，牛犢快樂地鳴叫，牧童偶爾吹響了葉片與同伴彼此呼應，偶爾甩幾下鞭子提醒牛隻不要相鬥。這些文字平鋪直敘，不加渲染雕飾，卻生動地勾勒出清新自然的農村風景與天真無邪的牧童形象。許總：「最足以代表張王詩風的樂府詩，就一方面詳盡揭示了民生疾苦，發揮諷諭時政的功能，另一方面又以略無雕飾的白描手法，構成一幅幅細密的民俗畫卷。」〔註 60〕類似作品如〈採蓮曲〉：「試牽綠莖不尋藕，斷處絲多刺傷手。白練束腰袖半卷，不插玉釵妝梳淺。」〔註 61〕詩中對採蓮活動做了細緻描繪，文字如行雲流水，宛轉而流暢。

諷諭詩必然有主題與對象，而張籍的白描並不單是對所見所聞的簡單摹寫，而是從時局素材中提煉與典型化，如〈羈旅行〉對旅途場

〔註 57〕〔宋〕計有功：《唐詩紀事》（臺北：木鐸出版社，1982 年 02 月），頁 526。

〔註 58〕王靜：《論張籍的詩歌創作成就——兼論對韓孟、元白詩派的貢獻》（北京：首都師範大學古代文學系碩士論文，2012 年），頁 14。

〔註 59〕李建崑：《張籍詩集校注》（臺北：華泰文化事業公司，2001 年 07 月），頁 31。

〔註 60〕許總：《唐詩體派論》（臺北：文津出版社，1994 年 10 月），頁 471。

〔註 61〕李建崑：《張籍詩集校注》（臺北：華泰文化事業公司，2001 年 07 月），頁 52。

景的擇取便極見其用心：

遠客出門行路難，停車斂策在門端。
荒城無人霜滿路，野火燒橋不得度。
寒蟲入窟鳥歸巢，僮僕問我誰家去？
行尋田頭暝未息，雙轂長轅礙荊棘。
緣岡入澗投田家，主人舂米為夜食。
晨雞喔喔茅屋傍，行人起掃車上霜。〔註 62〕

前四句先以清晨時刻作為背景，加以「無人荒城」、「野火燒橋」鋪敘旅行出發時所見之荒涼；進入傍晚時分，旅人仍找不到夜宿之所，又有荊棘叢生，阻礙行車；好不容易投宿偏僻山澗中的農家，短暫休息後，聽得雞啼又要起行。賀裳《載酒園詩話又編》評這段文字：「數語深肖旅途之景。」〔註 63〕相較於泛寫旅途際遇，張籍抓住了幾個重點場景做特寫，以凸顯行役生活的艱辛。再看〈北邙行〉：

洛陽北門北邙道，喪車轔轔入秋草。
車前齊唱薤露歌，高墳新起白峨峨。
朝朝暮暮人送葬，洛陽城中人更多。
千金立碑高百尺，終作誰家柱下石。
山頭松柏半無主，地下白骨多於土。
寒食家家送紙錢，烏鳶作巢銜上樹。
人居朝市未解愁，請君暫向北邙遊。〔註 64〕

在洛陽城北的邙山，送葬車馬不斷，墳前輓歌不止，高起的墳堆日益增多，死者大都來自於洛陽城。今日以千金刻成的墓碑雖然高聳，但過一陣子就成為他人的柱下石，更不用說種植松柏的墓地大半無主，地下白骨多於塵土，寒食節祭奠的紙錢也被烏鴉銜去築巢。高棅引劉

〔註 62〕李建崑：《張籍詩集校注》（臺北：華泰文化事業公司，2001 年 07 月），頁 68。

〔註 63〕〔清〕賀裳：《載酒園詩話又編》，收於郭紹虞編選，富壽蓀校點《清詩話續編》（臺北：木鐸出版社，1983 年 12 月），頁 356。

〔註 64〕李建崑：《張籍詩集校注》（臺北：華泰文化事業公司，2001 年 07 月），頁 57。

辰翁語：「只如此，自不可堪，真樂府之體也。」〔註 65〕送葬隊伍浩浩蕩蕩，墓地卻是冷清棄置，透過簡筆描摹，便能烘托戰亂帶來無盡死亡，不忍卒睹。擷取典型事物的諷諭詩還包括：〈廢宅行〉藉荒廢宅院諷諭戰後流離失所，〈董逃行〉以難民避禍諷諭亂後無家可歸，〈江村行〉寫手腳生瘡諷諭農人耕作之苦。張籍透過對典型的細節敘寫，增強了詩歌的形象感染力，使諷諭主題更加立體。

除了白描手法，口語入詩也是張籍從漢魏樂府汲取的技巧。胡震亨《唐音癸籤》引陳繹曾之語：「張籍祖〈國風〉，宗漢樂府，思難辭易。」〔註 66〕張籍對民間語言的學習，使他的文字通俗淺顯，相較杜甫工於鍊字造句，他更重視記實，與元白詩派的風格更加接近。從自己的角度發聲者如〈野居〉：

秋田多良苗，野水多游魚；我無耒與網，安得充廩廚？

寒天白日短，簷下煖我軀。四肢暫寬柔，中腸鬱不舒。〔註 67〕

詩意明白如話，表達了自己生活的困苦，與病體雖癒，內心卻依然抑鬱不快的狀態。代他人發言者如〈妾薄命〉：

念君此行為死別，對君裁縫泉下衣。

與君一旦為夫婦，千年萬歲亦相守。

君愛龍城征戰功，妾願青樓歌樂同。

人生各各有所欲，詎得將心入君腹。〔註 68〕

還有〈雜怨〉、〈別離曲〉、〈節婦吟〉、〈吳宮怨〉、〈白頭吟〉、〈烏啼引〉、〈促促詞〉、〈春別曲〉、〈離婦〉等等也都以平實語言代女子訴苦，其餘〈牧童詞〉夾雜牧童天真之語，〈山頭鹿〉向貧農表達擔憂，

〔註 65〕〔明〕高棅編選：《唐詩品彙》（臺北：學海出版社，1983 年 07 月），頁 357。

〔註 66〕〔明〕胡震亨：《唐音癸籤》（上海：上海古籍出版社，1984 年 08 月），頁 66。

〔註 67〕李建崑：《張籍詩集校注》（臺北：華泰文化事業公司，2001 年 07 月），頁 2。

〔註 68〕李建崑：《張籍詩集校注》（臺北：華泰文化事業公司，2001 年 07 月），頁 71～72。

〈董公詩〉稱頌董晉為良臣，胡震亨《唐音癸籤》:「文章窮於用古，矯而用俗，如史、漢後六朝史之入方言俗語是也。籍、建詩之用俗亦然。……凡俗言俗事入詩，較用古更難。知兩家詩體，大費鑄合在。」〔註 69〕詩中運用口語並不容易，而張籍巧妙連綴，更顯諷諭對象之情感真摯，也使詩旨更深入人心。

此外，有一些帶有農村情趣的諷諭詩，如〈白鼉吟〉、〈長塘湖〉與〈雲童行〉：

> 天欲雨，有東風，南溪白鼉鳴窟中。六月人家井無水，夜聞鼉聲人盡起。〔註 70〕
>
> 長塘湖，一斛水中半斛魚。小魚如針鋒，水濁誰能辯真龍？〔註 71〕
>
> 雲童童，白龍之尾垂江中。今年天旱不作雨，水足牆上有禾黍。〔註 72〕

文字從口頭流出，全然不掉書袋，如同民歌童謠一般。方回說:「張文昌詩平易而清新。」〔註 73〕這些詩可為佐證。李東陽《麓堂詩話》:「質而不俚，是詩家難事。樂府歌辭所載〈木蘭辭〉，前首最近古。唐詩，張文昌善用俚語，劉夢得〈竹枝〉亦入妙。至白樂天令老嫗解之，遂失之淺俗。」〔註 74〕雖然張籍與白居易都選擇以口語入詩，都透過清楚易懂的文字讓諷諭效果更能得到發揮，但兩相比較，張

〔註 69〕〔明〕胡震亨:《唐音癸籤》(上海:上海古籍出版社，1984 年 08 月)，頁 66。

〔註 70〕李建崑：《張籍詩集校注》(臺北：華泰文化事業公司，2001 年 07 月)，頁 434。

〔註 71〕李建崑：《張籍詩集校注》(臺北：華泰文化事業公司，2001 年 07 月)，頁 442。

〔註 72〕李建崑：《張籍詩集校注》(臺北：華泰文化事業公司，2001 年 07 月)，頁 441。

〔註 73〕〔元〕方回撰，胡益民點校:《瀛奎律髓》(合肥：黃山書社，1994 年 08 月)，頁 597。

〔註 74〕〔明〕李東陽:《麓堂詩話》，收入丁福保輯:《歷代詩話續編》(北京：中華書局，1983 年 8 月)，頁 1375。

籍多了一些許雅淡自然的韻味。

三、以對比與頂真加強諷諭

諷諭詩通常不是直接說理，而是透過呈現社會上的不平等現象，使讀者內心產生矛盾，進而體會諷諭主題。胡萬川〈諷諭詩〉認為：「或貧與富，或弱與強，或苦與樂，對比越鮮明，諷刺的效果便越強烈。」〔註75〕這種技巧從先秦時期就已大量使用，如《詩經・鄘風・相鼠》中，寫人與鼠皆有皮有齒，以此相關概念諷刺人若無禮，與鼠何異。漢魏樂府〈白頭吟〉:「今日斗酒會，明旦溝水頭。」〔註76〕前句寫過往兩人相遇歡樂宴會，後句寫今日女子獨自留連水溝邊，則以相反概念凸顯對夫君負心的感嘆。

張籍詩中以相關事物做為對比的例子如〈征婦怨〉:「萬里無人收白骨，家家城下招魂葬。」〔註77〕戰死屍骨無人收，城邊倒是遍布治喪人家。〈將軍行〉:「胡兒殺盡陰磧暮，擾擾唯有牛羊聲。」〔註78〕沙場無人生還，僅聽得牛羊鳴叫。兩首詩都透過對比，放大了戰爭的殘忍可怕。〈白頭吟〉:「春天百草秋始衰，棄我不待白頭時。」〔註79〕則以「秋天草衰」與「未白頭已棄」作對比，使人對宮女遭遇更感同情。

不過在張籍詩中，相反事物的對比屬大宗。以宮人為對象者，如〈吳宮怨〉:「它人侍寢還獨歸。」〔註80〕寫他人受寵，自己則寂寞返

〔註75〕胡萬川:〈諷諭詩〉,《中國詩歌研究》(臺北：中央文物供應社，1985年06月)，頁303。

〔註76〕〔宋〕郭茂倩編撰:《樂府詩集》(臺北：里仁書局，1984年09月)，頁599。

〔註77〕李建崑:《張籍詩集校注》(臺北：華泰文化事業公司，2001年07月)，頁12。

〔註78〕李建崑:《張籍詩集校注》(臺北：華泰文化事業公司，2001年07月)，頁65。

〔註79〕李建崑:《張籍詩集校注》(臺北：華泰文化事業公司，2001年07月)，頁62。

〔註80〕李建崑:《張籍詩集校注》(臺北：華泰文化事業公司，2001年07月)，頁55。

回。以文士為對象者，如〈傷歌行〉：「長安里中荒大宅，朱門已除十二載。」〔註81〕過往奢華朱門，現今卻成為荒廢宅院。感慨朝代興衰者，如〈洛陽行〉：「六街朝暮鼓鼕鼕，禁兵持戟守空宮。……上陽宮樹黃復綠，野豺入苑食麋鹿。」〔註82〕過去熙熙嚷嚷的宮殿，如今卻成為豺狼捕食麋鹿的場所，令人不勝唏噓。以反戰為核心思想者，如〈廢宅行〉：「胡馬崩騰滿阡陌，都人避亂唯空宅。」〔註83〕雖有滿街胡馬，卻是人去樓空。憐憫失地國人者，如〈隴頭行〉：「去年中國養子孫，今着氈裘學胡語。」〔註84〕今昔對照下，表達失地以致漢人需學胡語之不合理。諷刺君王者如〈永嘉行〉：「黃頭鮮卑入洛陽，胡兒執戟升明堂。晉家天子作降虜，公卿奔走如牛羊。」〔註85〕外族入侵京城主持朝政，囂張跋扈，本應在朝的天子卻淪為俘虜，大臣則驚慌逃竄，豈非君主無能？批判將領者如〈將軍行〉：「邊人親戚曾戰沒，今逐官軍收舊骨。磧西行見萬里空，幕府獨奏將軍功。」〔註86〕士卒死傷無數，換得的戰功卻由將軍坐享其成。凸顯貧富懸殊者如〈野老歌〉：「苗疏稅多不得食，輸入官倉化為土。……西江賈客珠百斛，船中養犬長食肉。」〔註87〕老農為繳稅而無糧食，商賈卻能以肉飼犬，貧苦山農與奢侈賈客的形象兩相對照，令人更感不平。在這些詩中，張籍客觀講述對立的事實，使讀者產生共鳴，了無痕跡地彰顯了諷諭的主題。

〔註81〕李建崑：《張籍詩集校注》（臺北：華泰文化事業公司，2001年07月），頁53。

〔註82〕李建崑：《張籍詩集校注》（臺北：華泰文化事業公司，2001年07月），頁452。

〔註83〕李建崑：《張籍詩集校注》（臺北：華泰文化事業公司，2001年07月），頁427。

〔註84〕李建崑：《張籍詩集校注》（臺北：華泰文化事業公司，2001年07月），頁426。

〔註85〕李建崑：《張籍詩集校注》（臺北：華泰文化事業公司，2001年07月），頁50。

〔註86〕李建崑：《張籍詩集校注》（臺北：華泰文化事業公司，2001年07月），頁65。

〔註87〕李建崑：《張籍詩集校注》（臺北：華泰文化事業公司，2001年07月），頁16。

用上句的結尾作為下句的開頭，稱作「頂真」修辭。黎運漢、張維耿以為：「頂真用來敘事說理，有利於表現事物之間的連鎖關係，揭示事物的發展過程，而且能使句式整齊，語勢暢達。……頂真在詩歌裡獨具特色，常用來加強節奏，表達回環曲折的感情。」〔註88〕漢魏樂府常運用頂真修辭，作為事件安排的線索，也營造循環反覆的音樂性。張籍諷諭詩長於敘事，也常用頂真來表達先後次序或因果關係。如〈築城詞〉：「力盡不得休杵聲，杵聲未定人皆死。」〔註89〕〈永嘉行〉：「北人避胡皆在南，南人至今能晉語。」〔註90〕〈將軍行〉：「三十六軍齊上隴，隴頭戰勝夜亦行。」〔註91〕〈楚宮行〉：「下輦更衣入洞房，洞房侍女盡焚香。」〔註92〕〈烏啼引〉：「夜啼長安吏人家。吏人得罪囚在獄。」〔註93〕〈廢宅行〉：「都人避亂唯空宅。宅邊青桑垂宛宛。」〔註94〕〈董逃行〉：「亂兵燒我天子宮。宮城南面有深山。」〔註95〕〈離婦〉：「為人莫作女，作女實難為。」〔註96〕〈董公詩〉：「所憂在萬人，人實我寧空。」〔註97〕透過這些字或詞的反

〔註88〕黎運漢、張維耿：《現代漢語修辭學》（臺北：書林出版有限公司，2001年10月），頁161～162。
〔註89〕李建崑：《張籍詩集校注》（臺北：華泰文化事業公司，2001年07月），頁24。
〔註90〕李建崑：《張籍詩集校注》（臺北：華泰文化事業公司，2001年07月），頁50。
〔註91〕李建崑：《張籍詩集校注》（臺北：華泰文化事業公司，2001年07月），頁65。
〔註92〕李建崑：《張籍詩集校注》（臺北：華泰文化事業公司，2001年07月），頁75。
〔註93〕李建崑：《張籍詩集校注》（臺北：華泰文化事業公司，2001年07月），頁78。
〔註94〕李建崑：《張籍詩集校注》（臺北：華泰文化事業公司，2001年07月），頁427。
〔註95〕李建崑：《張籍詩集校注》（臺北：華泰文化事業公司，2001年07月），頁430。
〔註96〕李建崑：《張籍詩集校注》（臺北：華泰文化事業公司，2001年07月），頁455。
〔註97〕李建崑：《張籍詩集校注》（臺北：華泰文化事業公司，2001年07

覆出現，推動了想法或事件的發展。此外，張修蓉認為：「這種『頂真格』的語法，將詩內上下句緊密的環扣住，讓人產生一種繾綣纏綿、詠嘆不盡的餘味，這正是樂府民歌的特殊形式。」〔註 98〕張籍仿效樂府設計句首句尾，形成緊密的連環，也使諷旨加強了綿延不絕的力量。

四、效杜甫旁觀而略異元白

杜甫的新題樂府「即事名篇」，詩題命名切合時事，內容則展現出敘事性強、第三人稱觀點、通篇諷諭的特色。張籍的新題樂府命題也展現類似傾向，如〈廢宅行〉、〈樵客吟〉、〈廢瑟詞〉、〈寄衣曲〉等等，還有一些無關樂府的詩題也都能從題目看出諷諭主題。至於張籍諷諭詩的內容，在表達方式層面，多選擇具有代表性的事件進行敘述，以反映普遍的社會現象；在敘述視角層面，張籍絕大多數的諷諭詩採用「第三人稱觀點」，詩人獨立於事件之外，只做事實的反映；在詩歌結構層面，張籍諷諭詩大多不必依附抒情或議論，甚至通篇諷諭的特質。他們兩人都是社會事件的旁觀者，通過客觀冷靜的筆調，隱約呈現自已關注的不平等現象。不需議論，讀者只從真實的描寫中，便能對黎民百姓的水深火熱深有所感，進而產生更強烈的諷諭力量。

同樣為元和詩人，元、白同樣寫諷諭詩，但做法截然不同。白居易〈寄唐生〉：「不能發聲哭，轉作樂府詩。……非求宮律高，不務文字奇。惟歌生民病，願得天子知。」〔註 99〕可見他的樂府，也是為了書寫人民疾苦，回溯至《詩經》采詩精神，以補察時政為目的。但張籍的諷諭詩不刻意立新題，或以古題寄意，或順著古題的

月），頁 459。

〔註 98〕張修蓉：《中唐樂府詩研究》（臺北：文津出版社，1981 年 10 月），頁 79。

〔註 99〕〔清〕彭定求等編：《全唐詩》（北京：中華書局，2008 年 09 月），頁 4663。

意思連結到時事，只要內容觸及現實即可，不受古題、新題限制。元稹〈樂府古題〉同樣多為諷諭詩，可見他跟張籍想法接近。白居易則是在擔任左拾遺時，將諷諭詩當成自己的政治任務，所以標榜「因事立題」的「新題樂府」，更嚴格地要求內容必然是時事的全盤反映，以擴大諷諭題材的範疇。

張籍雖為韓愈門人，但錢鍾書《談藝錄》曾言：「其風格亦與韓殊勿類，集中且共元白唱酬為多。」〔註 100〕張籍與元、白詩作往往互相傳閱、唱和，因此張籍詩風與元、白更接近。他們都對諷諭時政著力甚多，劉熙載《詩概》：「白香山樂府，與張文昌、王仲初同為自出新意。」〔註 101〕白居易、張籍、王建三人的詩都不是只寫古題古事，而是緊密連結社會現實，為底層人民發聲。張瑋瑜：「其（張籍）語言平淡，不尚奇險，又與元白詩派貼近。」〔註 102〕他們的諷諭詩，文字平易近人，不求辭藻華美，亦不求用典精深，淺顯通俗，寓教化於動人情節之中，張戒《歲寒堂詩話》：「元白張籍以意為主，而失于少文。」〔註 103〕重視內容教化遠勝於外在形式，這也是他們常受批評之處。

賀貽孫《詩筏》曾言：「張司業籍以樂府古風合為一體，……但可惜邊幅稍狹耳。若元、白二公，才情有餘，邊幅甚賒，然時有拖沓之累。蓋司業所病者節短，而元、白所病者氣緩，截長補短，庶幾可與李、杜諸人方駕耳。」〔註 104〕元、白敘事平鋪直述，為清楚

〔註 100〕錢鍾書：《談藝錄》（北京：生活、讀書、新知三聯書局，2008 年 06 月），頁 224。

〔註 101〕〔清〕劉熙載：《詩概》，收於郭紹虞編選，富壽蓀校點《清詩話續編》（臺北：木鐸出版社，1983 年 12 月），頁 2430。

〔註 102〕張瑋瑜：〈張籍與韓孟詩派及元白詩派的關系初探〉，《青年文學家》2019 年第 14 期（2019 年 05 月），頁 92。

〔註 103〕〔宋〕張戒：《歲寒堂詩話》，收入丁福保輯：《歷代詩話續編》（北京：中華書局，1983 年 8 月），頁 462。

〔註 104〕〔清〕賀貽孫：《詩筏》，收於郭紹虞編選，富壽蓀校點《清詩話續編》（臺北：木鐸出版社，1983 年 12 月），頁 188。

傳達事件脈絡，使情境能再現於讀者面前，篇幅不免較長，有詞繁義盡之感；張籍敘事流暢明利，多以簡練之語概括社會現象，篇幅較短，渲染諷旨的效果自然較弱。在結構上，白居易特別講究「首句標目」、「卒章顯志」，以使「見之者易喻」〔註 105〕，題目下常以小注標明題旨，又從作者角度大發議論，為政治服務的色彩更鮮明；張籍諷諭詩不高舉諷諭目的，詩的政教功能並不明顯，但也常在篇首點題，篇末以警句作結，使讀者更容易抓住諷旨。

相較於元、白，張籍又更常被拿來與王建並列。他們兩人確實在內容與風格上有諸多相似之處。他們的諷諭詩常採用相同題目，如〈寄遠曲〉、〈白紵歌〉、〈北邙行〉、〈促促詞〉、〈望行人〉等等。諷諭題材方面，除了常見的反戰、議論賦稅苛重、譏刺貧富懸殊等題材，兩人偶爾同寫時事，如：張籍有〈華清宮〉，王建有〈溫泉宮行〉，皆寫玄宗仙逝後，宮殿蕭條之景象。兩人都對女性有所關注，如張籍有〈寄衣曲〉，王建有〈送衣曲〉，均對征婦為君送衣保暖的心理做了深入刻畫。兩人又都有〈宮詞〉數首，反映宮女因君王喜新厭舊、深鎖院閣的不平際遇。但王建有從軍塞上十三年的經驗，戎馬倥偬帶來的血淚更令人怵目驚心；又因與宦官王守澄有宗人之誼，對宮闈祕聞的描繪更加細緻。

張、王兩人有十年同窗之誼，相互討論、學習之下，共同發展出含蓄擬古見長的諷諭詩，與元、白兩人銳利批判時事的風格並不相同。嚴羽《滄浪詩話》：「大歷後，劉夢得之絕句，張籍王建之樂府，我所深取耳。」〔註 106〕張、王兩人文字仿效古樂府，自然流暢，

〔註 105〕白居易〈新樂府．序〉：「繫於意，不繫於文。首句標其目，卒章顯其志，詩三百之義也。其辭質而徑，欲見之者易喻也；其言直而切，欲聞之者深誡也；其事覈而實，使采之者傳信也；其體順而肆，可以播於樂章歌曲也。」見〔清〕彭定求等編：《全唐詩》（北京：中華書局，2008 年 09 月），頁 4690。

〔註 106〕〔宋〕嚴羽：《滄浪詩話》，收於何文煥輯《歷代詩話》（北京：中華書局，1992 年 05 月），頁 697。

便於諷頌，文字淺顯，不重鋪張，卻蘊有深意，郎廷槐《師友詩傳錄》曾引蕭亭之言：「樂府之異於詩者，往往敘事。詩貴溫裕純雅；樂府貴遒深勁絕，又其不同也。……至唐人多與詩無別，惟張籍、王建猶能近古，而氣象雖別，亦可宗也。」〔註 107〕也可窺見兩人對古樂府的繼承。然而兩人藝術手法的表現不完全相同，許學夷《詩源辯體》引王元美之言：「張籍善言情，王建善徵事。」〔註 108〕又補充：「張籍造古淡，較王稍微婉曲，王則語語痛快矣。且王詩多，而入錄者少，故知其去張實遠也。」〔註 109〕大體而言，張籍諷諭詩較含蓄細膩，文字更具雅淡色彩；王建則爽快直言，文字通俗明晰，前者更符合溫柔敦厚的詩教風範。

第三節　語言風格

張籍諷諭詩多具樸素之美，令人口誦心維，吟哦不已。李東陽《麓堂詩話》：「詩在六經中，別是一教，蓋六藝中之樂也。樂始於詩，終於律，人聲和則樂聲和，又取其聲之和者，以陶寫情性，感發志意，動盪血脈，流通精神，有至於手舞足蹈而不自覺者。」〔註 110〕詩歌要能影響人心，音律和諧必是要件。翁方綱《石洲詩話》又認為：「張、王樂府，天然清削，不取聲音之大，亦不求格調之高，此真善于紹古者。較之昌谷，奇豔不及，而真切過之。」〔註 111〕在詞彙上，張籍則展現不尚藻飾的古樂府氣象。這些又如何表現在語言風格之

〔註 107〕〔清〕郎廷槐：《師友詩傳錄》，收於丁福保輯《清詩話》（臺北：西南書局，1979 年 11 月），頁 112。

〔註 108〕〔明〕許學夷：《詩源辯體》（北京：人民文學出版社，1987 年 10 月），頁 1893。

〔註 109〕〔明〕許學夷：《詩源辯體》（北京：人民文學出版社，1987 年 10 月），頁 1897。

〔註 110〕〔明〕李東陽：《麓堂詩話》，收入丁福保輯：《歷代詩話續編》（北京：中華書局，1983 年 8 月），頁 1369。

〔註 111〕〔清〕翁方綱：《石洲詩話》，收於郭紹虞編選，富壽蓀校點《清詩話續編》（臺北：木鐸出版社，1983 年 12 月），頁 64。

中？以下分重疊詞、顏色詞、典故詞、押韻現象等主題略作論述。

一、重疊詞

重疊詞是以兩個相同的音節組成的詞彙型態，黃永武：「疊字又名重言，是以兩個相同的字來摹擬物形或物聲，當單字不足以盡其態，則以重言疊字來表現，疊字在音響上有極微妙的功用，既可以使語氣完足、意義完整，又可使聲調動聽。疊字如用得靈妙，可以達到『摹景入神』『天籟自鳴』的妙境。」〔註 112〕張籍 85 首諷諭詩中，有 45 首詩用到重疊詞，大多用一至兩組重疊詞，最多則在一首詩中用到四組重疊詞。在這些重疊詞中，又可分為疊音詞與疊義詞兩類。

疊音詞是指用兩個相同字的構詞來描摹聲音或狀態，疊字後的意義與本來單字的意義無關，又可分為擬聲詞與摹狀詞。詩中擬聲詞只有 1 例為 AABB 結構，如鳥鳴聲「嘖嘖啾啾」。其餘全為 AA 結構，出現兩例者有風聲「切切」、鼓聲「鼕鼕」；餘皆只出現 1 例，包括車行聲「轔轔」、雞鳴聲「喔喔」、烏鴉鳴叫聲「啞啞」、蟲鳴聲「嘖嘖」、蟲子震動翅膀的聲音「撲撲」、伐木聲「坎坎」、玉石撞擊聲「鏘鏘」。摹狀詞只有 1 例為 AABB 結構，如「千千萬萬」形容數量很多。其餘全屬 AA 結構，出現兩例者包括：「嫋嫋」形容風動的樣子，「峨峨」形容高聳的樣子，「茫茫」形容廣大無邊的樣子，「團團」形容圓的樣子，「翩翩」形容鳥輕飛的樣子，「促促」形容忙碌困迫的樣子；出現 1 例者包括：「皎皎」形容布匹潔白的樣子，「冥冥」形容幽暗的樣子，「戢戢」形容聚集的樣子，「彭彭」形容眾多的樣子，「擾擾」形容紛亂的樣子，「遙遙」形容搖擺不定的樣子，「灩灩」形容水波浮動的樣子，「湛湛」形容清明澄澈的樣子，「寂寂」形容寂靜無聲的樣子，「漫漫」形容無邊無際的樣子，「悠悠」

〔註 112〕黃永武：《中國詩學：設計篇》（臺北：巨流圖書，1976 年 10 月），頁 191。

形容行走的樣子，「宛宛」形容盤旋屈曲的樣子，「曈曈」形容天將亮時由暗轉明的樣子，「磷磷」形容清晰明淨的樣子，「彎彎」形容彎曲不直的樣子，「纂纂」形容聚集的樣子，「漠漠」形容密布羅列的樣子，「童童」形容茂盛的樣子，「芰芰」形容角長的樣子，「促促」形容尾短的樣子，「熬熬」形容乾熱的樣子，「沉沉」形容水深的樣子。張籍諷諭詩中，擬聲詞有 10 種，摹狀詞有 29 種，且出現位置多在欲修飾的詞語之後，而非在詞語之前，如〈江村行〉：「耕場磷磷在水底，……山蝨遶衣飛撲撲。」〔註 113〕

疊義詞中的兩個字為個別語素，均為實詞，無論單用或重疊，意思都相去不遠。AABB 結構者有 1 例，如「朝朝暮暮」。餘皆 AA 結構，如「家家」表示每家，出現 8 例；「年年」表示每年，出現 7 例；「重重」表示一層又一層，「日日」表示每日，各出現 3 例；「往往」表示經常，「處處」表示各處，各出現 2 例；「夜夜」表示每夜，「行行」表示每一行，「去去」表示離去，「朝朝」表示每朝，以及「猩猩」一語，各出現 1 例。據上可知，張籍諷諭詩中計有 11 種疊義詞，另可發現其位置多在詩句之首，如〈秋閨〉：「日日出門望，家家行客歸。」〔註 114〕無論是置於句中為主的疊音詞，或多置於句首的疊義詞，在漢魏樂府中都是很常見的手法，重複字詞能造成音律起伏、錯落之美，使張籍詩更具有樂府古樸的韻味。

二、顏色詞

古人作詩，常運用顏色詞以增添視覺意境，黃永武以為：「詩中的色彩字，對意象的視覺效果，有著強烈的顯示功能。因而如何選擇彩色字，是詩人下筆時必爭的技巧之一。」〔註 115〕色彩的聯想，

〔註 113〕李建崑：《張籍詩集校注》（臺北：華泰文化事業公司，2001 年 07 月），頁 432。

〔註 114〕李建崑：《張籍詩集校注》（臺北：華泰文化事業公司，2001 年 07 月），頁 503。

〔註 115〕黃永武：《詩與美》（臺北：洪範書店，1992 年 06 月），頁 21。

與人的記憶與經驗有密切關係，也展現出詩人的個人特質。曾啟雄〈色彩在文化的定義〉:「古代的社會是透過生活遭遇來累積經驗，形成共同的特徵，也就構成了文化；……文化一旦形成，就會控制人的行為、思想、價值觀。色彩就在如此的概念中，發生作用。」〔註 116〕色彩的象徵，又不僅是個人的選擇，還是社會影響後的結果，具有普遍性的心理特徵。諷諭詩既為反映社會的體裁，更應從文化與社會的脈絡下去探討詩中的顏色詞。張籍 85 首諷諭詩中，運用顏色字者有 57 首，占 67%，詩中大多使用一種顏色字。以下參考王招弟五色之區隔〔註 117〕，依青、黃、赤、白、黑五色系分述。

青色系部分，張籍諷諭詩用「青」字 10 次，「綠」字 5 次，「翠」字 2 次，共 17 次，如〈華清宮〉:「青山空閉御牆中」〔註 118〕；黃色系部分，用「黃」字 14 次，「金」字 10 次，共 24 次，如〈送流人〉:「黃雲暗塞天」〔註 119〕；赤色系部分，用「朱」字 6 次，「紅」字 5 次，「紫」字 2 次，「丹」字 2 次，「赤」字 1 次，「絳」字 1 次，共 17 次，如〈學仙〉:「樓觀開朱門」〔註 120〕；白色系部分，用「白」字 31 次，「素」字 4 次，共 35 次，如〈送防秋將〉:「白首征西將」〔註 121〕；黑色系部分，用「黑」字 3 次，「蒼」字 1 次，共 4 次，

〔註 116〕曾啟雄:《色彩的科學與文化》(新北：耶魯國際文化事業公司，2003 年 01 月)，頁 231。

〔註 117〕王招弟:「周代已經出現了青、黃、赤、白、黑『五色』觀念，並由此奠定了此後中國人延續幾千年的色彩觀念。」見王招弟:《兩周時期五色象徵意義初探》(西安：陝西師範大學碩士學位論文，2012 年)，頁 6。

〔註 118〕李建崑:《張籍詩集校注》(臺北：華泰文化事業公司，2001 年 07 月)，頁 385。

〔註 119〕李建崑:《張籍詩集校注》(臺北：華泰文化事業公司，2001 年 07 月)，頁 105。

〔註 120〕李建崑:《張籍詩集校注》(臺北：華泰文化事業公司，2001 年 07 月)，頁 463。

〔註 121〕李建崑:《張籍詩集校注》(臺北：華泰文化事業公司，2001 年 07 月)，頁 113。

如〈促促詞〉:「家家桑麻滿地黑」〔註122〕。在87組色彩詞中，白色系為數最多，占了40%左右，青色系次之，占21%左右，赤色系第三，占20%左右，黃色系居四，占16%左右，黑色系最少，僅占3%。林書堯認為:「白是中性色之一，但是除了溫度心理，其他明視度或注目性方面白色算是相當活潑的一種色彩，尤其在配色上白色的地位極高，嗜好率也非常大，有普遍能參與色彩活動的特色。」〔註123〕曾啟雄〈黑與白〉:「白是光明，通常伴隨著光而來的是熱、希望與生命，白也夾雜著空的意境。」〔註124〕張籍諷諭詩運用這些白色系詞，呈現的也多是這種光明正大的世界。此外，賀裳:「司業律詩以淺淡而妙。」〔註125〕劉邦彥《唐詩歸折衷》引吳敬夫:「文昌樂府，伯仲仲初，而彌加蘊藉，諸體亦淡雅宜人。」〔註126〕大量選用白色系或為其詩淡雅的原因。在青色系部分，林書堯認為:「此一色系在注目性與視認性都不太高，不過在自然界如天空海洋所佔有的面積卻相當大。青色系的性格頗為冷靜，恰恰和朱紅色積極性的刺激特質相反。」〔註127〕在赤色系部分，曾啟雄〈紅、赤、朱、丹〉一文指出:「朱砂採取不容易，價格也較高，一般平民百姓是無法負擔的，無形中也表現出尊貴階級的象徵。」〔註128〕林書堯則以為:「赤色系大都刺激作用很大，它們都會主動地來影響人的心理，

〔註122〕李建崑:《張籍詩集校注》(臺北：華泰文化事業公司，2001年07月)，頁80。

〔註123〕林書堯:《色彩認識論》(臺北：三民書局，1991年08月)，頁169。

〔註124〕曾啟雄:《色彩的科學與文化》(新北：耶魯國際文化事業公司，2003年01月)，頁270。

〔註125〕〔清〕賀裳:《載酒園詩話又編》，收於郭紹虞編選，富壽蓀校點《清詩話續編》(臺北：木鐸出版社，1983年12月)，頁357。

〔註126〕〔清〕劉邦彥:《唐詩歸折衷》，收於陳伯海《唐詩彙評》(杭州：浙江教育出版社，1996年05月)頁1894。

〔註127〕林書堯:《色彩認識論》(臺北：三民書局，1991年08月)，頁165。

〔註128〕曾啟雄:《色彩的科學與文化》(新北：耶魯國際文化事業公司，2003年01月)，頁182～183。

甚至有時連人的被動地位都絕沒有迴避的機會。」〔註129〕從青色與赤色詞中，可以看出張籍既以冷靜之筆描摹自然景觀，也以激動之筆，刻劃那些貴族權貴。

三、典故詞

漢魏六朝以來，講究聲律、用典的文風持續發展，劉若愚認為用典：「可以做為表現情況的一種經濟的手段。它們能夠做為一種速記術，傳達給讀者否則可能需要說明和占去篇幅的某些事實。」〔註130〕詩人若內在蘊藉充實，下筆成詩，自然能融經典於詞句中，在簡要文字中表現深刻的哲理。若排除樂府古題的背景，單探究張籍諷諭詩內容的用典狀況，又可從分語典與事典兩類析之。

語典，是指援用過去詩文或有來歷的前人語詞，使語句更加巧妙。如〈行路難〉：「龍蟠泥中未有雲，不能生彼升天翼。」〔註131〕化用班固〈答賓戲〉與鮑照〈擬行路難〉之句子，寫無人舉薦之困頓。〈送邊使〉：「誰封定遠侯」〔註132〕與〈老將〉：「猶誇定遠功」〔註133〕用班超「定遠侯」封號寫對戰勝外族之期許。〈廢瑟詞〉：「此瑟還奏雲門曲」〔註134〕用《周禮》樂曲「雲門」之名，表達對復古的渴望。〈董公詩〉：「翩翩者蒼烏，……一蒂實連中，……田有嘉穀異。」〔註135〕

〔註129〕林書堯：《色彩認識論》（臺北：三民書局，1991年08月），頁159。

〔註130〕劉若愚著，杜國清譯：《中國詩學》（臺北：幼獅出版公司，1985年06月），頁214。

〔註131〕李建崑：《張籍詩集校注》（臺北：華泰文化事業公司，2001年07月），頁11。

〔註132〕李建崑：《張籍詩集校注》（臺北：華泰文化事業公司，2001年07月），頁102。

〔註133〕李建崑：《張籍詩集校注》（臺北：華泰文化事業公司，2001年07月），頁503。

〔註134〕李建崑：《張籍詩集校注》（臺北：華泰文化事業公司，2001年07月），頁451。

〔註135〕李建崑：《張籍詩集校注》（臺北：華泰文化事業公司，2001年07月），頁459。

用「蒼烏」、「一蔕」與「嘉穀」等古代祥瑞之兆，烘托良臣開啟的太平盛世。從這類語詞的引用狀況來看，張籍不講求字字徵驗，用得不多，與杜甫、韓愈的風格相差甚遠。

事典，是指徵引歷史掌故或神話傳說，或以藉古諷今，或以古為借鑑。如〈楚宮行〉、〈離宮怨〉、〈烏棲曲〉、〈楚妃怨〉都用楚王築章華臺縱情聲色之事〔註 136〕。〈牧童詞〉:「官家截爾頭上角。」〔註 137〕用北魏拓跋暉典故，據《魏書．拓跋暉傳》記載:「(暉)其車少脂角，即於道上所逢之牛，生截取角以充其用。……聚斂無極，百姓患之。」〔註 138〕〈求仙行〉:「漢皇欲作飛仙子，年年採藥東海裏。蓬萊無路海無邊，方士舟中相枕死。」〔註 139〕用漢武帝海上求仙典故，據《史記．孝武本紀》記載:「少君言於上曰:『祠竈則致物，致物而丹沙可化為黃金，黃金成以為飲食器則益壽，益壽而海中蓬萊僊者可見，見之以封禪則不死，黃帝是也。……安期生僊者，通蓬萊中，合則見人，不合則隱。』於是天子始親祠竈，而遣方士入海求蓬萊安期生之屬，而事化丹沙諸藥齊為黃金矣。」〔註 140〕〈永嘉行〉:「黃頭鮮卑入洛陽，胡兒執戟升明堂。晉家天子作降虜，公卿奔走如牛羊。」〔註 141〕寫永嘉五年(西元 311 年)晉懷帝在洛陽被劉曜俘虜之事，據《晉書．孝懷帝紀》記載:「丁酉，劉曜、王彌入京師。……百官士庶死者三萬餘人。帝蒙塵于平陽，劉聰以帝為會稽公。」〔註 142〕〈吳宮怨〉:「吳王醉後欲更衣，座上美人嬌不起。……姑蘇臺上夕燕罷，它人侍寢還

〔註 136〕詳細典故說明，請參見本研究第五章第一節，頁 115～116。
〔註 137〕李建崑:《張籍詩集校注》(臺北:華泰文化事業公司，2001 年 07 月)，頁 31。
〔註 138〕〔北齊〕魏收:《魏書》(北京:中華書局，1974 年 06 月)，頁 379。
〔註 139〕李建崑:《張籍詩集校注》(臺北:華泰文化事業公司，2001 年 07 月)，頁 34。
〔註 140〕〔漢〕司馬遷:《史記》(北京:中華書局，1982 年 11 月)，頁 453。
〔註 141〕李建崑:《張籍詩集校注》(臺北:華泰文化事業公司，2001 年 07 月)，頁 50。
〔註 142〕〔唐〕房玄齡等撰:《晉書》(北京:中華書局，1982 年 12 月)，頁 123。

獨歸。」〔註 143〕用夫差築臺荒淫之事，據《述異記》記載：「吳王夫差築姑蘇臺，三年乃成。……宮妓千人，又別立春霄宮，為長夜飲。」〔註 144〕〈華清宮〉用唐玄宗與楊貴妃遊樂華清池之事。〈臺城〉：「只緣一曲後庭花」〔註 145〕用陳後主作〈玉樹後庭花〉，之後亡國之事。〈隴頭行〉：「誰能還使李輕車」〔註 146〕用漢李廣從弟李蔡，因驍勇善戰受封輕車將軍之事。〈洛陽行〉：「御門空鎖五十年，……陌上老翁雙淚垂，共說武皇巡幸時。」〔註 147〕用玄宗以來，李唐皇帝數十年未臨幸洛陽之事。〈學仙〉：「先王知其非，戒之在國章。」〔註 148〕用唐玄宗曾限制佛、道之事。這些事典用得較語典多，因為這些故事往往直接聯繫先朝的昏庸君主或英勇將士，能夠含蓄帶出諷諭主題。張籍不為展現文采而用典，而是透過這些歷史典故，委婉地表達自己對於時局動盪不安的憂心。

四、押韻現象

張夢機認為：「後代詩歌之有韻，應該不外兩個目的：一是使詩歌容易琅琅上口，便於記誦；一是利用讀音的和諧來增加詩歌本身的音樂性，加強它的感染力。」〔註 149〕詩歌若要廣為傳播，聲音的和諧極為重要，何況是以散播民情為目的的諷諭詩。張籍諷諭詩包

〔註 143〕李建崑：《張籍詩集校注》（臺北：華泰文化事業公司，2001 年 07 月），頁 55。

〔註 144〕任昉《述異記》，收於〔宋〕李昉等編：《太平廣記》（北京：中華書局，1961 年 09 月），第 236 卷，頁 1。

〔註 145〕李建崑：《張籍詩集校注》（臺北：華泰文化事業公司，2001 年 07 月），頁 408。

〔註 146〕李建崑：《張籍詩集校注》（臺北：華泰文化事業公司，2001 年 07 月），頁 426。

〔註 147〕李建崑：《張籍詩集校注》（臺北：華泰文化事業公司，2001 年 07 月），頁 452。

〔註 148〕李建崑：《張籍詩集校注》（臺北：華泰文化事業公司，2001 年 07 月），頁 463。

〔註 149〕張夢機：《古典詩的形式結構》（高雄：駱駝出版社，2008 年 09 月），頁 47。

括古體、近體，此兩者大多以何韻作結？茲將這些詩的作結韻腳參考《廣韻》的韻目與平仄，依出現次數多寡列出如下：

表 4-4　張籍諷諭詩末字押韻表

詩末作結韻目	平仄	詩　題	次數
一東	上平	〈古釵嘆〉、〈少年行〉、〈將軍行〉、〈賈客樂〉、〈華清宮〉、〈楚妃怨〉、〈董公詩〉、〈老將〉	8
八微	上平	〈望行人〉、〈送宮人入道〉、〈宮詞二首其一〉、〈倡女詞〉、〈秋閨〉	5
七之	上平	〈節婦吟〉、〈送防秋將〉、〈出塞〉、〈沒蕃故人〉、〈洛陽行〉	5
五支	上平	〈寄衣曲〉、〈宮山祠〉、〈鄰婦哭征夫〉、〈離婦〉	4
十二庚	下平	〈西州〉、〈舊宮人〉、〈秋夜長〉、〈董逃行〉	4
十四清	下平	〈羈旅行〉、〈漁陽將〉、〈征西將〉、〈泗水行〉	4
九麻	下平	〈求仙行〉、〈從軍行〉、〈臺城〉、〈隴頭行〉	4
十陽	下平	〈宛轉行〉、〈江陵孝女〉、〈山頭鹿〉、〈學仙〉	4
十虞	上平	〈野居〉、〈朱鷺〉、〈烏啼引〉	3
一屋	入聲	〈野老歌〉、〈妾薄命〉、〈烏棲曲〉	3
十八尤	下平	〈北邙行〉、〈送安西將〉、〈涼州詞三首其二〉	3
二十阮	上聲	〈雜怨〉、〈白頭吟〉	2
三燭	入聲	〈征婦怨〉、〈廢瑟詞〉	2
二十二昔	入聲	〈猛虎行〉、〈遠別離〉	2
六止	上聲	〈別離曲〉、〈白鼉吟〉	2
八語	上聲	〈永嘉行〉、〈雲童行〉	2
一先	下平	〈傷歌行〉、〈送流人〉	2
二仙	下平	〈車遙遙〉、〈春別曲〉	2
九麌	上聲	〈離宮怨〉、〈廢宅行〉	2
二十二元	上平	〈三原李氏園宴集〉	1
十一唐	下平	〈寄遠曲〉	1
二十四職	入聲	〈行路難〉	1

三十五馬	上聲	〈白紵歌〉	1
十姥	上聲	〈築城詞〉	1
四覺	入聲	〈牧童詞〉	1
十六軫	上聲	〈沙堤行呈裴相公〉	1
三十六養	上聲	〈採蓮曲〉	1
六至	去聲	〈吳宮怨〉	1
三十二晧	上聲	〈關山月〉	1
四十九宥	去聲	〈楚宮行〉	1
二十五德	入聲	〈促促詞〉	1
十九侯	下平	〈送邊使〉	1
十八諄	上平	〈送和蕃公主〉	1
十二齊	上平	〈涼州詞三首其一〉	1
十六咍	上平	〈涼州詞三首其三〉	1
六豪	下平	〈宮詞二首其二〉	1
三十八梗	上聲	〈楚妃怨〉	1
二十八山	上平	〈塞上曲〉	1
十七真	上平	〈江村行〉	1
二十陌	入聲	〈樵客吟〉	1
三鍾	上平	〈長塘湖〉	1

在上述表格中可看出張籍諷諭詩以平聲韻作結為主，符合唐代律體詩趨勢。東韻作結最多，東韻為上平聲第一韻，屬於響度較高的韻部，周濟輯《宋四家詞選．目錄序論》：「東真韻寬平」〔註150〕，王易《詞曲史》說：「東董寬宏」〔註151〕，黃永武引劉師培《正名隅論》說法：「陽類東類的字，多有『高明美大』的意義。」〔註152〕常用東韻顯示張籍諷諭詩具有寬暢廣闊的特質，高宏響亮的聲調在

〔註150〕〔清〕周濟輯：《宋四家詞選》，收於《叢書集成新編》（臺北：新文豐出版股份有限公司，1986年01月），頁558。

〔註151〕王易：《詞曲史》（北京：東方出版社，1996年3月），頁246。

〔註152〕黃永武：《中國詩學：設計篇》（臺北：巨流圖書，1976年10月），頁158。

吟哦時，更能使聽者清楚明瞭，語氣直截了當。其次則是以微韻與之韻作結。謝雲飛研究韻語選用狀況發現：「凡『微、灰』韻的韻語，都含有氣餒抑鬱的情思。」〔註 153〕張籍諷諭詩所要傳達的宮女寵遇無常與思婦獨守空閨的無奈，透過韻腳的聲情更凸顯了內心的幽怨深長。黃永武引劉師培《正名隅論》說法：「之類的字，多有『由下上騰』『挺直』的意義。」〔註 154〕之韻利於表達騰起而生的想法，張籍便藉以表達對婚姻的堅貞、對亡人的悼念。從上可知張籍諷諭詩能調聲協律，藉音韻與情節的配合，引導讀者的情緒起伏。

這些詩往往一、兩句便轉韻，如〈寄衣曲〉中，第一、二、四句韻腳屬真韻，第五、六句改屬止韻，第七、八句，又改屬支脂之韻，一首詩中包含多種韻目，且不受平仄限制。趙執信《談龍錄》：「然歌行雜言中，優柔舒緩之調，讀之可歌可泣，感人彌深。如白氏及張王樂府具在也，今人幾不知有轉韻之格矣。此種音節，懼遂亡之，奈何！」〔註 155〕自由轉韻與平仄通押的特徵，使張籍詩律靈活多變，更貼近古樂府易於傳唱之特質。

此外，前述章節曾提過張籍諷諭詩在結尾常用警句作節的現象，部分韻腳的安排似乎也配合了這種結構，如〈求仙行〉：

漢皇欲作飛仙子，年年採藥東海裏。
蓬萊無路海無邊，方士舟中相枕死。
招搖在天迴白日，甘泉玉樹無仙實。
九皇真人終不下，空向離宮祠太乙。
丹田有氣凝素華，君能保之昇絳霞。〔註 156〕

〔註 153〕謝雲飛：《文學與音律》（臺北：東大圖書股份有限公司，1994 年 12 月），頁 62。

〔註 154〕黃永武：《中國詩學：設計篇》（臺北：巨流圖書，1976 年 10 月），頁 158。

〔註 155〕〔清〕趙執信：《談龍錄》，收於〔清〕趙執信、翁方綱著，陳邇冬校點《談龍錄石洲詩話》（北京：人民文學出版社，1981 年 01 月），頁 13。

〔註 156〕李建崑：《張籍詩集校注》（臺北：華泰文化事業公司，2001 年 07 月），頁 34。

前面八句的韻腳分別為押止韻的「裏」，押旨韻的「死」，押質韻的「日」、「實」、「乙」，都屬仄聲韻，但最後兩句韻腳為押麻韻的「華」與「霞」，屬平聲韻。最後聲調由仄轉平，內容也從敘事轉為倡議。又或是〈朱鷺〉：

> 翩翩兮朱鷺，來汎春塘棲綠樹。羽毛如翦色如染，遠飛欲下雙翅斂。
>
> 避人引子入深塹，動處水紋開灩灩。誰知豪家網爾軀？不如飲啄江海隅。〔註157〕

前兩句韻腳為「鷺」、「樹」，分押暮韻與遇韻，可視為鄰韻通押，第三句到第六句韻腳為「染」、「斂」、「塹」、「灩」，均押豔韻，以上都屬仄聲韻，最後兩句韻腳為「軀」、「隅」，則押虞韻，屬平聲韻。而在內容上，相較描繪朱鷺外型動作的前六句，末兩句則以問答提出作者自己的見解。其餘如〈離怨〉、〈寄遠曲〉、〈烏棲曲〉、〈泗水行〉、〈雲童行〉等等，這些詩都在最後兩句陡然一轉，改以不同平仄的韻腳續之。鄧大情以為：「韻律上的轉換，實際上也是作品內容意義上的一個轉折。」〔註158〕在吟唱詩歌時，音調的改變能夠吸引聽眾注意，而在張籍諷諭詩中，最後兩句常常是詩旨所在。平仄韻腳的轉換，正能夠凸顯主題。

本章小結

張籍諷諭詩寫的是時事，其形式風格卻深受詩歌諷諭傳統的影響。在體制結構方面，他的諷諭詩有八成以上的詩題都源於樂府，其中古題28首，新題39首。在古題樂府部分，他與李白一樣，傾向用古體諷諭，遂將唐代盛行的律體樂府改為古體樂府書寫，內容則多出自古意，並盡可能依題立意，只有極少數古題新意的樂府創作。在自

〔註157〕李建崑：《張籍詩集校注》（臺北：華泰文化事業公司，2001年07月），頁73。

〔註158〕鄧大情：〈論「歌行則學流蕩於張籍」〉，《信陽師範學院學報（哲學社會科學版）》第25卷6期（2005年12月），頁94。

創新題部分，張籍創作大量歌行，詩題能夠彰顯諷諭指涉對象，這與杜甫做法相似，也有少部分詩題效《詩經》、古樂府的命名方式，以詩歌首句為題。另外還有兩成左右的詩題與樂府無關，詩題直接扣緊內容，所以張籍諷諭詩與樂府詩雖有重疊，仍是兩個不同概念。

張籍諷諭詩多採古體，格律相對寬鬆，其中七古樂府數量最豐，有 48 首，長短參差的句型吟詠多變，更易打動人心；採近體格律者仍有三成，可見其與杜甫一樣，都打破律詩的文人抒情特質，將律詩改作社會諷諭。其詩以第一人稱敘述者較少，多用在諷諭對象牽涉女性的作品；以第三人稱敘述者較多，將近七成。在結構上，張籍諷諭詩大多運用先敘後議與通篇敘事兩種方式，常於篇首點題，又常在結尾以警句作結。

在藝術技巧方面，張籍諷諭詩效法《詩經》藉物起興，緩和了諷諭的犀利，而帶有敦厚含蓄的意味。詩中呈現的事物，大多運用白描技巧，並選擇幾個典型化場景刻劃細節，口語廣泛運用其中，使詩中人物情感生動，這些則可見到張籍對漢魏樂府的繼承。張籍不時應用對比加強諷諭力道，藉由客觀並列兩種相反事物來凸顯諷旨，也常以頂真修辭推進事件發展，使先後情況緊緊扣合，也使讀者產生詠嘆不盡的感受。

張籍不像白居易喜歡跳入詩中說教，而較傾向用杜甫純粹旁觀的做法，對事實進行報導。白居易強調用新題樂府諷諭，而張籍是新題、古題兼用；元、白諷諭詩篇幅冗長，張籍則篇幅短小。但是他們的文字都不假雕琢、淺顯易懂，利於諷諭詩的傳播。張籍與王建兩人的諷諭內容、形式有許多相似之處，被稱為「張王樂府」，但若比較詩中的委婉含蓄，仍是張籍勝出。

在語言風格方面，張籍諷諭詩有一半以上的詩都夾帶重疊詞，疊音詞使用較多，多置於欲修飾的詞語之後，疊義詞使用較少，多置於詩句前頭，用法與漢魏樂府雷同。又有近七成的詩夾帶顏色詞，其中白色系的顏色字最多，青色系與紅色系次之，反映其詩淡雅特質。典故詞佔全部諷諭詩的兩成左右，用歷史典故的目的在於反映時事。押韻部分，近體詩多押微韻、支韻，展現氣餒抑鬱與細膩縝密的情感；古體詩則多押陽唐韻、東韻、支脂之韻，轉韻頻繁、平仄通押，展現民間歌謠性質，又常於末幾句調轉平仄，凸顯詩末警句諷旨。

第五章　張籍諷諭詩之主題內涵

張籍創作大量諷諭詩，中唐諷諭詩作品數量也明顯勝過前期，這些與其時代的變遷有密切的關係。吳明賢：「到中唐時期，經過安史之亂，政治形勢的劇烈變化和多種矛盾的交錯開發，把文人捲進救亡圖存的漩渦之中，使他們把眼光轉向日益尖銳的社會矛盾並思考出路，宗儒思想到這時也就有所變化。……從而使儒家政教中心的詩學發展到極致。」〔註 1〕詩歌不能只是溫柔敦厚，還必須對政治產生影響。查屏球《唐學與唐詩》：「貞元、元和之際，是唐代政治、學術、文學最活躍的時期，這一新氣象的內在精神就是士人政治熱情的高漲，世人對現實政治的關注達到了前所未有的程度。」〔註 2〕此時期的文人具有挽救時局的熱情，儘管未必在朝廷中有一席之地，卻隱然以詩議政。張籍的諷諭詩同是這種諫諍意識的表現，詩中對社會現實的描繪，隱含他對政治改革的渴望。這些內容大致可分為：直陳朝政的不當、悲憫百姓的痛苦、代訴女子的心聲三大主題，以下依序說明之。

〔註 1〕吳明賢：《唐人的詩歌理論》（成都：巴蜀書社，2006 年 09 月），頁 80。

〔註 2〕查屏球：《唐學與唐詩》（北京：商務印書館，2000 年 05 月），頁 61。

第一節　直陳朝政的不當

唐代中葉，李唐相繼遭逢吐蕃入侵、藩鎮割據，君主欲振乏力，國勢一蹶不振。張籍置身於這樣的亂世之中，以敏銳觀察與親身體驗，將他對國家軍事政治的見聞表現於文字。他的諷諭詩不時指出朝廷作為的不當，包括戰爭殘酷、君主無能、將士功過三項主題，以下分別說明。

一、戰爭殘酷

自《詩經》以來，以反戰思想為主軸的諷諭詩向來是詩人關心社會的表現方式，後來的漢魏樂府、建安詩歌乃至唐代眾多詩人均在此有大量創作。李唐與邊境外族的衝突是戰爭是張籍常描述的主題之一，如〈塞上曲〉便寫出邊邑干戈導致的無盡死亡：

邊州八月修城堡，候騎先燒磧上草。
胡風吹沙度隴飛，隴頭林木無北枝。
將軍閱兵青塞下，鳴鼓鼕鼕促獵圍。
天寒山路石斷裂，白日不銷帳上雪。
烏孫國亂多降胡，詔使名王持漢節。
年年征戰不得閒，邊人殺盡唯空山。〔註 3〕

為了對抗外敵，士兵趕著修築堡壘、燒草以使敵軍戰馬無所食，將帥則親自閱兵、進行軍事演習，但這些又有何用？外族叛亂，年年入侵，邊塞之人盡被殺光，唯有青山獨存，「邊人殺盡唯空山」一句，淋漓盡致地表現出戰爭的恐怖——無分敵人或自己人，在戰火之下都會成為灰燼。王昌齡〈塞下曲〉：「紛紛幾萬人，去者無全生。」〔註 4〕也寫出了征戍不休的慘痛代價。又或是〈沒蕃故人〉：

前年戍月支，城上沒全師。
蕃漢斷消息，死生長別離。

〔註 3〕李建崑：《張籍詩集校注》（臺北：華泰文化事業公司，2001 年 07 月），頁 429～430。

〔註 4〕〔清〕彭定求等編：《全唐詩》（北京：中華書局，2008 年 09 月），頁 1420。

無人收廢帳，歸馬識殘旗。

欲祭疑君在，天涯哭此時。〔註5〕

「月支」此指吐蕃。故友遠征卻全軍覆沒，人不能歸，僅剩戰馬獨自歸來，詩末揉合個人的哀慟與反戰情緒，更顯對戰爭的痛心疾首。俞陛雲：「詩為弔絕塞英靈而作，蒼涼沉痛，一篇哀誄文也。前四句言城下防胡，故人戰沒，雖確耗無聞，而傳言已覆全師，恐成長別。五六言沙場之廢帳，寂無行人，戀落日之殘旗，但餘歸馬，寫出次句覆軍慘狀。末句言欲招楚酹之魂，而未見崤函之骨，猶存九死一生之想，迨終成絕望。莽莽天涯，但有一慟，此時可謂一生一死，乃是交情也。」〔註6〕一般寫征戰多以泛筆書寫，此詩則專為悼友之作，情深意摯，感人程度更深一層。

除了軍士們戰死沙場，戰爭對庶民百姓更是無從躲避的災難。尤其李唐經八年安史之亂，無力抗禦外族層層進逼，只能任人宰割。〈西州〉：

羗胡居西州，近甸無邊城。山東收租稅，養我防塞兵。

胡騎來無時，居人常震驚。嗟我五陵間，農者罷耘耕。

邊頭多殺傷，士卒難全形。〔註7〕

「西州」屬於隴右地區，「羗胡」原指北方游牧民族，此指吐蕃。當時吐蕃入侵隴右地區〔註8〕，邊城被占，故言近郊無邊城可守。外族恣意來去，即使是京城一帶，農民也多半顛沛流離，只能眼睜睜放任農田荒蕪，更不用說邊境將士，即使未曾喪命，也多半體有殘廢。同樣寫吐蕃侵略中原的作品，還有〈隴頭行〉：

〔註5〕李建崑：《張籍詩集校注》（臺北：華泰文化事業公司，2001年07月），頁194。

〔註6〕俞陛雲：《詩境淺說》（香港：香港中和出版有限公司，2018年02月），頁26。

〔註7〕李建崑：《張籍詩集校注》（臺北：華泰文化事業公司，2001年07月），頁3。

〔註8〕《新唐書．地理志》：「天寶盜起，中國用兵，而河西、隴右不守，陷于吐蕃。」見〔宋〕歐陽修、宋祁撰：《新唐書》（北京：中華書局，1975年02月），頁959。

隴頭路斷人不行，胡騎已入涼州城。

漢兵處處格鬬死，一朝盡沒隴西地。

驅我邊人胡中去，遂放牛羊食禾黍。

去年中國養子孫，今着氈裘學胡語。〔註9〕

詩中寫吐蕃軍隊快速併吞隴右地區，擄掠邊邑，並感慨邊境人民成為俘虜後，穿皮裘、習胡語，由外至內都已不屬華夏子民。另有〈永嘉行〉：

黃頭鮮卑入洛陽，胡兒執戟升明堂。

晉家天子作降虜，公卿奔走如牛羊。

紫陌旌旛暗相觸，家家雞犬驚上屋。

婦人出門隨亂兵，夫死眼前不敢哭。〔註10〕

表面上寫西晉永嘉五年（西元311年）匈奴軍隊攻陷洛陽，直入南宮而升太極前殿，縱兵擄掠，不但俘虜晉懷帝，更將洛陽城中的王公大臣與平民百姓三萬餘人殺戮殆盡。但這段文字何嘗不是藉由詠史，寫吐蕃入侵長安，代宗流亡陝州一事。《資治通鑑・唐紀》：「上方治兵，而吐蕃已度便橋，倉猝不知所為，丙子，出幸陝州，官吏藏竄，六軍逃散。」〔註11〕胡人的囂張，對比中原天子的落魄與大臣竄逃，寓有尖刻的譏誚之義。戰火蔓延至京城，曾經的繁盛街道，只剩戰旗凌亂錯雜，家家戶戶雞飛狗跳，親人死於眼前卻不敢哭出聲音，這景象尤其令人心酸。

張籍的時代雖已平定安史之亂，但長期的連天烽火使得百姓流離轉徙、甚至家破人亡。他所能看到的多是空無一人的廢墟，遂以此為題作〈廢宅行〉：

胡馬崩騰滿阡陌，都人避亂唯空宅。

〔註9〕李建崑：《張籍詩集校注》（臺北：華泰文化事業公司，2001年07月），頁426。

〔註10〕李建崑：《張籍詩集校注》（臺北：華泰文化事業公司，2001年07月），頁50。

〔註11〕〔宋〕司馬光：《資治通鑑》（臺北：明倫出版社，1972年08月），頁7151。

宅邊青桑垂宛宛，野蠶食葉還成繭。
黃雀銜草入燕窠，嘖嘖啾啾白日晚。
去時禾黍埋地中，飢兵掘土翻重重。
鴟梟養子庭樹上，曲牆空屋多旋風。
亂定幾人還本土？唯有官家重作主。〔註12〕

此詩未寫戰爭場景，但寫人去樓空之淒冷。因為「都人避亂」，舊主不在，「野蠶」或「黃雀」都可肆無忌憚地闖入而盡情享受，飢餓難耐的士兵也趁無人看管潛入屋內，希望能在不斷翻掘下，得到一些糧食。末二句則點出即使有朝一日戰亂平定，連年兵戎之下，舊主也必顛沛他鄉，生死未卜，再難重返，屋子恐怕要交由官府重新分配了〔註13〕。賀裳〈載酒園詩話又編〉以為此詩可見「張之傳寫入微」〔註14〕。〈秋夜長〉：「荒城為村無更聲，起看北斗天未明。白露滿田風嫋嫋，千聲萬聲鶡鳥鳴。」〔註15〕戰火之下，城市荒無，人煙杳然，只聽得風聲鳥鳴。紀作亮：「鶡鳥是一種好鬥的鳥，勇猛善鬥，鬥死為止。這象徵著人類的互相殘殺，造成了十室九空的慘狀。」〔註16〕戰爭雖出於少數人的爭鬥，卻能造成無數人亡命天涯。〈羈旅行〉：「荒城無人霜滿路，野火燒橋不得度。」〔註17〕則以無人荒城、野火燒橋之景象，同樣暗示了亂離之世的悲哀。

〔註12〕李建崑：《張籍詩集校注》（臺北：華泰文化事業公司，2001年07月），頁427。

〔註13〕胡適：「末兩句真是大膽的控訴。大亂之後，皇帝依舊回來做他的皇帝，只苦了那些破產遭劫殺的老百姓，有誰顧惜他們？」見胡適：《白話文學史第二編：唐朝》（臺北：遠流出版事業，1994年01月），頁150。

〔註14〕〔清〕賀裳：《載酒園詩話又編》，收於郭紹虞編選，富壽蓀校點《清詩話續編》（臺北：木鐸出版社，1983年12月），頁357。

〔註15〕李建崑：《張籍詩集校注》（臺北：華泰文化事業公司，2001年07月），頁428。

〔註16〕紀作亮：《張籍研究》（合肥：黃山書社，1986年07月），頁70。

〔註17〕李建崑：《張籍詩集校注》（臺北：華泰文化事業公司，2001年07月），頁68。

二、君主失職

唐代外患不斷，君主卻軟弱無能，不能拯救人民於水火之中。戰火稍歇，奢靡成性的王公貴族又開始縱情聲色、夜夜笙歌。這類對君主的諷刺作品大多以藉古喻今的方式呈現，如〈臺城〉與〈烏棲曲〉：

臺城六代競豪華，結綺臨春事最奢。
萬戶千門成野草，只緣一曲後庭花。〔註18〕

西山作宮花滿池，宮烏曉鳴朱萸枝。
吳姬採蓮自唱曲，君王昨夜船中宿。〔註19〕

「臺城」為六朝皇宮所在，「西山作宮」即章華臺，又稱為章華宮，為楚靈王離宮，皆以古事為背景。〈臺城〉寫六朝君主養尊處優，又以陳後主所建之「結綺」與「臨春」兩座樓閣最為奢華，陳後主又作〈玉樹後庭花〉，耽溺靡靡之音，而這些正是國家衰敗的原因。〈烏棲曲〉則以楚王夜宿西山離宮，微諷君主沉湎聲色、不務政事。另一首〈楚宮行〉對楚王侈靡荒淫做了更細膩的描繪：

章華宮中九月時，桂花半落紅橘垂。
江頭騎火照輦道，君王夜從雲夢歸。
霓旌鳳蓋到雙闕，臺上重重歌吹發。
千門萬戶開相當，燭籠左右皆成行。
下輦更衣入洞房，洞房侍女盡焚香，
玉階羅帷微有霜，齊言此夕樂未央。
玉酒湛湛盈華觴，絲竹次第鳴中堂。
巴姬起舞向君王，迴身垂手結明璫。
願君千年萬年壽，朝出射麋夜飲酒。〔註20〕

楚王夜宿章華宮，輦道滿布燈火，眾人高舉霓旌鳳蓋，加以重重歌

〔註18〕李建崑：《張籍詩集校注》（臺北：華泰文化事業公司，2001年07月），頁408。

〔註19〕李建崑：《張籍詩集校注》（臺北：華泰文化事業公司，2001年07月），頁437。

〔註20〕李建崑：《張籍詩集校注》（臺北：華泰文化事業公司，2001年07月），頁75。

吹，室內則有燭籠左右、侍女焚香、絲竹長鳴，楚王飲的是玉酒華觴，看的是巴姬旋舞。詩末二句以巴姬祝楚王長壽之語，暗諷其驕奢頹靡、誤國害民。

沉迷畋獵、不問朝政的君主也是張籍常諷諭的對象，如〈宮詞二首之一〉描寫君主流連忘返於游獵生活：

新鷹初放兔初肥，白日君王在內稀。

薄暮千門臨欲鎖，紅妝飛騎向前歸。〔註21〕

白天為勤政之時，君主理應在朝問政，卻率領射生宮女出城狩獵，直到暮色蒼茫、千門欲閉之時方歸。又或是〈楚妃怨〉：

章華殿前朝下國，君心獨自無終極。

楚兵滿地兼逐禽，誰用一生騁筋力？

西江若翻雲夢中，麋鹿死盡應還宮！〔註22〕

此詩題源自樂府相和歌辭古題「楚妃嘆」，楚妃即楚國樊姬。劉向《列女傳》記載：「樊姬，楚莊王之夫人也。莊王即位，好狩獵。樊姬諫不止，乃不食禽獸之肉，王改過，勤於政事。」〔註23〕楚妃隨楚王來到章華宮，見雖有小國朝貢，楚王仍然貪求無厭，派兵四處追逐禽獸，徒然消耗軍力。因而有君主執迷不悟，恐怕只能等天降水患，淹死所有禽獸，才能罷獵回宮之慨嘆。陳延傑：「此寫楚王好獵，其樂無極，而不得還宮。末二句，造語悲憤，信可以怨矣。」〔註24〕張籍寫楚王之事如此氣憤填膺，應是藉此抒發對唐代君主的憤懣之情。

上述詩歌多作於貞元年間，屬張籍早年作品。但出仕後，他也有少數批判君主的作品，大多與君主仙思有關。如〈學仙〉：

〔註21〕李建崑：《張籍詩集校注》（臺北：華泰文化事業公司，2001年07月），頁383。

〔註22〕李建崑：《張籍詩集校注》（臺北：華泰文化事業公司，2001年07月），頁448。

〔註23〕〔漢〕劉向撰，張敬註譯：《列女傳今註今譯》（臺北：臺灣商務印書館，1994年06月），頁59。

〔註24〕陳延傑：《張籍詩注》（臺北：臺灣商務印書館，1967年09月），頁135。

樓觀開朱門，樹木連房廊。中有學仙人，少年休穀糧。
高冠如芙蓉，霞月披衣裳。六時朝上清，佩玉紛鏘鏘。
自言天老書，祕覆雲錦囊。百年度一人，妄泄有災殃。
每占有仙相，然後傳此方。先生坐中堂，弟子跪四廂。
金刀截身髮，結誓焚靈香。弟子得其訣，清齋入空房。
守神保元氣，動息隨天罡。爐燒丹砂盡，晝夜候火光。
藥成既服食，計日乘鸞凰。虛空無靈應，終歲安所望。
勤勞不能成，疑慮積心腸。虛羸生疾疢，壽命多夭傷。
身歿懼人見，夜埋山谷傍。求道慕靈異，不如守尋常。
先王知其非，戒之在國章。〔註 25〕

古樂府〈驅車上東門行〉:「服食求神仙，多為藥所誤」〔註 26〕便曾寄寓對求仙的批判。張籍在此詩詳加記敘了道士如何誠敬養生、專心煉丹，但長年服藥，道士仍無感應，反而日漸疑懼，導致身體孱弱，終至命喪黃泉。此詩描述的道教求仙風氣，反映的正是中唐積習，范祖禹:「開元之末，明皇怠於庶政，志求神仙，惑方士之言，自以老子其祖也，故感而見夢亦其誠之形也。自是以後，言祥瑞者眾，而迂怪之語日聞，諂諛成風，姦宄得志，而天下之理亂矣！」〔註 27〕玄宗以後，許多皇帝沉迷齋醮活動，除了丹藥傷身，更使方術之士有機會影響，甚至禍害朝政。白居易曾頌揚此詩:「讀君學仙詩，可諷放佚君。」〔註 28〕詩中指出學仙無益，是先古聖王引以為戒的。張籍後又作〈求仙行〉:

漢皇欲作飛仙子，年年採藥東海裏。
蓬萊無路海無邊，方士舟中相枕死。

〔註 25〕李建崑:《張籍詩集校注》(臺北：華泰文化事業公司，2001 年 07 月)，頁 463。

〔註 26〕〔宋〕郭茂倩編撰:《樂府詩集》(臺北：里仁書局，1984 年 09 月)，頁 889。

〔註 27〕〔宋〕范祖禹:《唐鑑》(臺北：臺灣商務印書館，1973 年 12 月)，頁 8。

〔註 28〕〔唐〕白居易撰，朱金城箋校:《白居易詩集箋校》(上海：上海古籍出版社，1988 年 12 月)，頁 5。

招搖在天迴白日，甘泉玉樹無仙實。
九皇真人終不下，空向離宮祠太乙。
丹田有氣凝素華，君能保之昇絳霞。〔註 29〕

皇帝為了長生不老，異想天開地浮海尋找蓬萊仙山，漢武帝便是其中一個。漢武帝派遣方士入海求仙，建甘泉宮以招鬼神，結果卻一無所得〔註 30〕。張籍以為與其如此，不如調息節欲，保住自身元氣，自然能健康長壽。此詩作於元和末，似針對憲宗發論。《資治通鑑．唐紀》記載憲宗晚年：「上服金丹，多躁怒，左右宦官往往獲罪，有死者，人人自危；庚子，暴崩於中和殿。」〔註 31〕若丹藥真有實效，方士又為何而死？憲宗熱衷服丹，張籍便以此詩藉古諷今，勸諫求仙荒誕。

三、將士功過

要讓人民安居樂業，首要之舉是平息動亂。張籍在求學、漫遊期間親見人民受戰火蹂躪的苦痛，也深感人民對早日平亂的渴望，而平亂的重任便在將士身上，如〈少年行〉便寫少年英武過人、為民除害的故事：

少年從獵出長楊，禁中新拜羽林郎。
獨到輦前射雙虎，君王手賜黃金璫。
日日鬪雞都市裏，贏得寶刀重刻字。
百里報仇夜出城，平明還在娼樓醉。
遙聞虜到平陵下，不待詔書行上馬。
斬得名王獻桂宮，封侯起第一日中。

〔註 29〕李建崑：《張籍詩集校注》（臺北：華泰文化事業公司，2001 年 07 月），頁 34。

〔註 30〕《資治通鑑．漢紀》：「齊人少翁，以鬼神方見上。……於是乃拜少翁為文成將軍，賞賜甚多，以客禮禮之。文成又勸上作甘泉宮，中為臺室，畫天、地、太一諸鬼神而置祭具，以致天神。居歲餘，其方益衰，神不至。」見〔宋〕司馬光：《資治通鑑》（臺北：明倫出版社，1972 年 08 月），頁 647。

〔註 31〕〔宋〕司馬光：《資治通鑑》（臺北：明倫出版社，1972 年 08 月），頁 7776。

不為六郡良家子，百戰始取邊城功。〔註 32〕

此詩題由古樂府〈結客少年場行〉演變而來，李白、王維、王昌齡等都有同名作品，多寫浪蕩豪俠。張籍此詩意象近似前人，寫初任羽林軍的少年武藝過人，因在皇帝跟前射虎而得寵，平日在街市鬥雞、在妓院風流，但聽得外族進逼京畿，便孤身出擊，斬得敵將首級，一戰立功揚名。相較苦戰不勝的良家子，少年的輕生重義、慷慨豪情更得一般人民喜愛。又或是歌詠年老將士的〈送防秋將〉：

白首征西將，猶能射戟支。

元戎選部曲，軍吏換旌旗。

逐虜招降遠，開邊舊壘移。

重收隴外地，應似漢家時。〔註 33〕

《舊唐書‧陸贄傳》：「河隴陷蕃已來，西北邊常以重兵守備，謂之防秋，皆河南、江淮諸鎮之軍也，更番往來，疲於戍役。」〔註 34〕安史亂後，隴西失陷，吐蕃又多趁秋天糧滿馬肥時入侵，故有防秋兵。〈送防秋將〉中的將士雖然滿頭白髮，但依舊身強體健，拉弓一射能射中小小的戟枝，因此被寄予收復隴西的厚望。在〈老將〉中也有對將士老當益壯的描述：「鬢衰頭似雪，行步急如風。不怕騎生馬，猶能挽硬弓。」〔註 35〕

然而現實中的將士若真的凱旋歸來，戰死的士卒該如何補救？真是所有人都能領取相應的功勞？〈將軍行〉如此記述：

隴頭戰勝夜亦行，分兵處處收舊城。

胡兒殺盡陰磧暮，擾擾唯有牛羊聲。

邊人親戚曾戰沒，今逐官軍收舊骨。

〔註 32〕李建崑：《張籍詩集校注》（臺北：華泰文化事業公司，2001 年 07 月），頁 60～61。

〔註 33〕李建崑：《張籍詩集校注》（臺北：華泰文化事業公司，2001 年 07 月），頁 113。

〔註 34〕〔後晉〕劉昫等撰：《舊唐書》（北京：中華書局，1975 年 05 月），頁 3804。

〔註 35〕李建崑：《張籍詩集校注》（臺北：華泰文化事業公司，2001 年 07 月），頁 502。

磧西行見萬里空，幕府獨奏將軍功。〔註36〕

軍隊征戰勝利，帶回的是過往戰士的屍骨，雖然收復失地，但戰功卻由將軍獨享。劉灣〈出塞〉：「死是征人死，功是將軍功。」〔註37〕又或是曹松〈己亥歲二首〉：「憑君莫話封侯事，一將功成萬骨枯。」〔註38〕都寫出了將士貪功生事、輕視人命的態度。

當年平定安史之亂，靠的是外族與藩鎮。藩鎮雖由皇帝敕封，但他們卻無意聽從命令，甚至在皇帝有難時袖手旁觀，〈永嘉行〉：

九州諸侯自顧土，無人領兵來護主。

北人避胡皆在南，南人至今能晉語。〔註39〕

明寫西晉永嘉事，暗諷中唐藩鎮擅權，各地方勢力只顧擁兵自重，鞏固自己的地位，無人聽領皇命。〈涼州詞三首其二〉更可見到張籍對無能將士的指責：

鳳林關裏水東流，白草黃榆六十秋。

邊將皆承主恩澤，無人解道取涼州。〔註40〕

〈涼州詞三首其二〉化用杜甫〈秦州雜詩二十首之十九〉句子：「鳳林戈未息，魚海路常難。」〔註41〕白應東以為「六十秋」為實指，「從永泰二年，即公元七六六年涼州失陷，到寶應元年，即公元八二五年尚未收復。」〔註42〕六十年間，邊塞將領竟不思收復失地。

〔註36〕李建崑：《張籍詩集校注》（臺北：華泰文化事業公司，2001年07月），頁65。

〔註37〕〔清〕彭定求等編：《全唐詩》（北京：中華書局，2008年09月），頁2011。

〔註38〕〔清〕彭定求等編：《全唐詩》（北京：中華書局，2008年09月），頁8237。

〔註39〕李建崑：《張籍詩集校注》（臺北：華泰文化事業公司，2001年07月），頁50。

〔註40〕李建崑：《張籍詩集校注》（臺北：華泰文化事業公司，2001年07月），頁380。

〔註41〕〔清〕彭定求等編：《全唐詩》（北京：中華書局，2008年09月），頁2419。

〔註42〕白應東：〈張籍和他的樂府詩〉，《新疆師範大學學報（社會科學版）》1981年第2期（1981年07月），頁98。

將士受君主信任，領軍守關，但這麼多的將士到了邊境，眼見外族侵占領土卻沒有任何動作。他們是真的沒有能力，還是根本沒有意願為皇帝打回江山，不管是哪個原因，恐怕都失人臣之義。于展東：「他們只是要恩要功，不肯盡心盡力，坐視國土淪喪於不顧，實在令人憤慨。」〔註43〕此外，白居易〈西涼伎〉:「遺民腸斷在涼州，將卒相看無意收。」〔註44〕同樣寫出了將士作壁上觀的顢頇態度。

最令人髮指的，是本該對外抗戰的將帥失去功能，反倒對國內人民恣意欺榨，朝廷無力制止，苟且貪安，張籍透過〈猛虎行〉揭露了此黑暗現實：

南山北山樹冥冥，猛虎白日繞村行。
向晚一身當道食，山中麋鹿盡無聲。
年年養子在空谷，雌雄上山不相逐。
谷中近窟有山村，長向村家取黃犢。
五陵年少不敢射，空來林下看行迹。〔註45〕

詩中沒有直接點出軍閥割據現象，但矛頭所指，正是這些地方惡勢力。《唐詩鑒賞辭典》:「詩人胸中怨悱，不能直言，便以低回要眇之言出之，國事之憂思，隱然蘊於其內。詮詩觸觸寫猛虎，句句喻人事；寫『虎』能符合虎之特徵，寓事能見事之所指，寄思遙深，不言胸中正意，自見無窮感慨。」〔註46〕同期的韓愈有同名作〈猛虎行〉，李平研究韓詩指出:「將節度使比作猛虎。」〔註47〕張籍眼見地方藩鎮如同老虎作威作福，橫行民間，即使「白日」之時也敢明

〔註43〕于展東:《「張籍王建體」研究》(西安：陝西師範大學中國古代文學系博士論文，2009年)，頁103。

〔註44〕〔清〕彭定求等編:《全唐詩》(北京：中華書局，2008年09月)，頁4702。

〔註45〕李建崑:《張籍詩集校注》(臺北：華泰文化事業公司，2001年07月)，頁26。

〔註46〕蕭滌非等著:《唐詩鑒賞辭典》(上海：上海辭書出版社，1983年12月)，頁757。

〔註47〕李平:《韓愈諷諭詩研究》(合肥：安徽大學中國古代文學系碩士論文，2012年)，頁37。

目張膽當道而食，人民則似柔弱麋鹿，只能忍氣吞聲。猛虎又生虎子，正如藩鎮自立，替代不息，人民則永無寧日。「五陵年少」不是不知猛虎之惡，但他們震懾於猛虎氣焰，雖然來了，卻只是看看猛虎遺留的腳印，做做樣子而袖手旁觀。王建亦有〈猛虎行〉:「惜留猛虎著深山，射殺恐畏終身閒。」〔註 48〕相較張籍以怯弱朝廷凸顯老虎威猛，王建則寫獵人不射虎的狡猾心態。朝廷不能剪除軍閥勢力，地方又自私自利的情況已是昭然若揭。《舊唐書・李晟傳》中鳳祥節度使李晟如此評價:「河、隴之陷也，豈吐蕃力取之，皆因將帥貪暴，種落攜貳，人不得耕稼，展轉東徙，自棄之耳。」〔註 49〕邊將怠忽職守，又不善待百姓，失卻民心，實是國土淪亡的關鍵。

張籍諷諭詩反映的不外乎中唐的社會現象，他繼承了儒家的政教詩學，在外患不斷的社會氛圍中，還夾雜己身仕途多舛的不平，這些都使他對現實的關注更加深刻。傅樂成在〈唐型文化與宋型文化〉中，對宋型文化的發展曾有這樣的解釋:「民族意識、儒家思想與科舉制度是構成中國本位文化的三大要素，這些要素都在宋代發展至極致。」〔註 50〕相較不重夷夏之別、揉合儒釋道三家的唐型文化，張籍的諷諭詩表現更傾向宋型文化，更像是諫諍意識的展現。

第二節　悲憫百姓的痛苦

漢代成立樂府官署，目的即是「觀風俗，知薄厚」〔註 51〕，所

〔註 48〕〔清〕彭定求等編:《全唐詩》(北京：中華書局，2008 年 09 月)，頁 3387。

〔註 49〕〔後晉〕劉昫等撰:《舊唐書》(北京：中華書局，1975 年 05 月)，頁 3671。

〔註 50〕傅樂成:《漢唐史論集》(臺北：聯經出版事業公司，1977 年 09 月)，頁 372。

〔註 51〕《漢書・藝文志》:「自孝武立樂府而采歌謠，於是有代趙之謳，秦楚之風，皆感於哀樂，緣事而發，亦可以觀風俗，知薄厚云。」見〔漢〕班固撰,〔唐〕顏師古注:《漢書》(北京：中華書局，1962 年 06 月)，頁 1755。

採集的歌謠要能真實反映各階層人民的生活實況。這類型的諷諭詩記錄民間疾苦，蘊含情感恰與不遇詩人的際遇相接。杜甫曾言：「窮年憂黎元，歎息腸內熱。」〔註52〕詩人的坎坷境遇，往往讓他們對底層人民的不幸更能感同身受。張籍出身卑微，早年見到的也多半是底層人民的生活，看待社會問題時多抱持著憂國憂民的人文關懷。後來他即使擔任官職，仍舊位卑權低、貧窮多病，也因此激盪出他對弱勢族群的同情與共感，以下依分征夫傜役、人民貧困、文士失意三者說明之。

一、征夫傜役

中唐外患不休，地方動亂亦相繼不絕，征夫駐守塞外彷彿永無停歇之時。苦悶無奈的軍旅生活，是張籍描繪征夫的一個面向。如〈從軍行〉：「孤心眠夜雪，滿眼是秋沙。萬里猶防塞，三年不見家。」〔註53〕從戍守邊境的士卒角度，寫在雪夜中輾轉難眠，舉目所見皆是大漠，踏上行旅以後已與家人分別三年之愁苦。〈征西將〉：「黃沙北風起，半夜又翻營。戰馬雪中宿，探人冰上行。」〔註54〕此詩寫防秋軍隊到邊境佈防，為躲避敵人追蹤，連夜改換營地，在冰雪之中戰戰兢兢地行軍，軍情緊張而環境惡劣，士卒大多處於高度壓力的狀態。再看〈出塞〉：

> 秋塞雪初下，將軍遠出師。分營長記火，放馬不收旗。
>
> 月冷邊帳濕，沙昏夜探遲。征人皆白首，誰見滅胡時？〔註55〕

此題為樂府古辭，《樂府詩集》收入橫吹曲辭，是軍中之樂。詩中征人

〔註52〕〔清〕彭定求等編：《全唐詩》（北京：中華書局，2008年09月），頁2266。

〔註53〕李建崑：《張籍詩集校注》（臺北：華泰文化事業公司，2001年07月），頁331。

〔註54〕李建崑：《張籍詩集校注》（臺北：華泰文化事業公司，2001年07月），頁111。

〔註55〕李建崑：《張籍詩集校注》（臺北：華泰文化事業公司，2001年07月），頁118。

白頭，卻從未見過滅胡之時，實是深深的批判。出師遠征本是為了殲滅敵人，卻不見軍隊的鬥志，或許是多年失敗的經驗讓他們變得消極被動。他們紮營生火，卻沒有消去火堆痕跡；放任戰馬奔馳，也不藏軍旗。巫淑寧：「將帥廢馳軍政，虛矯邀功；士兵散渙軍紀，無心作戰。如此軍隊，委以戍守邊防，當然沒有戰績。」〔註 56〕將領欠缺戰略，士卒沒有信心，連年防秋，也只是師老無功。另一首〈關山月〉：

秋月明朗關山上，山中行人馬蹄響。
關山秋來雨雪多，行人見月唱邊歌。
海邊茫茫天氣白，胡兒夜渡黃龍磧。
軍中探騎暮出城，伏兵暗處低旌戟。
溪水連天霜草平，野駝尋水磧中鳴。
隴頭風急雁不下，沙場苦戰多流星。
可憐萬國關山道，年年戰骨多秋草。〔註 57〕

詩中寫征人在雨雪之中行軍，遭逢外族軍隊，因此夜半派出偵騎，又埋設伏兵陷阱，但結果卻是「多流星」。《三國志．諸葛亮傳》裴松之注引《晉陽秋》：「有星赤而芒角，自東北西南流，投于亮營，三投再還，往大還小。俄而亮卒。」〔註 58〕此處用流星投蜀營之典故，暗喻唐軍許久仍然戰敗，將士陣亡。末二句從征夫角度，點出死傷連年，無人收屍的殘酷現實。此詩屬樂府橫吹曲辭古題，歷來有許多詩作。初唐盧照鄰〈關山月〉：「寄書謝中婦，時看鴻雁天。」〔註 59〕盛唐李白〈關山月〉：「由來征戰地，不見有人還。」〔註 60〕

〔註 56〕巫淑寧：《張籍及其樂府詩研究》（新北：花木蘭文化出版社，2009 年 09 月），頁 187。

〔註 57〕李建崑：《張籍詩集校注》（臺北：華泰文化事業公司，2001 年 07 月），頁 59。

〔註 58〕〔晉〕陳壽撰，〔劉宋〕裴松之注：《三國志》（北京：中華書局，1982 年 07 月），頁 925。

〔註 59〕〔清〕彭定求等編：《全唐詩》（北京：中華書局，2008 年 09 月），頁 192。

〔註 60〕〔清〕彭定求等編：《全唐詩》（北京：中華書局，2008 年 09 月），頁 1689。

或寫征夫懷鄉，或寫沙場悲涼，文字含蓄。與張籍同期的王建也有〈關山月〉:「凍輪當磧光悠悠，照見三堆兩堆骨。」則與張籍同樣露骨表現了惡戰之後的可怖，張修蓉:「關山月樂府，是自初唐而下，循序漸進的，對於窮兵黷武戰爭的痛惡，詩人站在悲天憫人的立場，均有其脈絡一貫的承傳思想。祉是在批判的筆觸上，有輕重隱險之分罷了。」〔註61〕

征人連番戰死，兵源緊張，只好再到民間徵召新血替換。但以當時情勢來看，上了戰場多半就回不來了，豈有人願意主動赴死？朝廷強硬徵兵之下，百姓內心充滿懼怕卻有苦難言，張籍則為這些人發聲，如〈西州〉:

郡縣發丁役，丈夫各征行。生男不能養，懼身有姓名。

良馬念不秣，烈士不苟營。所願除國難，再逢天下平。〔註62〕

秦時有民謠：「生男慎勿舉，生女哺用脯。不見長城下，屍骸相支拄。」〔註63〕人民寧可生養女孩，也不願照育男孩，只因一旦離家服役，就再無歸時。張籍所在的唐朝距離秦代已遠，百姓卻仍有同樣的心聲。無論是上前線打仗或負擔勞役，只要戶籍在案，各家男子都不能免除責任。為了國家利益，卻使理應由國家保護的百姓家庭因此分崩離析，這似乎暗藏矛盾。詩末表達詩人對「太平盛世」的嚮往，同樣類型的還有〈董逃行〉:

重巖為屋橡為食，丁男夜行候消息。聞道官軍猶掠人，舊里如今歸未得。

董逃行，漢家幾時重太平！〔註64〕

〔註61〕張修蓉:《中唐樂府詩研究》(臺北：文津出版社，1985年10月)，頁36。

〔註62〕李建崑:《張籍詩集校注》(臺北：華泰文化事業公司，2001年07月)，頁3。

〔註63〕黃節箋釋:《漢魏樂府風箋》(臺北：臺灣學生書局，1971年03月)，頁34。

〔註64〕李建崑:《張籍詩集校注》(臺北：華泰文化事業公司，2001年07月)，頁430~431。

此詩借用古題，寫的卻是時事。表面上寫東漢末年董卓作亂以致百姓流離失所，隱喻安史之亂以來，軍閥混戰，人民出逃之慘況。《資治通鑑．唐紀》：「李希烈遣其將李克誠襲陷汝州，……又遣別將董待名等四出抄掠，取尉氏，圍鄭州，官軍數為所敗。邏騎西至彭婆，東都士民震駭，竄匿山谷。」〔註 65〕為躲避戰火，人民拋棄家園藏匿深山，以巖穴為屋，採橡實果腹。男子趁夜探聽消息，聽聞叛軍退去，但官軍卻在搶掠拉伕。杜甫〈石壕吏〉：「暮投石壕村，有吏夜捉人。」〔註 66〕張籍在寫官兵強行擄掠之餘，更寫人民有家歸不得之景況。

除了第一線的征夫，徭役徵召也使百姓日夜憂懼。〈遠別離〉：「幾時斷得城南陌，勿使居人有行役。」〔註 67〕便發出了對徭役停止的希冀。《新唐書．吐蕃傳》：「自虜得鹽州，塞防無以障遏，而靈武單露，鄜、坊侵迫，寇日以驕，數入為邊患。帝復詔城之，使涇原、劍南、山南深入窮討，分其兵，毋令專向東方。」〔註 68〕邊塞為外敵所破，德宗詔令修城，官府對於百姓的徵徭需索則是有增無已。〈築城詞〉：

> 築城處，千人萬人抱把杵。重重土堅試行錐，軍吏執鞭催作遲。
> 來時一年深磧裏，盡著短衣渴無水。力盡不得休杵聲，杵聲未定人皆死。
> 家家養男當門戶，今日作君城下土。〔註 69〕

〔註 65〕〔宋〕司馬光：《資治通鑑》（臺北：明倫出版社，1972 年 08 月），頁 7338。

〔註 66〕〔清〕彭定求等編：《全唐詩》（北京：中華書局，2008 年 09 月），頁 2283。

〔註 67〕李建崑：《張籍詩集校注》（臺北：華泰文化事業公司，2001 年 07 月），頁 74。

〔註 68〕〔宋〕歐陽修、宋祁撰：《新唐書》（北京：中華書局，1975 年 02 月），頁 6098。

〔註 69〕李建崑：《張籍詩集校注》（臺北：華泰文化事業公司，2001 年 07 月），頁 24。

徐禮節、余恕誠〈張王與元白新樂府創作關係考論〉引張國光說法：「當以貞元九年德宗『詔複築鹽州城』為背景。」〔註 70〕此詩題源於秦始皇修築萬里長城徵卒之事〔註 71〕。而今德宗為築城禦吐蕃，也徵召民間男丁，讓他們手持木杵，一層一層地夯土。督工軍吏一味催促，加以鞭笞斥責，毫無體恤。役夫口渴了竟無一滴水，在沙漠烈日下勉力支撐。但即使氣力用盡，也無休歇之時，最後只能活活累死，屍埋城下。此詩敘事全用白描，雖是純然客觀敘述，卻強烈譏刺唐代勞役苛重，人民心力交瘁之現象。晚唐陸龜蒙亦有〈築城詞〉：「莫歎築城勞，將軍要卻敵。城高功亦高，爾命何處惜。」〔註 72〕同樣寫役夫遭受摧殘，朝廷官吏則視人命為草芥的心理。

二、人民貧困

征戰連年，生民疲敝，導致經濟蕭條。各行各業無不為了生計，加倍勤苦工作。農家部分如〈江村行〉：

南塘水深蘆笋齊，下田種稻不作畦。
耕場磷磷在水底，短衣半染蘆中泥。
田頭刈莎結為屋，歸來繫牛還獨宿。
水淹手足盡為瘡，山蝱遶衣飛撲撲。
桑林椹黑蠶再眠，小姑採桑不餉田。
江南熱旱天氣毒，雨中移秧顏色鮮。
一年耕種長辛苦，田熟家家將賽神。〔註 73〕

〔註 70〕徐禮節、余恕誠：〈張王與元白新樂府創作關係考論〉，《安徽師範大學學報（人文社會科學版）》第 33 卷 4 期（2005 年 07 月），頁 452。

〔註 71〕郭茂倩《樂府詩集》：「馬冨《中華古今注》曰：『秦始皇三十二年，得讖書云：「亡秦者胡。」乃使蒙恬擊胡，築長城以備之。』《淮南子》曰：『秦發卒五十萬築修城，西屬流沙，北係遼水，東結朝鮮，中國內郡免車而餉之。後因有《築城曲》，言築長城以限胡虜也。』」見〔宋〕郭茂倩編撰：《樂府詩集》（臺北：里仁書局，1984 年 09 月），頁 1060。

〔註 72〕〔清〕彭定求等編：《全唐詩》（北京：中華書局，2008 年 09 月），頁 364。

〔註 73〕李建崑：《張籍詩集校注》（臺北：華泰文化事業公司，2001 年 07 月），頁 432。

張籍生長於和州烏江，此地位於長江下游，是典型水鄉澤國。農民穿著短衣，下半身則在爛泥中勞作。幹完農活，獨自睡在莎草搭建的草屋。長期浸泡水中，導致手腳生瘡，吸血蚊蚋圍繞紛飛。又因天氣酷熱，一有雨水，便要趕緊移植，秧苗才不會枯死。最後期許一年過後，稻穀豐收而能設祭酬神。此詩細膩刻劃水田農作的辛勞，即使受傷也不曾歇息。一般以為雨水會造成生活不便，但農夫反倒要趁下雨時冒雨工作，只為求好收成。同樣寫求雨心切的還有〈雲童行〉與〈白鼉吟〉：

> 雲童童，白龍之尾垂江中。今年天旱不作雨，水足牆上有禾黍。〔註74〕

> 天欲雨，有東風，南溪白鼉鳴窟中。六月人家井無水，夜聞鼉聲人盡起。〔註75〕

雲童，即雲多。白龍，指龍捲風。鼉、又稱揚子鱷，《埤雅》：「魨將風則踴，鼉欲雨則鳴。故里俗以魨識風，以鼉識雨。」〔註76〕雲氣增多、江中旋風、白鼉鳴叫皆為雨兆。兩首詩均從農民殷切盼雨，寫大旱對農家可能造成的莫大傷害。許總：「透過將雨時的興奮，背後乃是久旱之苦辛，因此，詩人憂民情懷以及以詩『舒之濟萬民』的意旨實已不言而自明。」〔註77〕

除了農人以外，底層社會中的勞動者也都是張籍觀察的對象，包括樵夫、漁民等等。樵夫部分如〈樵客吟〉：

> 上山採樵選枯樹，深處樵多出辛苦。秋來野火燒櫟林，枝柯已枯堪採取。

〔註74〕李建崑：《張籍詩集校注》（臺北：華泰文化事業公司，2001年07月），頁441。

〔註75〕李建崑：《張籍詩集校注》（臺北：華泰文化事業公司，2001年07月），頁434。

〔註76〕〔宋〕陸佃撰，〔民國〕王敏紅校點：《埤雅》（杭州：浙江大學出版社，2008年05月），頁11。

〔註77〕許總：〈論張王樂府與唐中期詩學思潮轉向〉，《華僑大學學報（哲學社會科學版）》2004年第2期（2004年04月），頁96。

斧聲坎坎在幽谷，採得齊梢青葛束。日西待伴同下山，竹擔彎彎向身曲。

共知路傍多虎穴，未出深林不敢歇。村西地暗狐兔行，稚子叫時相應聲。

採樵客，莫採松與柏，松柏生枝直且堅，與君作屋成家宅。〔註 78〕

詩中寫樵夫進入深山、揀取枯枝、揮斧砍柴，直到天色將暮，才荷起裝著滿滿柴薪的擔子下山。山有猛虎，又有狐狸野兔出沒，若能早點回家，或許會安全一些。但為了養家活口，樵夫只得冒險入林。末四句則從詩人角度向樵夫發聲，也點出樵夫如此賣力，但仍無遮蔽風雨的住家，這是多麼的辛酸。漁民部分如〈泗水行〉：

春冰消散日華滿，行舟往來浮橋斷。

城邊魚市人行早，水煙漠漠多棹聲。〔註 79〕

當春冰消融，漁民便要趕緊行舟捕魚。此情此景中沒有太多人聲，只有船槳划動水面的聲音，隱約表現出勞動者的勤奮。

底層人民辛苦工作，成果卻多半未能自享。當時在皇帝默許下，官府對人民的剝削，在戰亂平息之後竟不減反增。張籍藉諷諭詩為重稅下的人民提出申訴，如〈促促詞〉

促促復促促，家貧夫婦懽不足。今年為人送租船，去年捕魚向江邊。

家貧姑老子復小，自執吳綃輸稅錢。家家桑麻滿地黑，念君一身空努力。

願教牛蹄團團一角直，君身常在應不得。〔註 80〕

賦稅苛重，窮苦家庭難以負擔。這家人仍是同心協力，丈夫出外到

〔註 78〕李建崑：《張籍詩集校注》（臺北：華泰文化事業公司，2001 年 07 月），頁 435。

〔註 79〕李建崑：《張籍詩集校注》（臺北：華泰文化事業公司，2001 年 07 月），頁 439。

〔註 80〕李建崑：《張籍詩集校注》（臺北：華泰文化事業公司，2001 年 07 月），頁 80。

運租船上幫工，婆媳等人則織些薄絹換錢納稅。但自唐代行兩稅法以後，統一以錢幣納稅，《新唐書・食貨志》：「所供非所業，所業非所供，增價以市所無，減價以貿所有，耕織之力有限，而物價貴錢無常。」〔註 81〕在貨物與錢幣轉換的過程中，錢重物輕，農民負擔加重。因此雖然桑麻成熟，但若想藉此求得全家溫飽仍是不可能。再看〈山頭鹿〉：

> 山頭鹿，雙角芟芟尾促促，貧兒多租輸不足，夫死未葬兒在獄。
>
> 旱日熬熬蒸野岡，禾黍不熟無獄糧。縣家唯憂少軍食，誰能令爾無死傷？〔註 82〕

此詩自山鹿起興，寫貧民交不出賦稅，丈夫死不得葬，兒子則因此下罪入獄。又久旱不雨，獄中兒子無糧米可食用。官府卻只顧籌措軍糧，全然不顧人民死活。此外，官家又搜刮民脂民膏，如〈牧童詞〉：「牛群食草莫相觸，官家截爾頭上角。」〔註 83〕乍看之下是牧童對牛犢隨口的警告，但何嘗不是地方官員恣意掠奪百姓的一種反映。張籍沒有直接描寫官府如何搶奪民物，而是藉孩童之口輕點一下，便寓含尖銳諷刺於輕鬆調侃中。稅制不恤民情，加上官府橫徵暴斂，簡直將人民逼上絕路。〈野老歌〉又說：

> 老翁家貧在山住，耕種山田三四畝。苗疏稅多不得食，輸入官倉化為土。
>
> 歲暮鋤犁倚空室，呼兒登山收橡實。西江賈客珠百斛，船中養犬長食肉。〔註 84〕

此詩又名「山農詞」，寫老農辛勤耕耘，田地好不容易有些收成，卻

〔註 81〕〔宋〕歐陽修、宋祁撰：《新唐書》（北京：中華書局，1975 年 02 月），頁 1354。

〔註 82〕李建崑：《張籍詩集校注》（臺北：華泰文化事業公司，2001 年 07 月），頁 444。

〔註 83〕李建崑：《張籍詩集校注》（臺北：華泰文化事業公司，2001 年 07 月），頁 31。

〔註 84〕李建崑：《張籍詩集校注》（臺北：華泰文化事業公司，2001 年 07 月），頁 16。

不得自食，而是被徵調入官家倉庫。糧食入了官倉，因堆積過久而腐爛殆盡。白居易〈秦中吟十首．重賦〉：「進入瓊林庫，歲久化為塵。」〔註 85〕同樣指出了這種官僚政治下，導致浪費糧食的稅制流弊。一年將盡，老農無以為炊，只能採摘橡實充饑，而長江一帶的商人卻能以肉餵狗，兩相對照更加諷刺。范德機《木天禁語．六關》：「（樂府篇法）張籍為第一，……要訣在於反本題結，如〈山農詞〉，結卻用『西江賈客珠百斛，船中養犬多食肉』是也。」〔註 86〕老農之事尚未言盡，卻旁騖一筆，改寫富商豪奢無度之舉，與老農食不果腹構成鮮明對比。人不如狗，更令人怵目驚心。郭超：「此作以『俗言俗事』入詩，平易樸素的客觀敘述，突出了勞而不得食、食而不必勞的極端不合理現象。」〔註 87〕也可說，正是因其事千真萬確，才令讀者特別感到哀痛。

張籍諷諭貪商的作品除了〈野老歌〉，另也以商人為題作〈賈客樂〉。過去雖有「估客樂」之題，但徐禮節、余恕誠認為：「張籍前的作品內容多與商賈無關。」〔註 88〕因此〈賈客樂〉可能是最早以商賈為名，又寫貪商行徑的作品：

金陵向西賈客多，船中生長樂風波。
欲發移船近江口，船頭祭神各澆酒。
停杯共說遠行期，入蜀經蠻誰別離。
金多眾中為上客，夜夜算緡眠獨遲。
秋江初月猩猩語，孤帆夜發瀟湘渚。
水工持檝防暗灘，直過山邊及前侶。
年年逐利西復東，姓名不在縣籍中。

〔註 85〕〔清〕彭定求等編：《全唐詩》（北京：中華書局，2008 年 09 月），頁 4674。

〔註 86〕〔元〕范德機：《木天禁語》，收於何文煥輯《歷代詩話》（北京：中華書局，1992 年 05 月），頁 746。

〔註 87〕郭超：〈奇崛與平易之間——論張籍的詩歌風貌〉，《滄桑》2010 年第 2 期（2010 年 02 月），頁 221。

〔註 88〕徐禮節、余恕誠：《張籍集繫年校注》（北京：中華書局，2011 年 06 月），頁 97。

　　農夫稅多長辛苦，棄業長為販寶翁。〔註89〕

此詩前半著力描繪南方商人生活面貌：行船前祭神，祈求一路平安；每晚算帳數錢，因為金錢愈多，地位愈尊貴。他們經商在外，居無定所，因此官府沒有商人的戶籍，更無從要求他們繳稅。《新唐書·食貨志》：「挾輕費轉徙者脫傜稅，敦本業者困斂求。」〔註90〕商賈逃脫稅制之外故能致富，農夫則因重稅愈發窮困潦倒。詩末二句筆鋒一轉，寫農夫為了謀生，只好捨棄農活，改行販售珠寶一事，凸顯稅制戕害農家、優利商賈的不合理。李俊〈張籍的商業思想〉對官府放任商賈逃稅一事做了解釋：「中唐以往，抑商的呼聲不絕如縷，但由於朝廷力量不濟，商賈財力雄厚，商賈的向背直接影響著朝廷『抑藩振朝』政策的成敗，所以朝廷並沒有有力的抑商措施出臺，相反地，朝廷在商賈攫取權力的過程中一再讓步。」〔註91〕商人手握國家經濟動脈，使官府不敢對其輕舉妄動，這不啻是加大貧富差距的一種惡性循環。

三、文士失意

進入中唐以後，政治昏暗，先是朋黨林立，再是宦官擅權，朝廷之中排斥異己，任人唯親的風氣盛行。張籍出身寒微，三十四歲乃登進士第，在此之前經歷十年苦讀、南遊仕進，均無所獲。縱使後來成功出仕，也大多沉淪下僚，齎志以沒。他對於時代所導致的失意文士最是了解不過，詩中懷才不遇的感觸時有所見。試看這首〈長塘湖〉：

　　長塘湖，一斛水中半斛魚。大魚如柳葉，小魚如針鋒，水濁誰能辯真龍？〔註92〕

〔註89〕李建崑：《張籍詩集校注》（臺北：華泰文化事業公司，2001年07月），頁66。

〔註90〕〔宋〕歐陽修、宋祁撰：《新唐書》（北京：中華書局，1975年02月），頁1353。

〔註91〕李俊：〈張籍的商業思想〉，《中文自學指導》2002年第2期（2002年04月），頁46。

〔註92〕徐禮節、余恕誠：《張籍集繫年校注》（北京：中華書局，2011年06

時世腐敗似湖水渾濁，魚龍混雜難辨。在這樣的狀況下，真龍潛游水底，無人聞問，雖是有才之士，也難以實現自己的抱負。〈行路難〉：「龍蟠泥中未有雲，不能生彼升天翼。」龍陷泥中，無雲可憑，正如詩人得不到舉薦，只能感嘆壯志難酬。這種情思並非出自個人，而是當時文人所共有的。〔註 93〕再看〈古釵嘆〉：

寶釵墮井無顏色，百尺泥中今復得。
鳳凰宛轉有古儀，欲為首飾不稱時。
女伴傳看不知主，羅袖拂拭生光輝。
蘭膏已盡股半折，雕文刻樣無年月。
雖離井底入匣中，不用還與墜時同。〔註 94〕

寶釵自井中失而復得，具有古代的式樣卻不稱時，暗示有志之士不願迎合時宜。雖經層層拂拭，結果依舊是被藏入匣中而不為所用。釵上鳳凰熠熠生輝，象徵文士具備的才德高尚，但既不見容於時代，不得志之人也只能繼續徬徨度日，劉曉麗：「他以古釵比喻有才能而無處發揮的志士，的確是切中時弊，對當時棄才不用進行了有力的諷刺。」〔註 95〕朝廷雖然通過科舉選拔了人才，但若未給予文士相應的職權，還是不能讓他們發揮作用。〈廢瑟詞〉有同樣對「復古」的惋惜：「古瑟在匣誰復識？玉柱顛倒朱絲黑。千年曲譜不分明，樂府無人傳正聲。」〔註 96〕古瑟久置匣中，以致弦柱顛倒、琴弦汙黑，正聲也因此亡佚千年。唯有重啟古釵、古瑟，才能改換新局，張籍藉這兩首詩傳達自己欲恢復古樂府優良傳統的期許。

月），頁 832。

〔註 93〕李建崑：《張籍詩集校注》（臺北：華泰文化事業公司，2001 年 07 月），頁 11。

〔註 94〕李建崑：《張籍詩集校注》（臺北：華泰文化事業公司，2001 年 07 月），頁 36。

〔註 95〕劉曉麗：〈略論張籍詩中的象徵性〉，《現代語文（文學研究版）》2007 年第 5 期（2007 年 05 月），頁 87。

〔註 96〕李建崑：《張籍詩集校注》（臺北：華泰文化事業公司，2001 年 07 月），頁 451。

前面幾首詩講的是生不逢時的文士，而有些文士雖然成功入朝為官，卻反而在宦海浮沉，拘束一生。如〈朱鷺〉：

翩翩兮朱鷺，來汎春塘棲綠樹。羽毛如翦色如染，遠飛欲下雙翅斂。

避人引子入深塹，動處水紋開灩灩。誰知豪家網爾軀？不如飲啄江海隅。〔註97〕

朱鷺本在春塘、綠樹間歇息，卻受豪門網羅，自此身陷樊籠而失去自由。與其如此，不如遠離塵世，優遊自得。徐禮節、余恕誠又以為末二句「寄諷，蓋針對當時一些『假隱自名，以詭祿仕』的『放利之徒』。」〔註98〕張籍一生，未曾盲目追求榮華富貴，相較雜務纏身，他更願意落得清閒。〈三原李氏園宴集〉：「暮春天早熱，邑居苦囂煩。……疏拙不偶俗，常喜形體閑。」〔註99〕表達了同樣觀點，人雖處官位卻全無仕宦之想。但現實畢竟不能由自己決定，如〈沙堤行呈裴相公〉寫裴度罷相一事：

長安大道沙為堤，早風無塵雨無泥。

宮中玉漏下三刻，朱衣導騎丞相來。

路傍高樓息歌吹，千車不行行者避。

街官閭吏相傳呼，當前十里惟空衢。

白麻詔下移相印，新堤未成舊堤盡。〔註100〕

裴度與張籍關係密切，據巫淑寧統計：「《張籍詩集》中，贈予裴度的詩約有十首」〔註101〕，可見兩人交情。裴度於憲宗年間拜相，位

〔註97〕李建崑：《張籍詩集校注》（臺北：華泰文化事業公司，2001年07月），頁73。

〔註98〕徐禮節、余恕誠：《張籍集繫年校注》（北京：中華書局，2011年06月），頁108。

〔註99〕李建崑：《張籍詩集校注》（臺北：華泰文化事業公司，2001年07月），頁6。

〔註100〕李建崑：《張籍詩集校注》（臺北：華泰文化事業公司，2001年07月），頁32～33。

〔註101〕巫淑寧：《張籍及其樂府詩研究》（新北：花木蘭文化出版社，2009年09月），頁58。

極人臣，後來受李逢吉陷害，據《舊唐書・元稹傳》記載，長慶二年三月，「稹、度俱罷相位，逢吉代度為門下侍郎平章事。自是寖以恩澤結朝臣之不逞者，造作謗言，百端中傷裴度。」〔註 102〕其後雖曾短暫復相，仍多遭李逢吉一黨阻撓。鄧大情以為：「〈沙堤行贈裴相公〉記載裴度在元和十年六月拜同中書門下平章事這一事件。」〔註 103〕詩中寫京城為裴度復相一事築起沙堤，管制交通，迎接宰相出行，沒想到一紙詔書下來，裴度又遭罷免，官場起落，瞬息萬變，令人不勝唏嘘。再看〈傷歌行〉：

> 黄門詔下促收捕，京兆尹繫御史府。
> 出門無復部曲隨，親戚相逢不容語。
> 辭成謫尉南海州，受命不得須臾留。
> 身著青衫騎惡馬，東門之外無送者。
> 郵夫防吏急諠驅，往往驚墮馬蹄下。
> 長安里中荒大宅，朱門已除十二戟。
> 高堂舞榭鏁管絃，美人遙望西南天。〔註 104〕

詩中京兆尹即楊憑，《舊唐書・楊憑傳》記載元和四年：「憑歸朝，修第於永寧里，功作併興，又廣蓄妓妾於永樂里之別宅，時人大以為言。……上聞，且貶焉，追舊從事以驗。自貞元以來居方鎮者，為德宗所姑息，故窮極僭奢，無所畏忌。及憲宗即位，以法制臨下，夷簡首舉憑罪，故時議以為宜。」〔註 105〕當時楊憑貶官南去，親友無人敢送行，小官小吏則趁勢欺壓，吆喝催促，使楊憑車馬受辱。其故宅門外十二戟的儀仗盡皆撤去，屋內不見當年歌舞，空留冷清

〔註 102〕〔後晉〕劉昫等撰：《舊唐書》（北京：中華書局，1975 年 05 月），頁 4365。

〔註 103〕鄧大情：《論張籍的歌行詩》（廣州：華南師範大學古代文學系碩士論文，2004 年），頁 21。

〔註 104〕李建崑：《張籍詩集校注》（臺北：華泰文化事業公司，2001 年 07 月），頁 53。

〔註 105〕〔後晉〕劉昫等撰：《舊唐書》（北京：中華書局，1975 年 05 月），頁 3967。

姬妾。不管是宰相受誣陷而罷官，或豪奢之士下場狼狽，官場盛衰無常，足為士人借鏡。

第三節　代訴女子的心聲

封建社會中，女性的地位往往低於男性，甚而是從屬於男性的。在烽煙迭起、亂離無常的日子裡，女性遭受的苦難只有比男性更多，也更加身不由己。在中唐以前，婦女題材的詩歌並不少見，但多是文人墨士筆下的纖纖美人，或深處閨閣終日思念夫君的柔弱女子，直到中唐，詩歌中出現大量而多元的女性形象，令人為之驚豔。于展東研究張籍、王建的詩歌發現：「他們有大量的詩篇幾乎涉及到中國古代各類身份地位的女子，從宮妃、宮女、公主這些上層社會的不幸女子，寫到官吏之妻、再到征夫之婦等普通婦女，直至生活在社會最底層的娼女，廣泛反映了中唐社會各個階層婦女的不幸命運。」〔註 106〕張籍時代又早於王建，其以女性為主題的詩作數量極多，描寫的女性形象多元，在此之前極為少見，方磊：「張籍關於女性題材的作品，表示了他對『弱勢群體』的關注和對不幸婦女的深切同情，常常代婦女喊冤訴苦，是中唐時期第一個用詩歌為婦女作大聲疾呼的人。」〔註 107〕這些為女子訴說心聲的作品，可依對象分為思婦哀怨、宮女離婦與其他女性三類。

一、思婦哀怨

自《詩經》以來，良人從軍、思婦哀怨並非罕見的題材，中唐是個戰火紛飛的年代，征婦的遭遇尤其慘痛。張籍藉婦女之口，表達的不僅是兒女之情，還有對戰爭的厭惡與對和平的嚮往。如〈鄰婦哭征夫〉：「雙鬢初合便分離，萬里征夫不得隨。今日軍回身獨歿，去時鞍

〔註 106〕于展東：《「張籍王建體」研究》（西安：陝西師範大學中國古代文學系博士論文，2009 年），頁 92。

〔註 107〕方磊：〈張籍詩歌中的女性題材和民俗風淺析〉，《山花》2010 年第 20 期（2010 年 10 月），頁 148。

馬別人騎。」〔註108〕古代男子在離家遠行前，大多要先行婚配，留下子嗣。而在此詩中，夫妻相處時日不多，便因男子步入戰場而被迫分開，此與杜甫〈新婚別〉:「結髮為妻子，席不煖君床。暮婚晨告別，無乃太匆忙。君行雖不遠，守邊赴河陽。」〔註109〕意涵相近，但張籍詩末二句委婉道出丈夫戰死沙場的結局，日日思念夫君卻只得戰馬歸來，顯得征婦何其無辜。再看〈征婦怨〉:

九月匈奴殺邊將，漢軍全沒遼水上。
萬里無人收白骨，家家城下招魂葬。
婦人依倚子與夫，同居貧賤心亦舒；
夫死戰場子在腹，妾身雖存如晝燭。〔註110〕

九月深秋，唐軍全軍覆沒於潦河邊〔註111〕。親人得知死訊，卻因相隔萬里無法收殮，只能以其生前衣物招魂，任憑死者暴骨異域。身為女子，本應依照「三從」的道德約束，倚靠丈夫或兒子過日，但如今丈夫戰死沙場，兒子尚未出世，那麼活著也只如同白晝之燭，燃而無光，雖生猶死。婦女所嚮往的，不過是一家安好，就算家境貧窮也能忍受，但她卻連這點心願都無法實現。陳秀文:「她所承受的不單是喪夫之痛，還背負持家育子的重任，面對生存的危機，往後的日子士幾近絕望的困境。」〔註112〕一般征婦詩的結局到丈夫戰死已是可悲，但張籍更注意到這些孤兒寡婦日後的生活，寫出征婦在戰禍之中萬念俱灰的淒慘。

〔註108〕李建崑:《張籍詩集校注》(臺北:華泰文化事業公司，2001年07月)，頁363。
〔註109〕〔清〕彭定求等編:《全唐詩》(北京:中華書局，2008年09月)，頁2284。
〔註110〕李建崑:《張籍詩集校注》(臺北:華泰文化事業公司，2001年07月)，頁12。
〔註111〕楊寶琇:「唐代東北之邊患有契丹、奚、室韋等族。尤以潦河上游之契丹為患最烈。」見楊寶琇:《張籍詩修辭藝術之探析》(臺中:東海大學中國文學系碩士論文，2014年)，頁118。
〔註112〕陳秀文:《張籍樂府詩研究》(臺北:國立臺灣大學中國文學研究所碩士論文，1999年)，頁59。

除了寫丈夫戰死而必須獨育遺腹子的淒苦，張籍其他詩作展現的對征婦內心的細膩刻劃，也是古典詩歌少有的。如〈遠別離〉：「誰言遠別心不易？天星墜地能為石。」〔註 113〕天上的星星都能墜地成石，夫君在外日久，征婦難免擔心夫君變心。又如〈望行人〉：「獨倚青樓暮，煙深鳥雀稀。」〔註 114〕藉征婦倚樓遠眺，從日出等到日落都不見人蹤，只有茫茫霧氣籠罩稀疏雀鳥，令人傷感。另外征夫遠行必要拋棄家人，身為妻子自然也有埋怨，如〈別離曲〉：

行人結束出門去，幾時更踏門前路？
憶昔君初納采時，不言身屬遼陽戍；
早知今日當別離，成君家計良為誰？
男兒生身自有役，那得誤我少年時。
不如逐君征戰死，誰能獨老空閨裏？〔註 115〕

當年女子應許求婚，並不知夫君即將遠行征戍。征夫如今慨然離去，征婦只能徒然浪費青春苦候，怪不得要發出「誤我」的怨怪。而且倘若丈夫戰死疆場，自己就得遵循「從一而終」的禮教束縛，孤老一生，所以末二句寫自己寧可隨著夫君戰死，也強過獨守空閨的折磨，藉以表達內心想要掙脫這種束縛的渴望。類似作品還有〈妾薄命〉：

薄命嫁得良家子，無事從軍去萬里。
漢家天子平四夷，護羌都尉裹屍歸。
念君此行為死別，對君裁縫泉下衣。
與君一旦為夫婦，千年萬歲亦相守。
君愛龍城征戰功，妾願青樓歌樂同。
人生各各有所欲，詎得將心入君腹。〔註 116〕

〔註 113〕李建崑：《張籍詩集校注》（臺北：華泰文化事業公司，2001 年 07 月），頁 74。

〔註 114〕李建崑：《張籍詩集校注》（臺北：華泰文化事業公司，2001 年 07 月），頁 96。

〔註 115〕李建崑：《張籍詩集校注》（臺北：華泰文化事業公司，2001 年 07 月），頁 12。

〔註 116〕李建崑：《張籍詩集校注》（臺北：華泰文化事業公司，2001 年 07

李白有同名詩，依題立意詠漢武帝廢陳皇后一事〔註117〕。張籍則藉題發揮，寫將士為統治者征戰天下，馬革裹屍而還。征婦預料丈夫此番出征必然戰死，已開始剪裁身後衣物。丈夫志在立下汗馬功勞，自己雖然不願丈夫枉死，卻也無力攔阻。方磊：「詩人深諳女性的心理，指出女性在這種有名無實的婚姻生活中的痛苦，她們的願望與要求實際上是如此簡單，只要能與丈夫相守就滿足了。」〔註118〕征婦感到薄命的不只是夫君長征而遭逢的生離死別，還有這種不被了解、不被接納的痛苦。又如〈寄衣曲〉：

> 織素縫衣獨苦辛，遠因回使寄征人。
> 官家亦自寄衣去，貴從妾手著君身。
> 高堂姑老無侍子，不得自到邊城裏。
> 殷勤為看初著時，征夫身上宜不宜？〔註119〕

官府送發軍衣之外，征婦為征夫親手縫製了防寒衣物。王建〈送衣曲〉：「絮時厚厚綿纂纂，貴欲征人身上暖。願身莫著裹屍歸，願妾不死長送衣。」〔註120〕也寫類似狀況，但文字不似張籍婉雅。征婦本該親自送去，但因婆婆年老，無其他人可貼身照料，只好託邊使送去。夫君出征在外，便由征婦擔下家務勞動與照顧夫君親人的責任，但她內心最重視的仍是夫君，希望對方能感受到自己的關愛，所以不惜千里也要寄衣過去。趙玉柱：「張籍的《妾薄命》、《別離

月），頁71～72。

〔註117〕李白〈妾薄命〉：「漢帝寵阿嬌，貯之黃金屋。咳唾落九天，隨風生珠玉。寵極愛還歇，妒深情卻疏。長門一步地，不肯暫迴車。雨落不上天，水覆難再收。君情與妾意，各自東西流。昔日芙蓉花，今成斷根草。以色事他人，能得幾時好。」見〔清〕彭定求等編：《全唐詩》（北京：中華書局，2008年09月），頁1696～1697。

〔註118〕方磊：〈張籍詩歌中的女性題材和民俗風淺析〉，《山花》2010年第20期（2010年10月），頁148。

〔註119〕李建崑：《張籍詩集校注》（臺北：華泰文化事業公司，2001年07月），頁19。

〔註120〕〔清〕彭定求等編：《全唐詩》（北京：中華書局，2008年09月），頁3388。

曲》、《征婦怨》、《寄衣曲》雖然也都是反戰詩，但這些詩通過征婦的歎息不僅僅來表達對戰爭的不滿，更重要的是表達了古代婦女們對自己正當生活權利的追求。」〔註 121〕

其實不只是征戍之士的妻子，只要丈夫遠行在外，女性就必須苦守家中，生活也因此發生改變。張籍對民間思婦的觀察也相當入微，她們會思念丈夫，如〈車遙遙〉:「願為玉鑾繫華軾，終日有聲在君側。門前舊轍久已平，無由復得君消息。」〔註 122〕寫思婦久不見夫君消息，多麼希望自己能隨侍夫君身旁。她們也會對丈夫發出聚少離多的責備，如〈春別曲〉:「江頭橘樹君自種，那不長繫木蘭船。」〔註 123〕暗指夫君只顧自己乘船遠遊，不常回家。〈雜怨〉一詩則集結了這些思婦的怨恨：

> 切切重切切，秋風桂枝折；人當少年嫁，我當少年別。
> 念君非征行，年年長遠途。妾身甘獨歿，高堂有舅姑。
> 山川豈遙遠？行人自不返。〔註 124〕

少婦婚後沒多不久便與丈夫分別，丈夫並非征戰疆場，也非路途遙遠，那為何還不回來呢？她清楚地知道只是丈夫無情，不願回來罷了。面對如此薄情的夫婿，少婦本想一死百了，卻又顧念公婆而留守持家。而丈夫不只捨棄結髮妻子，連生養自己的父母也拋下了，豈有良心可言？張籍以此詩含蓄地譴責了這位負心的男子。

二、宮女棄婦

古代帝王后宮三千，不乏妃嬪失寵或宮女冷落的狀況，歷代詩

〔註 121〕趙玉柱:〈怎一個「怨」字了得——簡論張籍詩對婦女問題的關注〉,《安康師專學報》第 16 卷（2004 年 02 月），頁 78。

〔註 122〕李建崑：《張籍詩集校注》（臺北：華泰文化事業公司，2001 年 07 月），頁 70。

〔註 123〕李建崑：《張籍詩集校注》（臺北：華泰文化事業公司，2001 年 07 月），頁 407。

〔註 124〕李建崑：《張籍詩集校注》（臺北：華泰文化事業公司，2001 年 07 月），頁 5。

人常代替她們抒發怨恨之情，如《詩經·小雅》有一篇〈白華〉，朱熹以為：「幽王娶申女為后，又得褒姒而黜申后，故申后作此詩。」〔註 125〕因此被視為最早的宮怨詩代表作品。鄭華達認為：「宮怨詩濫觴於《詩經》，萌芽於漢，在兩晉六朝逐步發展，至唐而大盛。」〔註 126〕張籍承襲古典詩歌題材，也寫那些曾受國君喜愛、最終卻見棄深闈的女子，如〈烏棲曲〉與〈離宮怨〉證可對照來看：

西山作宮花滿池，宮烏曉鳴朱萸枝。
吳姬採蓮自唱曲，君王昨夜船中宿。〔註 127〕

高堂別館連湘渚，長向春光開萬戶。
荊王去去不復來，宮中美人自歌舞。〔註 128〕

第一首寫楚王為美人揮金如土，興建西山行宮，宮女得君王寵幸自是喜悅歡歌。但若繼續看第二首，當年興建的眾多宮殿相連一片，但楚王卻一去不返，唯剩宮女獨自歌舞。宮女的得幸與失寵，均繫於楚王一念之間，而無法自己決定。再看〈吳宮怨〉：

吳宮四面秋江水，江清露白芙蓉死。
吳王醉後欲更衣，座上美人嬌不起。
宮中千門復萬戶，君恩反復誰能數？
君心與妾既不同，徒向君前作歌舞。
茱萸滿宮紅實垂，秋風嫋嫋生繁枝。
姑蘇臺上夕燕罷，它人侍寢還獨歸。
白日在天光在地，君今那得長相棄。〔註 129〕

〔註 125〕〔宋〕朱熹：《詩集傳》（臺北：藝文印書館，1974 年 04 月），頁 688。

〔註 126〕鄭華達：《唐代宮怨詩研究》（臺北：文津出版社，2000 年 04 月），頁 3。

〔註 127〕李建崑：《張籍詩集校注》（臺北：華泰文化事業公司，2001 年 07 月），頁 437。

〔註 128〕李建崑：《張籍詩集校注》（臺北：華泰文化事業公司，2001 年 07 月），頁 405。

〔註 129〕李建崑：《張籍詩集校注》（臺北：華泰文化事業公司，2001 年 07 月），頁 55。

相傳越王句踐曾獻西施、鄭旦二美女給吳王〔註130〕，吳王將鄭旦收於吳宮，另建姑蘇臺置西施〔註131〕。詩中寫鄭旦初進吳宮適逢寵幸之時，但宮中不只自己一個美人，雖曾得聖寵，但君心朝秦暮楚，另日便改由他人陪伴就寢，自己只能獨自歸來，默默承受君王見棄、孤獨餘生的悲哀。王建〈古宮怨〉：「乳烏啞啞飛復啼，城頭晨夕宮中棲。吳王別殿繞江水，後宮不開美人死。」〔註132〕內容相近，譏刺意味則更濃。

《新唐書·宦者傳》：「開元、天寶中，宮嬪大率至四萬。」〔註133〕妃嬪人數眾多，君王又喜新厭舊，召見遙遙無期，她們日復一日地待在宮中，任憑年華老去。張籍也為這些無名姓的宮娥訴說怨恨，如〈白頭吟〉：

> 請君膝上琴，彈我白頭吟。憶昔君前嬌笑語，兩情宛轉如縈素。
> 宮中為我起高樓，更開花池種芳樹。春天百草秋始衰，棄我不待白頭時。
> 羅襦玉珥色未暗，今朝已道不相宜。揚州青銅作明鏡，暗中持照不見影。
> 人心回互自無窮，眼前好惡那能定？君恩已去若再返，菖蒲花開月長滿。〔註134〕

〔註130〕《吳越春秋·勾踐陰謀外傳》：「乃使相者國中得苧蘿山鬻薪之女，曰西施、鄭旦。飾以羅穀，教以容步，習於土城，臨於都巷。三年學服而獻於吳。」見〔清〕趙曄：《吳越春秋》（臺北：臺灣古籍出版社，1996年08月），頁396。

〔註131〕李白〈烏棲曲〉：「姑蘇臺上烏棲時，吳王宮裏醉西施。」見〔清〕彭定求等編：《全唐詩》（北京：中華書局，2008年09月），頁1682。

〔註132〕〔清〕彭定求等編：《全唐詩》（北京：中華書局，2008年09月），頁3381。

〔註133〕〔宋〕歐陽修、宋祁撰：《新唐書》（北京：中華書局，1975年02月），頁5856。

〔註134〕李建崑：《張籍詩集校注》（臺北：華泰文化事業公司，2001年07月），頁62。

據《西京雜記》記載：「相如將聘茂陵人女為妾。卓文君作〈白頭吟〉以自絕。相如乃止。」〔註 135〕〈白頭吟〉本為卓文君怨怪司馬相如而作，後人多寫男女決絕之事，張籍則以第一人稱，寫宮女幽恨。前半寫宮人備受寵愛，兩人戲謔纏綿，如絹帶難分難解。秋天時節，青草才會枯衰，自己容顏依舊，君王卻已情斷意絕，白居易〈後宮詞〉「紅顏未老恩先斷」〔註 136〕一句也反映這個現實。末二句以菖蒲不開花、月亮難常圓，寫自己對於君恩重返的絕望。趙玉柱：「即使活在社會的上層，這些宮妃們的生活也是不幸福的，帝王喜歡她們時，她們是玩物；君王不喜歡她們時，她們就得守活寡。」〔註 137〕除了幽閉深院的宮女，《舊唐書・憲宗本紀》曾載：「出宮人七十二人置京城寺觀，有家者歸之。」〔註 138〕當時宮人也會因故釋出，但這值得慶幸嗎？試看〈舊宮人〉的記述：

詞舞梁州女，歸時白髮生。
全家沒蕃地，無處問鄉程。
宮錦不傳樣，御香空記名。
一身難自說，愁逐路人行。〔註 139〕

宮女出宮已是人老珠黃，故鄉淪陷，也不能回去。往日學的都是宮中事物，來到民間卻無任何用處。她們耗費青春在取悅君主，換得的仍是悲劇人生。類似作品還有〈送宮人入道〉：

舊寵昭陽裏，尋仙此最稀。

〔註 135〕曹海東註釋：《新譯西京雜記》（臺北：三民書局，1995 年 08 月），頁 139。

〔註 136〕白居易〈後宮詞〉：「淚溼羅巾夢不成，夜深前殿按歌聲。紅顏未老恩先斷，斜倚薰籠坐到明。」見〔清〕彭定求等編：《全唐詩》（北京：中華書局，2008 年 09 月），頁 4930。

〔註 137〕趙玉柱：〈怎一個「怨」字了得——簡論張籍詩對婦女問題的關注〉，《安康師專學報》第 16 卷（2004 年 02 月），頁 77。

〔註 138〕〔後晉〕劉昫等撰：《舊唐書》（北京：中華書局，1975 年 05 月），頁 455。

〔註 139〕李建崑：《張籍詩集校注》（臺北：華泰文化事業公司，2001 年 07 月），頁 193。

名初出宮籍，身未稱霞衣。

已別歌舞貴，長隨鸞鶴飛。

中官看入洞，空駕玉輪歸。〔註 140〕

「入道」即出家為道士。當年的受寵嬪妃，如今刪去宮籍姓名，換了雲霞道服，改入道觀。不管是入宮或入觀，宮女都身不由己。詩末描繪宦官駕空車而回，尤其令人百感交集。徐禮節以為〈舊宮人〉「當作於元和元年」〔註 141〕，〈送宮人入道〉「當作於元和十年」〔註 142〕，可推測張籍是在京城當官時期，依據所見時事而作此二詩。

除了宮中女子被棄，民間也有棄婦。過去古樂府〈孔雀東南飛〉成功塑造了性格剛烈的劉蘭芝，張籍則作〈離婦〉敘述棄婦命運：

十載來夫家，閨門無瑕疵。薄命不生子，古制有分離。

託身言同穴，今日事乖違。念君終棄捐，誰能強在茲？

堂上謝姑嫜，長跪請離辭；姑嫜見我往，將決復沉疑。

與我古時釧，留我嫁時衣。高堂拊我身，哭我於路陲。

昔日初為婦，當君貧賤時；晝夜常紡績，不得事蛾眉。

辛勤積黃金，濟君寒與饑。洛陽買大宅，邯鄲買侍兒，

夫壻乘龍馬，出入有光儀。將為富家婦，永為子孫資。

誰謂出君門，一身上車歸。有子未必榮，無子坐生悲。

為人莫作女，作女實難為。〔註 143〕

女子嫁入貧窮人家，終日辛勤紡織，為丈夫掙得了豪宅、僮僕，以為自己將過上好日子的時候，卻遭休妻。公婆對此猶豫不決，也依依不捨，但因為女子沒辦法為夫家生兒育女，即使付出十年青春，也要依禮制離棄。《大戴禮記・本命》：「婦有七去：不順父母去、無子去、淫去、

〔註 140〕李建崑：《張籍詩集校注》（臺北：華泰文化事業公司，2001 年 07 月），頁 97。

〔註 141〕徐禮節、余恕誠：《張籍集繫年校注》（北京：中華書局，2011 年 06 月），頁 378。

〔註 142〕徐禮節、余恕誠：《張籍集繫年校注》（北京：中華書局，2011 年 06 月），頁 156。

〔註 143〕李建崑：《張籍詩集校注》（臺北：華泰文化事業公司，2001 年 07 月），頁 455。

妒去、有惡疾去、多言去、竊盜去。」〔註 144〕「生育」是女性在傳統家庭中最被看重的能力，一旦不孕，就失去作為妻子的價值。巫淑寧：「這是一首可與〈孔雀東南飛〉比美的家庭悲劇詩。其格局顯然是模擬〈孔雀東南飛〉的，但其悲劇程度則遠勝過〈孔雀東南飛〉。」〔註 145〕詩中棄婦的丈夫享盡妻子帶來的榮華富貴卻一腳踢出，與劉蘭芝的丈夫相比，更加薄情寡義；而她也不像劉蘭芝倔強，因為傳統禮教早使她學會認命。在封建社會中，就算生了兒子，養兒育女的責任還是在妻子身上。此詩藉由描述女性必然遭遇的命運，表達了對專制父權的譴責。

三、其他女性

以上這些征婦、棄婦角色在古代諷諭詩並不少見，但除此之外，張籍還關照其他身分地位的女性，像是勞動婦女，如〈採蓮曲〉：「試牽綠莖不尋藕，斷處絲多刺傷手。白練束腰袖半卷，不插玉釵妝梳淺。」〔註 146〕寫採蓮女在江中採蓮，卻不斷被蓮莖刺傷，正當青春年華卻沒時間梳妝打扮，一心埋頭工作。〈白紵歌〉、〈寄衣曲〉與〈妾薄命〉則寫織婦辛勤縫製衣物，但不是為了自己，而是為了遠行夫君，一針一線都埋藏著他們思念與擔憂。〈江陵孝女〉則寫出女性失去家人的哀傷：

孝女獨垂髮，少年唯一身。
無家空托墓，主祭不從人。
相弔有行客，起廬因舊鄰。
江頭聞哭聲，寂寂楚花香。〔註 147〕

〔註 144〕〔漢〕戴德編撰，方向東點校：《大戴禮記彙校集解》（北京：中華書局，2008 年 07 月），頁 1305。

〔註 145〕巫淑寧：《張籍及其樂府詩研究》（新北：花木蘭文化出版社，2009 年 09 月），頁 196。

〔註 146〕李建崑：《張籍詩集校注》（臺北：華泰文化事業公司，2001 年 07 月），頁 52。

〔註 147〕李建崑：《張籍詩集校注》（臺北：華泰文化事業公司，2001 年 07 月），頁 88。

女子垂髮，年紀幼小，家人已歿，只能獨自到墓前祭拜，在墓旁居廬守喪。江邊傳來陣陣的悲泣，使人更為女子身世感到悲憫。在傳統社會中，為家人付出，是傳統女性的使命。而地位尊貴的公主，還要將自己奉獻給國家，如〈送和蕃公主〉：

塞上如今無戰塵，漢家公主出和親。
邑司猶屬宗卿寺，冊號還同虜帳人。
九姓旗旛先引路，一生衣服盡隨身。
氈城南望無迴日，空見沙蓬水柳春。〔註 148〕

王建有唱和詩作〈太和公主和蕃〉〔註 149〕，可知此詩當記時事。《舊唐書・穆宗本紀》：「皇妹太和公主出降迴紇登羅骨沒施合毗伽可汗。」〔註 150〕為了減少邊境戰爭，統治者以和親政策拉攏外族。太和公主可能未曾見過未來夫君，也從未去過塞外，一紙詔令，她便要匆促成行。沿路有回紇幡旗護送，風頭盡顯，但一去再無歸期，熟悉的中原風景只能放在腦海深處，難以再見了。和親能帶給國家穩定，但卻是犧牲公主一生的幸福換來的。

傳統女性很難逃脫社會倫理的束縛，〈倡女詞〉雖寫：「輕鬢叢梳闊掃眉，為嫌風日下樓稀。畫羅金縷難相稱，故著尋常淡薄衣。」〔註 151〕但要想如詩中女子任意梳妝打扮，過得自在自適，那就得先背負「娼妓」之名。〈節婦吟〉寫出了女性內心對遵守傳統禮教的掙扎：

君知妾有夫，贈妾雙明珠。感君纏綿意，繫在紅羅襦。
妾家高樓連苑起，良人執戟明光裏。知君用心如日月，事夫

〔註 148〕李建崑：《張籍詩集校注》（臺北：華泰文化事業公司，2001 年 07 月），頁 263。

〔註 149〕王建〈太和公主和蕃〉：「塞黑雲黃欲渡河，風沙眯眼雪相和。琵琶淚溼行聲小，斷得人腸不在多。」見〔清〕彭定求等編：《全唐詩》（北京：中華書局，2008 年 09 月），頁 3426。

〔註 150〕〔後晉〕劉昫等撰：《舊唐書》（北京：中華書局，1975 年 05 月），頁 489。

〔註 151〕李建崑：《張籍詩集校注》（臺北：華泰文化事業公司，2001 年 07 月），頁 396。

誓擬同生死。

還君明珠雙淚垂，何不相逢未嫁時。〔註152〕

值得注意的是，此詩並不是一首單純為女性發聲的諷諭詩，而必須結合張籍當時境遇來看。《唐詩記事》題作〈節婦吟寄東平李司空〉〔註153〕，洪邁《容齋三筆》：「張籍在他鎮幕府，鄆帥李師古又以書幣辟之，籍卻而不納，而作〈節婦吟〉一章寄之。」〔註154〕據此來看，此詩應以節婦自喻，婉拒李師古延聘一事，表層對象寫節婦，深層對象則為張籍自己。詩中婦人得到愛慕者送來的明珠，受對方心意打動，繫珠於衣，朱曉燕以為此舉「在封建社會裡夠得上是觸目驚心的婚外戀的一幕」〔註155〕，趙偉則以為「是出於對『君』之顏面的一種照顧」〔註156〕，其後雖委婉拒絕，還君明珠，卻又淚眼婆娑。相較〈陌上桑〉果斷拒絕，賀貽孫：「然既垂淚以還珠矣，而又恨不相逢於未嫁之時，柔情相牽，展轉不絕，節婦之節危矣哉！」〔註157〕沈德潛也以為：「玩辭意，恐失節婦之旨，故不錄。」〔註158〕繫珠與還珠分別代表情感的接受與理智的拒絕，關鍵的思考歷程便在中間四句，她理性考慮了自己顯赫的家世與丈夫的忠貞，也感性地體會到愛慕者對自己的心意，吳秀笑：「情感唯有在與理智發生抗

〔註152〕李建崑：《張籍詩集校注》（臺北：華泰文化事業公司，2001年07月），頁41。

〔註153〕〔宋〕計有功：《唐詩紀事》（臺北：木鐸出版社，1982年02月），頁525。

〔註154〕〔宋〕洪邁：《容齋三筆》，收於陳伯海《唐詩彙評》（杭州：浙江教育出版社，1996年05月），頁1900。

〔註155〕朱曉燕：〈淺品張籍「還君明珠雙淚垂，恨不相逢未嫁時」〉，《神州》2011年第26期（2011年01月），頁9。

〔註156〕趙偉：〈張籍〈節婦吟〉「節婦」形象分析——附釋「還珠」一詞〉，《語文學刊》2010年5A期（2010年05月），頁43。

〔註157〕〔清〕賀貽孫：《詩筏》，收於郭紹虞編選，富壽蓀校點《清詩話續編》（臺北：木鐸出版社，1983年12月），頁188。

〔註158〕〔清〕沈德潛選注：《唐詩別裁集》（上海：上海古籍出版社，1979年01月），頁272。

爭時，它被感受的強度最為顯著。」〔註 159〕張籍以節婦為名，透過這番思緒糾纏的描寫，肯定其操守，但其實也是要藉此表達對李師古徵聘的婉拒，畢竟李師古為一方藩鎮，勢力龐大，若直接回絕，可能引發對方不滿。林淑貞：「張籍藉節婦之堅貞與還珠之感傷，來比擬自己的處境，是一種連類情境的感通。」〔註 160〕節婦還珠之艱難，一方面表達張籍內心處境，二方面也能使李師古體諒張籍之身不由己。

本章小結

在朝政方面，首先他繼承《詩經》以來的反戰思想，指出廣開戰爭的殘忍：戰火只會帶來無盡傷亡，這些死者包括敵軍、我軍以及無辜邊境人民；未死的軍士或是殘廢，或被俘虜，從來沒有好的結果；至於經戰火洗禮的地區，則是宅院荒蕪、杳無人煙。其次，他以藉古喻今的方式表達對無能君主的不滿：有的君主排場浩大、器物奢靡，又沉迷女色或畋獵而無心問政；有的君主為追求長生不老，耗費無數人力、物力煉丹求仙，不切實際。他對於應去平定戰亂的將士，卻長期缺乏功績也感到憤懣：他曾歌詠英武少年一戰揚名，也曾讚頌白頭老將箭術精湛，能為朝廷收復國土，可惜現實有一些將軍不顧士卒生死、獨攬最終戰功，有一些藩鎮割據一方，卻不理會朝廷命令、不願收復陷落河山，有一些軍閥知朝廷怯懦，趁機欺壓百姓，人民敢怒不敢言。這些詩蘊藏的情懷不似兼容並蓄的唐型文化，而更像宋型文化，帶有更多人文氣象。

在百姓方面，他延續了漢魏樂府以來的寫作題材，為弱勢族群發聲。像是征夫，他們有的長年駐守塞外，白髮蒼蒼也不聞歸時，

〔註 159〕吳秀笑：〈試析「節婦吟」——兼論敘事詩的情節構成〉，《中外文學》第 7 卷 2 期（1978 年 07 月），頁 147。

〔註 160〕林淑貞：《對蹠與融攝：唐人生命情調與審美風尚》（臺北：台灣學生書局，2016 年 01 月），頁 247。

踏上征途就視同與家人永別，行軍過程又冷又累，一旦與敵軍交接則多敗戰，平時也毫無鬥志。朝廷為加強軍防，又徵召傜役築城，但役男卻在不人道的環境下工作，最終往往過勞而死。一般人家自然百般不願男丁服役，但也只能束手無策。一般貧民處境中，農夫為了養家，手腳生瘡，蚊蠅紛飛，聽得雨兆則村人盡起，可見其遭遇久旱心急如焚，樵夫、漁民的勞動狀況也都受到張籍關切。但即使百姓如此認真工作，在高額稅賦下，家庭經濟仍是入不敷出，甚至因此入罪下獄，官府則毫無體恤之情。相較奉公守法的貧民，富有的商人則是透過規避稅制，享受豪奢生活。而一般文士，在派系分明的朝廷中若無人舉薦，便是終身沒有出頭之時；即使成功當官，也往往自由受限，宦海浮沉、身不由己。

在女子部分，張籍與王建均常為女子發聲，也常採用相同題目，如〈寄遠曲〉、〈白紵歌〉、〈促促詞〉、〈望行人〉等等。他關注遭逢夫君戰死的征婦，更寫出寡婦必須獨自養育腹中孩子的悲悽，又加強了征婦的主動性，或寫寧可陪丈夫死在沙場的堅貞，或寫自己生活目標與丈夫不同導致的別離，或寫寄衣防寒的殷切。有些思婦丈夫遠行，與征婦遭遇類似，張籍則強化了她們對夫君無情的責備，同樣可以看出他對女性主體的看重。除了民間女子，宮中女子也常是寵遇無常，令人不勝唏噓。他又仿照〈孔雀東南飛〉寫慘遭休離的棄婦，對無子休妻制度發出指謫。其餘以勞動婦女為主角的詩可以看出女子為家庭的付出，以孝女為主角的詩可以看出女子對家庭的依賴，以和親公主為主角的詩可以看出女子為國家所作的犧牲，以節婦為主角的詩則可以看出女子在感性與理性之間的拉扯。這些詩中女子的心理刻劃，是張籍詩獨到之處。

第六章　結　論

本研究從詩歌諷諭傳統進行縱向探討，一路從先秦述至唐代，再由張籍的創作背景進行橫向連結，以此為基礎為張籍諷諭詩進行全盤剖析。除了界定張籍諷諭詩的範圍與主題，對歷來張籍詩歌研究有諸多補充之外，本研究所梳理的張籍諷諭詩反映的中唐社會情況、對過往藝術技巧的繼承與開拓、在語言風格的獨特性，則皆學界開墾過往較少之主題。謹綜合前文探討分析，歸結要點如下：

一、詩歌諷諭傳統的兩條主線

從周代採詩、獻詩的活動中，詩歌便開始具備政治的功能，先秦也常透過引詩、作詩對統治者提出勸戒。《詩經》雖無「諷諭」之名，卻有不少詩文有「諷諭」之實。到了漢代，儒者特別強調《詩經》能夠美刺諷誦，將《詩經》如何批判戰爭、矜恤人民一一掛勾，「諷」是合乎人臣之禮的委婉勸戒，「諭」則是要使對方明白，因此《詩經》的政治性功能大為提升。同時，樂府官署出現，廣蒐民間歌謠，人民心聲得以上呈君主，作為治國的參考，「樂府」因此成為新興的詩歌體裁。這些出自民間的樂府詩能配樂歌唱而形式自由，大多反映社會真實狀況，常以大量對話做敘寫，語言質樸無華，敘事性強，讀者被詩中反映的社會矛盾震懾，因而觸發想法，影響是潛移默化的。

唐代以後，儒者的以生民為己任的抱負持續發展，除了在政治場域有所建樹外，又將這種儒者襟懷帶入詩歌。許多詩人藉古諷今，或將興寄精神運用到詩歌之中。詩歌一方面發展《詩經》以來的政治教化功能，一方面發展漢魏樂府以來的敘事特徵，到了杜甫，則將這兩條脈絡雜揉一起，創作出大量極具個人風格的諷諭詩。他親身遭遇安史之亂，個人生活的貧困與社會現實的悲慘緊密的結合，詩中反映了對外患內亂的不滿、對征夫徭役的悲憫、對賦斂苛重的不平、對奢靡權貴的譏刺、對腐敗吏治的批評等等，儒家拯時濟世的憂患意識，透過杜甫寫實詩發揮得淋漓盡致。他又以新題樂府專寫時事，其中敘事性強、第三人稱觀點、通篇諷諭的風格顯著，後來的張籍受到極大影響。

二、張籍諷諭詩反映中唐社會

張籍身處的中唐，政治局勢方面，內有軍閥割據、黨派林立、宦官亂政，外有吐蕃、回紇侵擾，人民生計方面，兩稅法造成繁重賦稅，官員又稅上加稅使得貧者愈貧、富者愈富，貧富差距不斷擴大，此外，男子多受行役徵召，使得女子在家的經濟負擔更加沉重。當時夷夏觀念漸趨嚴格，文人往往將眼光放在救亡圖存，對維持社會政治秩序的期盼殷切，像是韓愈提倡古文、白居易提倡新樂府，都講究文學的政教功能。出身微寒的張籍，與韓愈、白居易、孟郊、王建等人來往頻繁，在這樣的文人環境中，自然激發了他胸懷天下的責任感。尤其他早年求仕不順，在各地遊歷看盡民間疾苦，諷諭詩的創作正是一種個人志向的具體呈現。

他的諷諭詩主題與過往的諷諭詩一脈相承，首先是直陳出朝政的不當。安史之亂延續八年，人民疲敝不堪，但殘忍戰爭卻像是永無休止之時，詩中仔細描繪年年征戰所帶來的無數死亡、陷落多年的邊境人民、烽煙蔓延下的混亂京城、經歷戰火後的無人荒城，莫不在顯示亂世的悲哀。而身負天下太平重任的君主，有的荒淫無度、夜夜笙歌，有的流連畋獵、紙醉金迷，有的沉迷丹藥、重金求仙，張籍詩中雖寫前代君主，但陳述的對象實是當時無能的李唐皇室。理應弭平戰事的將領，並不像理想中的英武過人，也沒有有收復失土的雄心壯志，而是各自擁兵自重，若有戰勝則獨享戰功。二來悲憫百姓的痛苦。征夫傜役每每遭受官府徵召便要離家遠行，行軍路遙艱苦，管理者毫不體恤，沙場連年敗仗，有些人白髮蒼蒼也不得回家，更別說那些為築城而累死的男丁。平民百姓為了養家活口，努力勞動，但成果卻多繳納官府，富有的商人則逃脫稅制之外，窮奢極欲。官府積糧日久腐爛，農人則採橡實果腹，這些不合理的稅賦與貧富懸殊問題都在張籍詩中顯現。三者，張籍特別關注弱勢女性，詩中常代訴女子的心聲。他筆下的女性，除了因戰爭而與丈夫離別的征婦，還有因丈夫薄倖只能苦守家中的思婦、被君王冷落的白頭宮女、因無子而遭休的棄婦。有些詩傳達她們堅貞的思念，有些詩則寫出她們對男子拋棄自己的怨怪。這些對女子心思的細膩刻畫還表現在家破人亡的孤女、遠嫁塞外而再無歸時的和親公主、接受了愛慕者所贈明珠而又退回的節婦上。這些諷諭主題，尤其是女子心聲部分，與王建諷諭詩有高度類似。

三、張籍諷諭詩創作多出於未仕之時

張籍諷諭詩目前有 85 首，古籍《張籍詩集》與《張司業詩集》雖未標注詩歌創作年代，但經歷年來研究者考證，大概有六成以上的張籍諷諭詩已做繫年。元和元年（西元 806 年），張籍正式作宦京師。以此年為分界來看張籍諷諭詩會發現：絕大多數的作品是出於貞元年間，也就是張籍仍為平民的時期。

若再細查諷諭詩內容形式與其創作年代的關聯，出仕時間仍是一個重大的分水嶺。貞元元年（西元 785 年），張籍始識王建，一同遊歷「鵲山漳水」近十年，兩人互相唱和，創作大量樂府詩。張籍的〈征婦怨〉、〈永嘉行〉、〈北邙行〉、〈隴頭行〉、〈洛陽行〉等等都是此時作品，多為藉古諷今，題材橫跨戰亂、賦稅、徭役等等，在古題樂府之餘，也有新題樂府的創作。貞元九年（西元 793 年）到貞元十二年（西元 796）間，張籍南遊求仕，這期間有〈行路難〉、〈築城詞〉、〈楚妃怨〉、〈離宮怨〉等等的創作，有些以江南地方事物為主題的詩作，如〈採蓮曲〉、〈吳宮怨〉、〈江村行〉，雖仍未查考出明確創作時間，多半亦為此時期作品。年輕時奔走異鄉、到處碰壁的這段遭遇，使他與底層人民有了廣泛的接觸，成為他的諷諭詩作最豐富、最多元的一段時期。元和入仕以後，張籍酬贈詩、閒適詩大增，諷諭詩數量極少，主題明顯限縮於當代事件，如〈求仙行〉暗指憲宗迷信、〈沙堤行呈裴相公〉寫裴度罷相、〈傷歌行〉寫楊憑貶官、〈送宮人入道〉則寫送宮女離宮入觀等等，體裁則向律詩、絕句這些律體詩靠攏。

四、張籍對諷諭傳統的繼承與開拓

張籍的諷諭詩詩題只有 67 首與《樂府詩集》重疊，他的諷諭詩並非全是樂府詩，但與樂府淵源頗深。其中 28 首古題樂府，唐人常以律體作之，他則仿效李白復古作法，既是古題樂府便不用律體，而多用古體諷諭，內容也盡量依題立意，書寫古題原意。39 首新題樂府，少數仿效《詩經》作法，取詩歌首句為名；多數題目含有「行」、「詞」、「曲」等等歌詞特徵，詩題往往就是諷諭對象，與杜甫專寫時事的新題樂府一樣，都具有「即事名篇」的特質。

除了詩題源於樂府，其古體有 56 首，又以七古數量最多，長短間雜的句型利於敘事，自由轉韻與平仄通押透露出靈活多變的音韻風格，還有詩中大量的白描敘事、口語入詩、對比以諷、頂真推進、詞語類疊等技巧，都可見對漢魏樂府的繼承。其近體仍有 29 首，過去杜甫便曾將格律謹嚴的絕句、律詩拿來寫社會諷諭，張籍並非首創。但他不像杜甫、韓愈講究用典，典故詞在張籍諷諭詩中出現的頻率極低。顏色詞則以白色系為主，使其諷諭詩表現出淡雅色彩。

張籍諷諭詩擅長以第三人稱敘述，相較漢魏樂府常以第一人稱敘述，張籍則更向杜甫新題樂府的旁觀者視角靠攏。而張籍諷諭詩通篇敘事，不夾帶抒情或議論的寫作方式也是傳承自杜甫。《詩經》中常先言他物，再觸發聯想進入主題，這種藉物起興的技巧被張籍諷諭詩所用，雖是諷諭卻使人讀來不覺鋒利，而有含蓄蘊藉之感。其詩篇結構常於篇首點題，又常在結尾以警句作結，則影響後來白居易新樂府的創作方法。

五、張籍的時事歌行體影響中晚唐

張籍雖然官居下職，但其諷諭詩開拓了中晚唐現實主義詩人的視野，在詩歌上的成就頗受到矚目。元和年間，施肩吾、長孫佐輔、劉言史、李廓等人與張籍來往甚密，詩歌創作也受到影響。如施肩吾有〈效古興〉：「不知歲晚歸不歸，又將啼眼縫征衣。」〔註 1〕詩中女子為夫君縫製征衣的殷切心情，與張籍〈寄衣曲〉相似；長孫佐輔〈對鏡吟〉：「憶昔逢君新納娉」〔註 2〕文句組成與詩中意涵，幾乎全部化用張籍〈別離曲〉：「憶昔君初納采時」〔註 3〕一句；劉言史〈北原情三首之三〉：「卜地起孤墳，全家送葬去。歸來卻到時，不復重知處。」〔註 4〕詩中寫熱鬧送葬，但墓地終歸冷清，與張籍〈北邙行〉抒發的哀愁相仿；李廓〈猛士行〉：「幽并少年不敢輕，虎狼窟裏空手行。」〔註 5〕張籍〈猛虎行〉：「五陵年少不敢射，空

〔註 1〕〔清〕彭定求等編：《全唐詩》（北京：中華書局，2008 年 09 月），頁 5585。

〔註 2〕〔清〕彭定求等編：《全唐詩》（北京：中華書局，2008 年 09 月），頁 5334。

〔註 3〕李建崑：《張籍詩集校注》（臺北：華泰文化事業公司，2001 年 07 月），頁 28。

〔註 4〕〔清〕彭定求等編：《全唐詩》（北京：中華書局，2008 年 09 月），頁 5332。

〔註 5〕〔清〕彭定求等編：《全唐詩》（北京：中華書局，2008 年 09 月），頁 5457。

來林下看行迹。」〔註 6〕二者的思想與文字也都非常接近。在中唐時期，許多詩人晚輩學習張籍七古樂府的句法寫諷諭詩，平民百姓是他們詩中的共同主角，儒者關懷則蘊藏其中。

晚唐的政治與社會問題更加嚴重，許多詩人對社會的批判更加銳利，諷刺之筆更加辛辣，如張祜、溫庭筠、李商隱、杜牧、羅隱、皮日休、聶夷中、杜荀鶴、陸龜蒙等人。張祜〈宮詞兩首之一〉:「故國三千里，深宮二十年。」〔註 7〕與張籍寫宮人處境相仿；溫庭筠〈塞寒行〉寫征人遠行之苦，與張籍〈西州〉主題相似；李商隱曾作〈有感二首〉自注寫甘露之變，增加了對時事的批判力道；杜牧有〈華清宮三十韻〉，與張籍〈華清宮〉同題同意；羅隱〈后土廟〉:「九天玄女猶無聖，后土夫人豈有靈。」〔註 8〕諷刺迷信方術，與張籍〈求仙行〉主題相仿；皮日休〈農父謠〉:「難將一人農，可備十人征。」〔註 9〕此與張籍〈野老歌〉老農遭遇相似，都寫官府掠奪民間糧食，以致農人無以為食；聶夷中的〈雜怨〉、〈行路難〉皆仿張籍同名詩作，〈烏夜啼〉則仿張籍〈烏啼引〉；杜荀鶴〈山中寡婦〉:「夫因兵死守蓬茅，麻苧衣衫鬢髮焦。桑柘廢來猶納稅，田園荒後尚徵苗。」〔註 10〕此與張籍〈促促詞〉同是由女性角度書寫賦稅苛重之苦；陸龜蒙有〈築城詞〉、〈別離曲〉，亦仿張籍同名詩作。在政治逐漸頹靡、社會日益蕭條的狀態下，他們不像張籍委婉譴責，而是針對時事做激烈的諷刺，鋪墊出後來宋代議論入詩的風氣。

〔註 6〕李建崑:《張籍詩集校注》(臺北：華泰文化事業公司，2001 年 07 月)，頁 26。

〔註 7〕〔清〕彭定求等編:《全唐詩》(北京：中華書局，2008 年 09 月)，5834。

〔註 8〕〔清〕彭定求等編:《全唐詩》(北京：中華書局，2008 年 09 月)，頁 7541。

〔註 9〕〔清〕彭定求等編:《全唐詩》(北京：中華書局，2008 年 09 月)，7019。

〔註 10〕〔清〕彭定求等編:《全唐詩》(北京：中華書局，2008 年 09 月)，7958。

六、未來努力的方向

張籍、白居易等中唐詩人的諷諭詩發展到宋代，使宋詩內容講求議論深邃，形式上亦受到淺切語言的影響，而有散文化的傾向。此外，宋代也有不少諷諭詩作品，如梅堯臣曾作〈打鴨詩〉嘲弄太守呂士隆杖責歌伎一事，曾鞏〈詠柳〉則以遮天蔽日的柳絮譏誚那些得勢猖狂的小人，蘇軾以〈荔枝嘆〉藉古時進奉荔枝諷刺錢惟演過度奢侈，范成大〈催租行〉寫催租官吏勒索人民的醜態，林升〈題臨安邸〉指出偏安王室不思收復失地而大興宮殿的迷思，劉克莊作〈戊辰即事〉寫蘇州不植楊柳改養蠶桑，暗諷南宋朝廷向金人輸絹賠款。在宋代的諷諭詩中，對於時事不是尖酸刻薄的直接批判，而是諷而不怨、謔而不虐，與張籍婉轉含蓄的筆法互為對照。

由以上各點，可以看出張籍諷諭詩在詩歌諷諭傳統中具有承先啟後的地位。他接收了從《詩經》發展到中唐的諷諭主題與手法，將自己的內在思想與外在的人物事件揉合在一起，透過客觀的敘事，使讀者真切地感受社會矛盾。對古樂府的效仿，特別使他的諷諭詩展現簡練自然的風格。本研究雖然對張籍諷諭詩做了全盤的探討，然而詩歌諷諭傳統畢竟是個為極龐大的主題，涵蓋的題材與詩人非常多。張籍詩中的顏色詞、典故詞別具一格，尤其事典與諷諭頗有關聯，礙於時間不能詳加闡發，而其押韻現象中獨特的換韻技巧，也值得再做深入研究。此外，張籍有許多閒適詩、酬贈詩，現代研究不多，但歷來也有不少詩評，對後世詩作頗有影響；晚唐、宋代以後的諷諭詩也是學界開墾未足之處，日後或許能再加以研究。

參考文獻

一、古籍（依作者朝代排序）

（一）經部

1. 〔漢〕鄭玄注，〔唐〕賈公彥疏：《周禮注疏》（臺北：臺灣商務印書館，1986 年 03 月《文淵閣四庫全書》本）。
2. 〔漢〕鄭玄注，〔唐〕孔穎達疏，〔唐〕陸德明音義：《禮記注疏》（臺北：臺灣商務印書館，1986 年 03 月《文淵閣四庫全書》本）。
3. 〔漢〕毛亨傳，〔漢〕鄭玄箋，〔唐〕孔穎達疏：《毛詩正義》（臺北：藝文印書館，1997 年 08 月）。
4. 〔漢〕許慎撰，〔清〕段玉裁注：《新添古音說文解字注》（臺北：洪葉文化事業有限公司，2005 年 10 月）。
5. 〔漢〕戴德編撰，方向東點校：《大戴禮記彙校集解》（北京：中華書局，2008 年 07 月）。
6. 〔宋〕朱熹：《詩集傳》（臺北：藝文印書館，1974 年 04 月）。
7. 〔宋〕朱熹：《四書章句集注》（臺北：鵝湖出版社，2005 年 11 月）。
8. 〔宋〕陸佃撰，〔民國〕王敏紅校點：《埤雅》（杭州：浙江大學出版社，2008 年 05 月）。

9. 〔宋〕陳彭年撰，金周生主編：《新校本廣韻》（臺北：洪葉文化事業有限公司，2010 年 09 月）。

（二）史部

1. 〔周〕左丘明撰，〔三國〕韋昭注：《國語》（臺北：里仁書局，1981 年 12 月）。
2. 〔漢〕班固撰，〔唐〕顏師古注：《漢書》（北京：中華書局，1962 年 06 月）。
3. 〔漢〕司馬遷：《史記》（北京：中華書局，1982 年 11 月）。
4. 〔漢〕劉向撰，張敬註譯：《列女傳今註今譯》（臺北：臺灣商務印書館，1994 年 06 月）。
5. 〔晉〕陳壽撰，〔劉宋〕裴松之注：《三國志》（北京：中華書局，1982 年 07 月）。
6. 〔北齊〕魏收：《魏書》（北京：中華書局，1974 年 06 月）。
7. 〔梁〕沈約：《宋書》（北京：中華書局，1983 年 04 月）。
8. 〔唐〕房玄齡等撰：《晉書》（北京：中華書局，1982 年 12 月）。
9. 〔唐〕李肇：《唐國史補》（臺北：世界書局，1991 年 06 月）。
10. 〔後晉〕劉昫等撰：《舊唐書》（北京：中華書局，1975 年 05 月）。
11. 〔宋〕司馬光：《資治通鑑》（臺北：明倫出版社，1972 年 08 月）。
12. 〔宋〕范祖禹：《唐鑑》（臺北：臺灣商務印書館，1973 年 12 月）。
13. 〔宋〕歐陽修、宋祁撰：《新唐書》（北京：中華書局，1975 年 02 月）。
14. 〔宋〕王溥：《唐會要》（上海：上海古籍出版社，1991 年 01 月）。
15. 〔元〕辛文房撰，吳汝煜校箋，傅璇琮主編：《唐才子傳校箋　第 2 冊》（北京：中華書局，1989 年 03 月）。
16. 〔清〕趙曄：《吳越春秋》（臺北：臺灣古籍出版社，1996 年 08 月）。

（三）子部

1. 〔唐〕范攄：《雲溪友議》（臺北：廣文書局，1971 年 09 月）。
2. 〔五代〕王定保撰：《唐摭言》，（上海：上海古籍出版社，1978 年 5 月）。
3. 〔宋〕李昉等編：《太平廣記》（北京：中華書局，1961 年 09 月）。
4. 〔清〕王先謙：《荀子集解》（臺北：藝文印書館，1988 年 06 月）。

（四）集部

1. 〔魏〕阮籍撰，林家驪注譯：《新譯阮籍詩文集》（臺北：三民書局，2001 年 02 月）。
2. 〔梁〕蕭統編，〔唐〕李善注：《文選》（臺北：華正書局，2000 年 10 月）。
3. 〔梁〕劉勰撰，周振甫注：《文心雕龍注釋》（臺北：里仁書局，2001 年 09 月）。
4. 〔唐〕元稹撰，冀勤點校：《元稹集（上下）》（北京：世界書局，1982 年 08 月）。
5. 〔唐〕孟棨：《本事詩》，收入丁福保輯：《歷代詩話續編》（北京：中華書局，1983 年 8 月）。
6. 〔唐〕元結撰，〔民國〕孫望編校：《新校元次山集》（臺北：世界書局，1984 年 02 月）。
7. 〔唐〕白居易撰，朱金城箋校：《白居易詩集箋校》（上海：上海古籍出版社，1988 年 12 月）。
8. 〔唐〕韓愈撰，劉真倫、岳珍校注：《韓愈文集匯校箋注》（北京：中華書局，2010 年 08 月）。
9. 〔宋〕曾季貍：《艇齋詩話》（臺北：廣文書局，1971 年 04 月）。
10. 〔宋〕王安石：《王安石詩集》（臺北：河洛圖書出版社，1974 年 10 月）。
11. 〔宋〕計有功：《唐詩紀事》（臺北：木鐸出版社，1982 年 02 月）。

12. 〔宋〕張戒：《歲寒堂詩話》，收入丁福保輯：《歷代詩話續編》（北京：中華書局，1983年8月）。
13. 〔宋〕郭茂倩編撰：《樂府詩集》（臺北：里仁書局，1984年09月）。
14. 〔宋〕嚴羽撰，〔民國〕郭紹虞校釋：《滄浪詩話》（臺北：里仁書局，1987年04月）。
15. 〔宋〕周紫芝：《竹坡詩話》，收於何文煥輯《歷代詩話》（北京：中華書局，1992年05月）。
16. 〔宋〕嚴羽：《滄浪詩話》，收於何文煥輯《歷代詩話》（北京：中華書局，1992年05月）。
17. 〔宋〕洪邁：《容齋三筆》，收於陳伯海《唐詩彙評》（杭州：浙江教育出版社，1996年05月）。
18. 〔宋〕黃庭堅撰，劉琳、李勇先、王蓉貴校點：《黃庭堅全集》（成都：四川大學出版社，2001年05月）。
19. 〔元〕范德機：《木天禁語》，收於何文煥輯《歷代詩話》（北京：中華書局，1992年05月）。
20. 〔元〕方回撰，胡益民點校：《瀛奎律髓》（合肥：黃山書社，1994年08月）。
21. 〔明〕高棅編選：《唐詩品彙》（臺北：學海出版社，1983年07月）。
22. 〔明〕李東陽：《麓堂詩話》，收入丁福保輯：《歷代詩話續編》（北京：中華書局，1983年8月）。
23. 〔明〕胡震亨：《唐音癸籤》（上海：上海古籍出版社，1984年08月）。
24. 〔明〕許學夷：《詩源辯體》（北京：人民文學出版社，1987年10月）。
25. 〔明〕楊慎撰，〔民國〕王仲鏞箋證：《升庵詩話箋證》（上海：上海古籍出版社，1987年12月）。

26. 〔清〕沈德潛選注：《唐詩別裁集》(上海：上海古籍出版社，1979年01月)。
27. 〔清〕郎廷槐：《師友詩傳錄》，收於丁福保輯《清詩話》(臺北：西南書局，1979年11月)。
28. 〔清〕趙執信、翁方綱著，陳邇冬校點《談龍錄石洲詩話》(北京：人民文學出版社，1981年01月)。
29. 〔清〕董誥等編：《全唐文》(北京：中華書局，1983年11月)。
30. 〔清〕毛先舒：《詩辯坻》，收於郭紹虞編選，富壽蓀校點《清詩話續編》(臺北：木鐸出版社，1983年12月)。
31. 〔清〕賀貽孫：《詩筏》，收於郭紹虞編選，富壽蓀校點《清詩話續編》(臺北：木鐸出版社，1983年12月)。
32. 〔清〕賀裳：《載酒園詩話又編》，收於郭紹虞編選，富壽蓀校點《清詩話續編》(臺北：木鐸出版社，1983年12月)。
33. 〔清〕田雯：《古歡堂集雜著》，收於郭紹虞編選，富壽蓀校點《清詩話續編》(臺北：木鐸出版社，1983年12月)，頁704。
34. 〔清〕翁方綱：《石洲詩話》，收於郭紹虞編選，富壽蓀校點《清詩話續編》(臺北：木鐸出版社，1983年12月)。
35. 〔清〕管世銘：《讀雪山房唐詩序例》，收於郭紹虞編選，富壽蓀校點《清詩話續編》(臺北：木鐸出版社，1983年12月)。
36. 〔清〕吳喬：《圍爐詩話》，收於郭紹虞編選，富壽蓀校點《清詩話續編》(臺北：木鐸出版社，1983年12月)。
37. 〔清〕劉熙載：《詩概》，收於郭紹虞編選，富壽蓀校點《清詩話續編》(臺北：木鐸出版社，1983年12月)。
38. 〔清〕周濟輯：《宋四家詞選》，收於《叢書集成新編》(臺北：新文豐出版股份有限公司，1986年01月)。
39. 〔清〕李懷民：《重定中晚唐詩主客圖》，收於陳伯海主編《唐詩論評類編》(濟南：山東教育出版社，1993年01月)。

40. 〔清〕劉邦彥：《唐詩歸折衷》，收於陳伯海《唐詩彙評》（杭州：浙江教育出版社，1996 年 05 月）。
41. 〔清〕彭定求等編：《全唐詩》（北京：中華書局，2008 年 09 月）。

二、專書（依出版時間排序）

（一）張籍

1. 〔唐〕張籍：《張司業詩集》（上海：商務印書館，1938 年 01 月《國學基本叢書》本）
2. 〔唐〕張籍：《張籍詩集》（北京：中華書局，1959 年 01 月）。
3. 陳延傑：《張籍詩注》（臺北：臺灣商務印書館，1967 年 09 月）。
4. 〔唐〕張籍：《張司業集》（八卷）（臺北：臺灣商務印書館，1986 年 03 月《文淵閣四庫全書》本）。
5. 紀作亮：《張籍研究》（合肥：黃山書社，1986 年 07 月）。
6. 李冬生：《張籍集注》（合肥：黃山書社，1989 年 12 月）。
7. 張淑瓊：《唐詩新賞（九）張籍》（臺北：地球出版社，1992 年 01 月）。
8. 刁抱石：《唐張文昌先生籍年譜》（臺北：臺灣商務印書館，1993 年 01 月）。
9. 〔唐〕張籍：《張文昌文集》（四卷）（上海：上海古籍出版社，1994 年 09 月《宋蜀刻本唐人文集叢刊》本）。
10. 張簡坤明：《張籍及其詩學研究》（臺北：文史哲出版社，1998 年 02 月）。
11. 李樹政：《張籍王建詩選》（臺北：遠流出版社，2000 年 06 月）。
12. 李建崑：《張籍詩集校注》（臺北：華泰文化事業公司，2001 年 07 月）。
13. 巫淑寧：《張籍及其樂府詩研究》（新北：花木蘭文化出版社，2009 年 09 月）。
14. 焦體檢：《張籍研究》（開封：河南大學出版社，2010 年 08 月）。

15. 徐禮節、余恕誠：《張籍集繫年校注》（北京：中華書局，2011 年 06 月）。

（二）唐代綜論

1. 方瑜：《唐詩形成的研究》（臺北：嘉新水泥公司文化基金會，1972 年 03 月）。
2. 何寄澎：《總是玉關情：唐代邊塞詩初探》（臺北：聯經出版事業公司，1978 年 06 月）。
3. 蕭滌非等著：《唐詩鑒賞辭典》（上海：上海辭書出版社，1983 年 12 月）。
4. 張修蓉：《中唐樂府詩研究》（臺北：文津出版社，1985 年 10 月）。
5. 萬曼：《唐集敘錄》（臺北：明文書局，1988 年 02 月）。
6. 許總：《唐詩體派論》（臺北：文津出版社，1994 年 10 月）。
7. 胡如雷：《隋唐五代社會經濟史論稿》（北京：中國社會科學出版社，1996 年 12 月）。
8. 葛曉音：《詩國高潮與盛唐文化》（北京：北京大學出版社，1998 年 05 月）。
9. 傅紹良：《盛唐文化精神與詩人人格》（臺北：文津出版社，1999 年 06 月）。
10. 譚潤生：《唐代樂府詩》（臺北：黎明文化事業公司，2000 年 03 月）。
11. 鄭華達：《唐代宮怨詩研究》（臺北：文津出版社，2000 年 04 月）。
12. 查屏球：《唐學與唐詩》（北京：商務印書館，2000 年 05 月）。
13. 蔡振念：《杜詩唐宋接受史》（臺北：五南圖書出版，2002 年 02 月）。
14. 古怡青：《唐代府兵制度興衰研究：從衛士負擔談起》（臺北：新文豐出版社，2002 年 09 月）。
15. 王吉林：《安史亂後的北庭》（臺北：蒙藏委員會，2002 年 12 月）。

16. 鄧小軍：《唐代文學的文化精神》（臺北：文津出版社，2003 年 11 月）。
17. 李建崑：《韓孟詩論叢（上）》（臺北：秀威資訊科技股份有限公司，2005 年 12 月）。
18. 吳明賢：《唐人的詩歌理論》（成都：巴蜀書社，2006 年 09 月）。
19. 袁行霈、丁放：《盛唐詩壇研究》（北京：北京大學出版社，2012 年 03 月）。
20. 林志敏：《儒家詩教復變——以中唐詩歌為探討中心》（新北：花木蘭文化出版社，2014 年 03 月）。
21. 林淑貞：《對蹠與融攝：唐人生命情調與審美風尚》（臺北：台灣學生書局，2016 年 01 月）。
22. 李由：《唐詩選箋：初唐—盛唐》（臺北：秀威經典，2017 年 10 月）。

（三）唐代詩人

1. 范淑芬：《元稹及其樂府詩研究》（臺北：文津出版社，1984 年 07 月）。
2. 廖美雲：《元白新樂府研究》（臺北：臺灣學生書局，1989 年 06 月）。
3. 馬銘浩：《唐代社會與元白文學集團關係之研究》（臺北：台灣學生書局，1991 年 06 月）。
4. 許東海：《諷諭、美麗、感傷：白居易之詩賦邊境及其文化風情》（臺北：萬卷樓圖書有限公司，2005 年 03 月）。
5. 陳才智：《元白詩派研究》（北京：社會科學文獻出版社，2007 年 05 月）。
6. 蕭麗華：《論杜詩沉鬱頓挫之風格》（新北：花木蘭文化出版社，2008 年 03 月）。
7. 歐麗娟：《杜甫詩之意象研究》（臺北：花木蘭文化出版社，2008 年 03 月）。

8. 歐麗娟：《唐代詩歌與性別研究——以杜甫為中心》（臺北：里仁書局，2008 年 09 月）。
9. 陳敬介：《李白詩研究（上）（下）》（新北：花木蘭文化出版社，2009 年 09 月）。
10. 何騏竹：《李白樂府詩中的「文學性」》（新北：花木蘭文化出版社，2011 年 03 月）。

（四）其他

1. 朱自清：《詩言志辨》（上海：開明書店，1947 年 08 月）。
2. 黃節箋釋：《漢魏樂府風箋》（臺北：臺灣學生書局，1971 年 03 月）。
3. 黃永武：《中國詩學：設計篇》（臺北：巨流圖書，1976 年 10 月）。
4. 傅樂成：《漢唐史論集》（臺北：聯經出版事業公司，1977 年 09 月）。
5. 羅根澤：《樂府文學史》（臺北：文史哲出版社，1981 年 3 月）。
6. 葉嘉瑩：《迦陵談詩二集》（臺北：東大書局，1985 年 02 月）。
7. 劉若愚著，杜國清譯：《中國詩學》（臺北：幼獅出版公司，1985 年 06 月）。
8. 王熙元：《古典文學散論》（臺北：臺灣學生書局，1987 年 03 月）。
9. 徐元選注：《歷代諷諭詩選》（臺北：木鐸出版社，1989 年 09 月）。
10. 葛曉音：《漢唐文學的嬗變》（北京：北京大學出版社，1990 年 11 月）。
11. 林書堯：《色彩認識論》（臺北：三民書局，1991 年 08 月）。
12. 黃永武：《詩與美》（臺北：洪範書店，1992 年 06 月）。
13. 夏傳才：《詩經研究史概要》（臺北：萬卷樓圖書有限公司，1993 年 07 月）。
14. 胡適：《白話文學史第二編：唐朝》（臺北：遠流出版事業，1994 年 01 月）。

15. 謝雲飛：《文學與音律》（臺北：東大圖書股份有限公司，1994 年 12 月）。
16. 王易：《詞曲史》（北京：東方出版社，1996 年 3 月）。
17. 黎運漢、張維耿：《現代漢語修辭學》（臺北：書林出版有限公司，2001 年 10 月）。
18. 曾啟雄：《色彩的科學與文化》（新北：耶魯國際文化事業公司，2003 年 01 月）。
19. 王力：《漢語詩律學》（上海：上海教育出版社，2005 年 04 月）。
20. 錢鍾書：《談藝錄》（北京：生活、讀書、新知三聯書局，2008 年 06 月）。
21. 張夢機：《古典詩的形式結構》（高雄：駱駝出版社，2008 年 09 月）。
22. 羅旻：《宋代樂府詩研究》（新北：花木蘭文化出版社，2017 年 03 月）。
23. 朱我芯：《中國詩歌諷諭傳統：兼論唐代新樂府》（臺北：師大出版中心，2015 年 07 月）。
24. 俞陛雲：《詩境淺說》（香港：香港中和出版有限公司，2018 年 02 月）。

三、學位論文

（一）張籍

1. 金卿東：《張籍、王建社會詩研究》（臺北：國立臺灣大學中國文學研究所碩士論文，1990 年）。
2. 巫淑寧：《張籍及其樂府詩研究》（臺中：國立中興大學中國文學系碩士論文，1997 年）。
3. 陳秀文：《張籍樂府詩研究》（臺北：國立臺灣大學中國文學研究所碩士論文，1999 年）。

4. 謝慧美：《張籍詩呈現之唐代社會風情研究》（臺中：國立中興大學中國文學系碩士論文，2004 年）。
5. 鄧大情：《論張籍的歌行詩》（廣州：華南師範大學古代文學系碩士論文，2004 年）。
6. 何云：《論張籍的近體詩》（合肥：安徽大學中國古代文學系碩士論文，2007 年）。
7. 于展東：《「張籍王建體」研究》（西安：陝西師範大學中國古代文學系博士論文，2009 年）。
8. 傅小林：《張籍詩歌在中晚唐的傳播與接受》（漳州：漳州師範學院中國古代文學系碩士論文，2009 年）。
9. 陳幼純：《張籍樂府詩之表現技巧》（高雄：國立高雄師範大學回流中文碩士班論文，2009 年）。
10. 楊武藝：《張籍詩歌研究》（烏魯木齊：新疆師範大學中國古代文學系碩士論文，2010 年）。
11. 蕭辰芳：《張籍樂府詩研究》（臺北：國立臺灣師範大學國文學系碩士論文，2011 年）。
12. 劉娟：《張籍詩歌研究》（南昌：江西師範大學中國古代文學系碩士論文，2011 年）。
13. 王靜：《論張籍的詩歌創作成就——兼論對韓孟、元白詩派的貢獻》（北京：首都師範大學古代文學系碩士論文，2012 年）。
14. 吳利曉：《張籍樂府詩研究》（瀋陽：瀋陽師範大學中國古代文學系碩士論文，2013 年）。
15. 楊寶琇：《張籍詩修辭藝術之探析》（臺中：東海大學中國文學系碩士論文，2014 年）。
16. 張汐：《《張籍集》考論》（武漢：山東師範大學中國古典文獻學系碩士論文，2014 年）。
17. 李璐：《圖式理論視域下的張籍詩詞意境的文學圖式研究》（武漢：武漢理工大學外國語言文學系碩士論文，2016 年）。

（二）其他

1. 俞炳禮：《白居易諷諭詩之研究》（臺北：國立台灣師範大學國文學系研究所碩士論文，1980 年）。
2. 金龍雲：《杜甫寫實諷喻詩歌研究》（臺北：國立臺灣師範大學國文學系碩士論文，1982 年）。
3. 廖美雲：《元白新樂府研究》（臺北：台灣師範大學國文研究所碩士論文，1987 年）。
4. 陳光瑩：《吳梅村諷諭詩研究》（高雄：國立高雄師範大學中國文學研究所碩士論文，1995 年）。
5. 彭昱萱：《建安詩文中反映的社會現象》（臺北：淡江大學中國文學系碩士論文，2000 年）。
6. 朱我芯：《詩歌諷諭傳統與唐代新樂府研究》（臺中：東海大學中國文學系博士論文，2004 年）。
7. 何林軍：《試論元結與新樂府運動》（湘潭：湘潭大學中國古代文學系碩士論文，2005 年）。
8. 楊儀君：《論牛李黨爭與李商隱政治詩的關係》（臺北：華梵大學東方人文思想研究所碩士學位論文，2005 年）。
9. 耿亞軍：《先秦兩漢詩賦中的諷諭研究》（成都：西南民族大學中國古代文學系碩士論文，2006 年）。
10. 莊淑慧：《黃仲則諷諭詩研究》（高雄：國立高雄師範大學回流中文碩士論文，2006 年）。
11. 李秋吟：《浪漫飄逸之外——從樂府詩探李白用世之心》（彰化：國立彰化師範大學國文學系碩士論文，2008 年）。
12. 黄姝毓：《白居易諷諭詩用韻之研究》（彰化：國立彰化師範大學國文學系碩士論文，2008 年）。
13. 賴志遠：《兩漢樂府中反映之生活與民俗研究》（臺北：國立臺灣師範大學國文學系碩士論文，2009 年）。

14. 呂世媛：《白居易諷諭詩修辭藝術研究》（重慶：重慶師範大學漢語言文字學系碩士論文，2009 年）。
15. 林芹竹：《《詩經》諷刺詩研究》（臺中：東海大學中國文學系碩士論文，2010 年）。
16. 段福權：《白居易詩論之要義：諷諭》（瀋陽：遼寧大學文藝學系碩士論文，2011 年）。
17. 王招弟：《兩周時期五色象徵意義初探》（西安：陝西師範大學碩士學位論文，2012 年）。
18. 李平：《韓愈諷諭詩研究》（合肥：安徽大學中國古代文學系碩士論文，2012 年）。
19. 唐玉姣：《晚唐諷諭詩人群體研究》（桂林：廣西師範大學中國古代文學系碩士論文，2013 年）。
20. 劉莉莉：《白居易諷諭詩研究》（南昌：華東交通大學中國古代文學系碩士論文，2014 年）。
21. 羅如斯：《白居易諷諭詩與中國詩歌的諷諭傳統》（湘潭：湘潭大學中國語言文學系碩士論文，2014 年）。
22. 葉鋒：《白居易諷諭詩新探》（南昌：南昌大學中國古代文學系碩士論文，2014 年）。
23. 李雪靜：《白居易諷諭詩之議論化研究》（呼和浩特：內蒙古師範大學中國古代文學系碩士論文，2016 年）。
24. 姜楚雨：《由《詩經》諷諭之義的修辭蛻變論司馬相如、揚雄賦的源流與生成》（臺北：輔仁大學中國文學所碩士論文，2018 年）。
25. 黄輝平：《杜甫新題樂府研究》（臺北：東吳大學中國文學系碩士論文，2019 年）。

四、期刊與論文集論文

（一）張籍

1. 吳秀笑：〈試析「節婦吟」——兼論敘事詩的情節構成〉，《中外文學》第 7 卷 2 期（1978 年 07 月），頁 140～152。
2. 白應東：〈張籍和他的樂府詩〉，《新疆師範大學學報（社會科學版）》1981 年第 2 期（1981 年 07 月），頁 94～101。
3. 潘景翰：〈窮苦詩人張籍〉，《文史知識》1983 年第 10 期（1983 年 10 月），頁 70～75。
4. 羅聯添：〈張籍年譜〉，《唐代詩文六家年譜》（臺北：學海出版社，1986 年 07 月），頁 157～255。
5. 郭文鎬：〈張籍生平二三事考辨〉，《唐代文學研究（第一輯）》（太原：山西人民出版社，1988 年 03 月），頁 296～309。
6. 吳汝煜：〈中唐詩人瑣考〉，《文學遺產增刊》第 18 輯（1989 年 03 月），頁 87～91。
7. 李一飛：〈張籍行跡仕履考證拾零〉，《中國韻文學刊》1995 年第 2 期（1995 年 12 月），頁 19～23。
8. 季鎮淮：〈張籍二題〉，《文學遺產》1996 年第 1 期（1996 年 01 月），頁 49～51。
9. 巫淑寧：〈張籍樂府詩中社會寫實內容之探討〉，《興大中文研究生論文集》第 1 期（1996 年 01 月），頁 75～109。
10. 徐希平：〈以道得人心中事為工——張籍與白居易〉，《西南民族學院學報（哲學社會科學版）》第 18 卷 1 期（1997 年 02 月），頁 32～38。
11. 劉國盈：〈韓愈與張籍〉，《首都師範大學學報（社會科學版）》1997 年第 2 期（1997 年 04 月），頁 57～60。
12. 遲乃鵬：〈《張籍王建交游考述》商榷〉，《文學遺產》1998 年第 3 期（1998 年 06 月），頁 34～39。

13. 李厚培:〈張籍系年考辨二題〉,《蘇州絲綢工學院學報》第 20 卷 6 期(2000 年 12 月),頁 90～92。
14. 吳險峰:〈張籍仕宦二考〉,《周口師範高等專科學校學報》第 18 卷 1 期(2001 年 01 月),頁 20～21。
15. 齊文榜:〈張籍卒年考〉,《文學遺產》2001 年第 1 期(2001 年 01 月),頁 133～135。
16. 方磊:〈張籍詩歌的藝術特色析論〉,《西南民族學院學報(哲學社會科學版)》第 22 卷 9 期(2001 年 09 月),頁 130～133。
17. 吳鶯鶯:〈張籍與韓愈、白居易的交遊及唱和〉,《湘潭師範學院學報(社會科學版)》第 23 卷 6 期(2001 年 11 月),頁 76～81。
18. 張體云:〈〈張籍卒年考〉商兑〉,《文學遺產》2002 年第 1 期(2002 年 01 月),頁 119～120。
19. 李軍:〈論「張籍王建體」的藝術特徵〉,《連雲港職業技術學院學報(綜合版)》第 15 卷 1 期(2002 年 03 月),頁 5～9。
20. 李俊:〈張籍的商業思想〉,《中文自學指導》2002 年第 2 期(2002 年 04 月),頁 44～47。
21. 祁光祿、鄭偉麗:〈張籍與韓白的交遊考論〉,《零陵學院學報》第 24 卷 1 期(2003 年 01 月),頁 15～18。
22. 張佩華:〈談張籍、王建對新樂府運動的貢獻〉,《青海社會科學》2003 年第 2 期(2003 年 03 月),頁 74～75。
23. 張佩華:〈論張籍王建的歌詩〉,《文學前沿》第 7 期(2003 年 05 月),頁 197～204。
24. 鄧大情:〈張籍王建研究綜述〉,《淮北煤炭師範學院學報(哲學社會科學版)》第 24 卷第 4 期(2003 年 08 月),頁 86～88。
25. 劉光秋:〈王建、張籍歌詩「同變時流」解〉,《黔東南民族師範高等專科學校學報》第 21 卷 5 期(2003 年 10 月),頁 51～56。
26. 趙玉柱:〈怎一個「怨」字了得——簡論張籍詩對婦女問題的關注〉,《安康師專學報》第 16 卷(2004 年 02 月),頁 76～79。

27. 許總:〈論張王樂府與唐中期詩學思潮轉向〉,《華僑大學學報(哲學社會科學版)》2004 年第 2 期（2004 年 04 月），頁 93～99。
28. 梁永照：〈張籍《祭退之》考〉,《焦作大學學報》第 19 卷 2 期（2005 年 04 月），頁 18～20。
29. 張佩華：〈論張籍、王建的樂府詩成就〉,《青海民族學院學報》第 31 卷 2 期（2005 年 05 月），頁 134～136。
30. 徐禮節：〈張籍的婚姻及其與胡遇交游考說〉,《巢湖學院學報》第 7 卷 4 期（2005 年 07 月），頁 92～94。
31. 徐禮節、余恕誠：〈張王與元白新樂府創作關係考論〉,《安徽師範大學學報(人文社會科學版)》第 33 卷 4 期(2005 年 07 月)，頁 451～457。
32. 鄧大情:〈論「歌行則學流蕩於張籍」〉,《信陽師範學院學報(哲學社會科學版)》第 25 卷 6 期（2005 年 12 月），頁 92～94。
33. 徐禮節、李書安：〈張籍王建求學「鵲山漳水」地域考〉,《巢湖學院學報》第 9 卷 1 期（2007 年 01 月），頁 89～92。
34. 徐禮節：〈張籍故鄉與南游考辨〉,《安慶師範學院學報（社會科學版)》第 26 卷 1 期（2007 年 01 月），頁 28～32。
35. 鄧大情：〈張籍詩歌的貢獻及影響〉,《阜陽師範學院學報（社會科學版)》2007 年第 3 期（2007 年 05 月），頁 21～24。
36. 劉曉麗：〈略論張籍詩中的象徵性〉,《現代語文（文學研究版)》2007 年第 5 期（2007 年 05 月），頁 86～87。
37. 徐禮節：〈張籍病眼、罷官考辨〉,《古籍研究》2006 年第 1 期（2006 年 06 月），頁 194～199。
38. 韓文奇:〈張耒與張籍樂府詩之比較〉,《甘肅廣播電視大學學報》第 16 卷 2 期（2006 年 06 月），頁 16～21。
39. 徐禮節:〈論張耒晚年「樂府效張籍」〉,《安徽大學學報(哲學社會科學版)》第 31 卷 4 期（2007 年 07 月），頁 53～57。

40. 王振勳:〈張籍〈離婦〉詩所顯示婚姻觀的現代詮釋〉,《致理通識學報》第 1 期(2007 年 11 月),頁 58～69。
41. 傅慧淑:〈張籍詩中愛國觀之探研〉,《復興崗學報》第 90 期(2007 年 12 月),頁 323～346。
42. 劉亞:〈張籍詩歌用韻考〉,《楚雄師範學院學報》第 23 卷 2 期(2008 年 02 月),頁 26～33。
43. 焦體檢:〈張籍的方外之交及佛道思想研究〉,《鄭州航空工業管理學院學報(社會科學版)》第 27 卷 1 期(2008 年 02 月),頁 40～43。
44. 徐禮節:〈論張王樂府寓「變」於「複」的藝術追求〉,《合肥師範學院學報》第 26 卷 2 期(2008 年 03 月),頁 8～13。
45. 徐禮節:〈張籍、王建生年及張籍兩次入幕考〉,《巢湖學院學報》第 10 卷 5 期(2008 年 09 月),頁 56～60。
46. 宗瑞冰:〈評點視野下的張籍五律詩歌藝術——以李懷民評點為例〉,《蘇州大學學報(哲學社會科學版)》2009 年第 2 期(2009 年 03 月),頁 78～80。
47. 龔仲元:〈李白〈陌上桑〉與張籍〈節婦吟〉〉,《安徽文學》2009 年第 8 期(2009 年 08 月),頁 39～40。
48. 徐禮節:〈中唐的民族關係與「張王」詩歌〉,《巢湖學院學報》第 12 卷 1 期(2010 年 01 月),頁 56～61。
49. 黃琛:〈淺析張籍的〈秋思〉〉,《大眾文藝》2010 年第 1 期(2010 年 01 月),頁 155。
50. 黃元華:〈我教張籍〈秋思〉的體會〉,《東坡赤壁詩詞》2010 年第 1 期(2010 年 01 月),頁 44～45。
51. 郭超:〈奇崛與平易之間——論張籍的詩歌風貌〉,《滄桑》2010 年第 2 期(2010 年 02 月),頁 220～221。
52. 劉明華:〈張籍〈節婦吟〉的本事及異文〉,《文獻》2010 年第 2 期(2010 年 04 月),頁 160～162。

53. 趙偉：〈張籍〈節婦吟〉「節婦」形象分析——附釋「還珠」一詞〉，《語文學刊》2010 年 5A 期（2010 年 05 月），頁 42～43。
54. 焦體檢：〈張籍交往僧人道士考〉，《漢語言文學研究》第 1 卷 3 期（2010 年 09 月），頁 48～50。
55. 方磊：〈張籍詩歌中的女性題材和民俗風淺析〉，《山花》2010 年第 20 期（2010 年 10 月），頁 148～149。
56. 杜宏春：〈論張籍詩歌的人文精神〉，《名作欣賞》2010 年第 29 期（2010 年 10 月），頁 29～31。
57. 劉明華：〈張籍為太祝及辭聘考〉，《文學遺產》2010 年第 6 期（2010 年 11 月），頁 129～131。
58. 宗瑞冰：〈張籍詩歌的「江南文學」特徵〉，《閱江學刊》2010 年第 6 期（2010 年 12 月），頁 104～107。
59. 朱曉燕：〈淺品張籍「還君明珠雙淚垂，恨不相逢未嫁時」〉，《神州》2011 年第 26 期（2011 年 01 月），頁 9。
60. 劉波：〈論張籍王建詩歌人文情懷的成因〉，《群文天地》2011 年第 10 期（2011 年 01 月），頁 82～83。
61. 徐禮節：〈張籍詩重出補辨二則〉，《滁州學院學報》第 13 卷 1 期（2011 年 02 月），頁 47～48。
62. 于展東：〈論「張王樂府」與「元白樂府」之不同〉，《理論月刊》2011 年第 3 期（2011 年 03 月），頁 59～62。
63. 于展東：〈「張籍王建體」釋名〉，《唐都學刊》第 27 卷 2 期（2011 年 03 月），頁 59～63。
64. 于展東：〈「張籍王建體」的涵義及成就〉，《延安職業技術學院學報》2011 年第 4 期（2011 年 04 月），頁 176～178。
65. 于展東：〈從張籍王建贈酬送答七律創作看中唐七律的通俗化傾向〉，《西安建築科技大學學報（社會科學版）》第 30 卷 2 期（2011 年 04 月），頁 69～73。

66. 閻秀娟：〈試論張籍〈節婦吟〉之「節」〉，《劍南文學（經典教苑）》2011 年第 5 期（2011 年 05 月），頁 39～40。
67. 于展東：〈「張王樂府」藝術特色探析〉，《安康學院學報》第 23 卷 3 期（2011 年 06 月），頁 61～65。
68. 張碧雲：〈從張籍〈節婦吟〉的三個英譯本及其回譯看古詩翻譯〉，《延安職業技術學院學報》第 25 卷 3 期（2011 年 06 月），頁 94～118。
69. 李建崑：〈從張籍樂府詩看唐代民間風情〉，《敏求論詩叢稿》（2011 年 01 月），頁 57～84。
70. 于展東：〈張籍五言律詩簡論〉，《西安石油大學學報（社會科學版）》2011 年第 4 期（2011 年 08 月），頁 81～86。
71. 楊國平：〈巧妙高明的拒絕——張籍詩《節婦吟》賞讀〉，《湖北招生考試》2011 年第 32 期（2011 年 11 月），頁 37～38。
72. 余文英：〈張籍《節婦吟》之異題與本事辨〉，《巢湖學院學報》第 14 卷 1 期（2012 年 01 月），頁 67～69。
73. 劉芳佳：〈張籍詩中的別情書寫探析〉，《第十七屆國立中興大學中國文學系研究生論文發表會論文集》（2012 年 06 月），頁 21～36。
74. 于展東：〈張籍與韓愈、白居易關係考察〉，《蘭臺世界》第 2012 年 18 期（2012 年 06 月），頁 63～64。
75. 郭春林：〈從詩歌交游看張籍詩派意識承傳的詩史意義〉，《文藝評論》2012 年第 8 期（2012 年 08 月），頁 67～71。
76. 王孝華：〈張籍〈贈海東僧〉考釋——渤海史料鉤沉之一〉，《內蒙古社會科學（漢文版）》第 33 卷 6 期（2012 年 11 月），頁 76～81。
77. 柯萬成：〈韓愈「以詩為教」與張籍「以詩為報」〉，《漢學研究集刊》第 11 期（2012 年 12 月），頁 23～43。

78. 劉安：〈談談張籍〈節婦吟〉的詩題、創作背景及母本〉，《文史雜志》2013年第6期（2013年11月），頁78～79。
79. 孟飛：〈聲聲怨恨　字字淒惻——張籍〈征婦怨〉賞析〉，《文史知識》2014年第8期（2014年08月），頁38～41。
80. 湯英苗：〈還君明珠雙淚垂——談張籍〈節婦吟〉的心理原型〉，《學語文》2015年第3期（2015年05月），頁58～60。
81. 李建崑：〈歷代張籍評論之批評視域與詮釋議題探討〉，《靜宜中文學報》第7期（2015年06月），頁1～20。
82. 呂家慧：〈論張王樂府與唐代新樂府形成之關係〉，《清華學報》第45卷第2期（2015年6月），頁275～314。
83. 宋穎芳：〈張籍集樂府留存情況考〉，《河北工程大學學報（社會科學版）》第32卷4期（2015年12月），頁62～78。
84. 高建新：〈展開在「絲綢之路」上的文學景觀——再讀張籍〈涼州詞三首〉其一〉，《臨沂大學學報》第38卷6期（2016年12月），頁47～52。
85. 馬新廣：〈張籍〈秋思〉意蘊解讀〉，《文學教育》2018年第1期（2018年01月），頁48～49。
86. 李穎：〈從張籍新樂府詩看中唐社會官民及商農矛盾〉，《濮陽職業技術學院學報》第31卷5期（2018年09月），頁58～60。
87. 張瑋瑜：〈張籍與韓孟詩派及元白詩派的關系初探〉，《青年文學家》2019年第14期（2019年05月），頁92。
88. 蒙曼：〈張籍〈酬朱慶餘〉〉，《作文》2019年第23期（2019年06月），頁48～50。
89. 王園：〈「張籍體」與中晚唐五律的裂變整合〉，《江西社會科學》2020年第8期（2020年08月），頁97～104。

（二）諷諭詩

1. 胡萬川：〈諷諭詩〉，《中國詩歌研究》（臺北：中央文物供應社，1985年06月），頁273～306。

2. 黃景進：〈中國詩中的寫實精神〉，《中國詩歌研究》（臺北：中央文物供應社，1985 年 06 月），頁 307～330。
3. 劉中項：〈論古今諷刺詩之間的傳承與發展〉，《吉首大學學報（社會科學版）》1999 年第 4 期（1999 年 12 月），頁 89～94。
4. 王珂：〈中西方諷刺詩的諷刺風格比較研究〉，《延安大學學報（社會科學版）》第 24 卷 2 期（2002 年 06 月），頁 96～101。
5. 雨辰：〈從古代的諷諭到今天的諷刺詩〉，《黄河科技大學學報》第 4 卷 4 期（2002 年 12 月），頁 61～141。
6. 王珂：〈論中西方諷刺詩的文體風格及形態的差異〉，《湖南大學學報（社會科學版）》第 17 卷 6 期（2003 年 11 月），頁 86～90。
7. 王珂：〈論中西諷刺詩的文體特徵及差異〉，《陰山學刊》第 17 卷 1 期（2014 年 01 月），頁 28～35。
8. 楊倩：〈獨樹一幟的諷刺詩——諷刺歷史，力求改變〉，《青年文學家》2015 年第 23 期（2015 年 08 月），頁 40～41。

（三）唐代政治經濟狀況

1. 劉義棠：〈回鶻與唐朝和戰之研究〉，《政大學報》2009 年第 4 期（1974 年 05 月），頁 93～126。
2. 楊西雲：〈唐文宗除宦與宦官專權政局〉，《歷史教學（高校版）》2007 年第 7 期（2007 年 08 月），頁 10～15。
3. 劉玉峰：〈20 世紀前半葉唐代經濟史研究回顧〉，《思想戰線》第 34 卷 4 期（2008 年 07 月），頁 100～106。
4. 張安福：〈稅制改革對唐代農民產業經營和日常生活的影響〉，《江西社會科學》2009 年第 7 期（2009 年 07 月），頁 142～145。
5. 孫彩紅：〈唐後期兩稅法下納稅人的稅收負擔水準新探〉，《廈門大學學報（哲學社會科學版）》2010 年第 2 期（2010 年 03 月），頁 102～108。

6. 周姍穎：〈簡評租庸調製到兩稅法改革〉，《商業文化》2010 年第 4 期（2010 年 04 月），頁 152。
7. 劉玉峰：〈試論唐代貴富集團田莊經濟的惡性特徵〉，《思想戰線》第 36 卷 6 期（2010 年 11 月），頁 92～98。

（四）唐代詩論

1. 呂正惠：〈元白諷諭詩的理論與創作態度〉，《幼獅月刊》第 39 卷 7 期（1974 年 5 月），頁 40～44。
2. 李建崑：〈韓愈詩之諷諭色彩與思想意識〉，《興大中文學報》第 7 期（1994 年 01 月），頁 117～132。
3. 傅如一：〈李白樂府論〉，《文學遺產》第 1 期（1994 年 01 月），頁 25～33。
4. 葛曉音：〈中唐文學的變遷〉，《古典文學知識》1994 年第 4 期（1994 年 06 月），頁 43～49。
5. 葛曉音：〈論李白樂府的復與變〉，《文學評論》第 2 期（1995 年 03 月），頁 5～13。
6. 簡光明：〈元稹諷諭詩初探〉，《中國國學》第 25 期（1997 年 10 月），頁 103～117。
7. 丸山茂撰，李寅生譯：〈中唐元和諷諭詩小考〉，《河東學刊》第 16 卷 2 期（1998 年 05 月），頁 48～50。
8. 金昌慶：〈溫庭筠詠史詩的諷諭精神及其藝術表現形式〉，《殷都學刊》1999 年第 4 期（1999 年 11 月），頁 73～76。
9. 朱我芯：〈由杜甫新樂府看諷諭詩人主體建構〉，《中華學苑》第 55 期（2001 年 02 月），頁 149～167。
10. 許東海：〈白詩與香草美人：白居易花木、女性諷諭詩中的楚〈騷〉身影與新變風貌〉，《中正大學中文學術年刊》第 4 期（2001 年 12 月），頁 97～142。
11. 田紅：〈韓愈〈調張籍〉詩歌主張探微〉，《周口師範高等專科學校學報》第 19 卷 1 期（2002 年 01 月），頁 12～13。

12. 張子清：〈諷諭詩的飛躍——試論羅隱諷諭詩對中唐寫實諷諭的突破〉，《湘潭大學社會科學學報（研究生論叢）》第 27 期（2003 年 05 月），頁 143～145。
13. 許東海：〈諷諭與綺麗：白居易詩、賦論及其與《文心雕龍》之精神取向〉，《中正大學中文學術年刊》第 5 期（2003 年 12 月），頁 21～44。
14. 代緒宇：〈20 世紀漢語詩歌中的諷刺詩及其文體特徵〉，《南都學壇》第 24 卷 4 期（2004 年 07 月），頁 46～53。
15. 王長順：〈論中唐新樂府詩的諷諭特質〉，《榆林學院學報》第 15 卷第 2 期（2005 年 06 月），頁 43～45。
16. 饒霄雲：〈白居易諷諭詩內容與形式之統一〉，《池州學院學報》第 19 卷 6 期（2005 年 12 月），頁 40～41。
17. 韓成武：〈杜甫在中國詩歌史上的十個創新之舉〉，《濟南大學學報（社會科學版）》第 16 卷 2 期（2006 年 03 月），頁 48～54。
18. 宗曉麗：〈羅隱諷諭詩簡論〉，《社科縱橫》第 21 卷 8 期（2006 年 08 月），頁 118～119。
19. 王立增：〈新題諷諭樂府詩在中唐興起的原因探析〉，《瓊州大學學報》第 13 卷第 6 期（2006 年 12 月），頁 70～73。
20. 朱我芯：〈唐代新樂府之發展關鍵——李白開創之功與杜甫、元結之雙線開展〉，《政大中文學報》第 7 期（2007 年 06 月），頁 25～52。
21. 李文清：〈也析白居易的諷諭詩〉，《湖北教育學院學報》第 24 卷 10 期（2007 年 10 月），頁 14～32。
22. 尚永亮：〈中唐樂府諷諭詩之價值評判與元白張王之優劣異同——從接受學角度對清人相關論述的一個梳理和檢討〉，《北京大學學報（哲學社會科學版）》第 47 卷 4 期（2010 年 07 月），頁 58～66。

23. 萬建軍：〈元稹諷諭詩的題材〉，《語文學刊》第 2010 卷 9A 期（2010 年 09 月），頁 3～4。
24. 舒紅霞、牛滎晉：〈唐宋女性諷諭詩的審美藝術〉，《大連大學學報》第 33 卷 2 期（2012 年 04 月），頁 28～32。
25. 鄒孟潔：〈從〈與元九書〉探析白居易詩學思想的承繼與開展及其諷諭詩底蘊〉，《問學》第 18 期（2014 年 06 月），頁 207～222。
26. 邱顯鎮：〈李賀諷諭詩所映現的同情與交感——以戰爭與苛政為例〉，《東吳中文線上學術論文》第 27 期（2014 年 09 月），頁 39～65。
27. 黃瑞梅：〈論白居易諷諭詩「以文為詩」的特點〉，《信陽農林學院學報》第 24 卷 1 期（2014 年 09 月），頁 88～91。

（五）其他

1. 李立信：〈論亂中有序的〈雜言詩〉〉，《東海學報》第 36 卷 1 期（1995 年 07 月），頁 1～28。
2. 李成林：〈論三曹樂府詩對兩漢民間樂府的繼承〉，《青海師範大學學報（哲學社會科學版）》2006 年第 4 期（2006 年 07 月），頁 80～84。
3. 洪永鏗：〈劉基「諷諭詩」初探—兼與高啟「自適詩」孰比較〉，《中國文學研究》2006 年第 3 期（2006 年 07 月），頁 52～54。
4. 閻笑非：〈是諷諭時事還是即事抒懷—論蘇軾早期人生思想與《黃牛廟》詩的主旨〉，《台州學院學報》第 29 卷第 4 期（2007 年 08 月），頁 55～59。
5. 張瓊：〈女性尊嚴的悲歌——從敘事視角看〈孔雀東南飛〉的悲劇價值〉，《語文學刊》2008 年第 11 期（2008 年 11 月），頁 100～102。
6. 潘麗娜：〈王禹偁對白居易諷諭詩的師法與超越〉，《淮北煤炭師範學院（哲學社會科學版）》第 30 卷 3 期（2009 年 06 月），頁 88～89。

7. 徐柏青：〈從《詩經》中政治諷諭詩看周代士人的憂患意識〉，《湖北師範學院學報（哲學社會科學版）》第 31 卷 6 期（2011 年 11 月），頁 42～46。
8. 辛曉娟：〈中國古代敘事詩的樂府傳統〉，《雲南大學學報（社會科學版）》第 13 卷 2 期（2014 年 04 月），頁 71～78。
9. 蔡長林：〈皮錫瑞《詩》主諷諭說探論〉，《嶺南學報》第三輯（2015 年 06 月），頁 107～131。
10. 蔡慧崑：〈《詩經》諷諭精神之傳承——朝鮮詩人丁若鏞「三吏」對杜甫「三吏」的接受與轉化〉，《東海大學圖書館館刊》第 56 期（2021 年 03 月），頁 21～39。

附錄一　張籍諷諭詩的分類與創作時間

表格詩題以《張籍詩集校注》為序編排，列出卷次、類型與頁數，參照《張籍集繫年校注》標注創作時間及年齡，若為《張籍詩集校注》有收而《張籍集繫年校注》缺收者則標為 X。創作時間以《張籍集繫年校注》考證為主，若書中未列則以 x 表示。

編號	詩　題	《張籍詩集校注》分類			《張籍集繫年校注》分類			創作時間	年齡
		卷次	類型	頁數	卷次	類型	頁數		
1	野居	卷一	五言古詩	2	卷一	五言古詩	1	貞元十九年（西元 803 年）晚秋	38 歲
2	西州	卷一	五言古詩	3	卷一	五言古詩	3	貞元二年至四年間，或稍後	21～24 歲
3	雜怨	卷一	五言古詩	5	卷一	五言古詩	6	x	
4	三原李氏園宴集	卷一	五言古詩	6	卷一	五言古詩	9	元和元年（西元 806 年）	41 歲
5	寄遠曲	卷二	七言古詩	10	卷一	七言古詩	11	x	
6	行路難	卷二	七言古詩	11	卷一	七言古詩	13	貞元九年（西元 793 年）秋	28 歲

7	征婦怨	卷二	七言古詩	12	卷一	七言古詩	15	貞元四年（西元788年）七月或稍後	23歲
8	白紵歌	卷二	七言古詩	14	卷一	七言古詩	20	x	
9	野老歌	卷二	七言古詩	16	卷一	七言古詩	22	x	
10	寄衣曲	卷二	七言古詩	19	卷一	七言古詩	24	x	
11	築城詞	卷二	七言古詩	24	卷一	七言古詩	31	貞元十年（西元794年）	29歲
12	猛虎行	卷二	七言古詩	26	卷一	七言古詩	34	x	
13	別離曲	卷二	七言古詩	28	卷一	七言古詩	37	貞元四年（西元788年）七月或稍後	23歲
14	牧童詞	卷二	七言古詩	31	卷一	七言古詩	39	x	
15	沙堤行呈裴相公	卷二	七言古詩	32	卷一	七言古詩	41	長慶二年（西元822年）六月	57歲
16	求仙行	卷二	七言古詩	34	卷一	七言古詩	44	元和末年（西元820年）	55歲
17	古釵嘆	卷二	七言古詩	36	卷一	七言古詩	48	x	
18	節婦吟	卷二	七言古詩	41	卷一	七言古詩	53	永貞元年（西元805年）夏秋間	40歲
19	永嘉行	卷二	七言古詩	50	卷一	七言古詩	64	約貞元二年（西元786年）	21歲
20	採蓮曲	卷二	七言古詩	52	卷一	七言古詩	68	x	
21	傷歌行	卷二	七言古詩	53	卷一	七言古詩	70	元和四年（西元809年）七月或稍後	44歲
22	吳宮怨	卷二	七言古詩	55	卷一	七言古詩	74	x	

23	北邙行	卷二	七言古詩	57	卷一	七言古詩	77	約貞元二年（西元 786 年）	21 歲
24	關山月	卷二	七言古詩	59	卷一	七言古詩	80	貞元初年（西元 785 年）	20 歲
25	少年行	卷二	七言古詩	60	卷一	七言古詩	83	貞元二年至四年間，或稍後	21～24 歲
26	白頭吟	卷二	七言古詩	62	卷一	七言古詩	88	x	
27	將軍行	卷二	七言古詩	65	卷一	七言古詩	92	貞元七年（西元 791 年）或稍後	26 歲
28	賈客樂	卷二	七言古詩	66	卷一	七言古詩	95	x	
29	羈旅行	卷二	七言古詩	68	卷一	七言古詩	98	貞元八年（西元 792 年）秋	27 歲
30	車遙遙	卷二	七言古詩	70	卷一	七言古詩	102	貞元八年（西元 792 年）秋	27 歲
31	妾薄命	卷二	七言古詩	71	卷一	七言古詩	105	x	
32	朱鷺	卷二	七言古詩	73	卷一	七言古詩	106	x	
33	遠別離	卷二	七言古詩	74	卷一	七言古詩	108	x	
34	楚宮行	卷二	七言古詩	75	卷一	七言古詩	110	貞元十年（西元 794 年）	
35	烏啼引	卷二	七言古詩	78	卷一	七言古詩	116	x	
36	促促詞	卷二	七言古詩	80	卷一	七言古詩	119	x	
37	宛轉行	卷二	七言古詩	81	卷一	七言古詩	121	早年與王建求學河北時期（西元 784～793 年）	19～28 歲
38	江陵孝女	卷三	五言律詩	88	卷二	五言律詩	137	貞元九年（西元 793 年）春	28 歲
39	漁陽將	卷三	五言律詩	90	卷二	五言律詩	141	貞元十一年（西元 795 年）秋	30 歲

40	望行人	卷三	五言律詩	96	卷二	五言律詩	153	x	
41	送宮人入道	卷三	五言律詩	97	卷二	五言律詩	155	元和十年（西元815年）十二月	50歲
42	送邊使	卷三	五言律詩	102	卷二	五言律詩	168	元和元年（西元806年）以後	41歲
43	送流人	卷三	五言律詩	105	卷二	五言律詩	174	x	
44	征西將	卷三	五言律詩	111	卷二	五言律詩	187	貞元年間（西元785～805年）	20～40歲
45	送防秋將	卷三	五言律詩	113	卷二	五言律詩	190	貞元年間	20～40歲
46	出塞	卷三	五言律詩	118	卷二	五言律詩	203	x	
47	送安西將	卷三	五言律詩	168	卷二	五言律詩	316	元和元年（西元806年）以後	41歲後
48	舊宮人	卷三	五言律詩	193	卷二	五言律詩	377	元和元年（西元806年）以後	41歲後
49	沒蕃故人	卷三	五言律詩	194	卷二	五言律詩	381	貞元年間	20～40歲
50	送和蕃公主	卷五	七言律詩	263	卷四	七言律詩	503	長慶元年（西元821年）七月辛酉	56歲
51	從軍行	卷六	五言絕句	331			X	x	
52	宮山祠	卷七	七言絕句	335	卷六	七言絕句	649	元和八年（西元813年）秋	48歲
53	鄰婦哭征夫	卷七	七言絕句	363	卷六	七言絕句	704	早年求學或貞元年間	40歲前
54	涼州詞三首之一	卷七	七言絕句	379	卷六	七言絕句	736	長慶三年（西元823年）或稍後	58歲
55	涼州詞三首之二	卷七	七言絕句	380	卷六	七言絕句	738	長慶三年（西元823年）或稍後	59歲
56	涼州詞三首之三	卷七	七言絕句	382	卷六	七言絕句	741	長慶三年（西元823年）或稍後	60歲

57	宮詞兩首之一	卷七	七言絕句	383	卷六	七言絕句	742	長慶年間（西元821～824年）	56～59歲
58	宮詞兩首之二	卷七	七言絕句	383	卷六	七言絕句	745	長慶年間（西元821～824年）	56～59歲
59	華清宮	卷七	七言絕句	385	卷六	七言絕句	747	元和九年（西元814年）	49歲
60	倡女詞	卷七	七言絕句	396	卷六	七言絕句	768	x	
61	楚妃怨	卷七	七言絕句	404	卷六	七言絕句	785	貞元十年（西元794年）秋	29歲
62	離宮怨	卷七	七言絕句	405	卷六	七言絕句	787	貞元九年（西元793年）春	28歲
63	春別曲	卷七	七言絕句	407	卷六	七言絕句	791	x	
64	臺城	卷七	七言絕句	408			X	x	
65	隴頭行	卷八	拾遺	426	卷七	拾遺樂府三十三首	803	貞元初年（西元785年）	20歲
66	廢宅行	卷八	拾遺	427	卷七	拾遺樂府三十三首	806	約貞元二年（西元786年）	21歲
67	秋夜長	卷八	拾遺	428	卷七	拾遺樂府三十三首	808	張籍早期求學或漫游時	40歲前
68	塞上曲	卷八	拾遺	429	卷七	拾遺樂府三十三首	810	貞元七年（西元791年）五月後不久	26歲
69	董逃行	卷八	拾遺	430	卷七	拾遺樂府三十三首	813	約貞元二年（西元786年）	21歲

70	江村行	卷八	拾遺	432	卷七	拾遺樂府三十三首	815	張籍早期漫遊江南時	40歲前
71	白黿吟	卷八	拾遺	434	卷七	拾遺樂府三十三首	819	x	
72	樵客吟	卷八	拾遺	435	卷七	拾遺樂府三十三首	820	x	
73	烏棲曲	卷八	拾遺	437	卷七	拾遺樂府三十三首	824	x	
74	泗水行	卷八	拾遺	439	卷七	拾遺樂府三十三首	829	建中四年（西元783年）春	18歲
75	雲童行	卷八	拾遺	441	卷七	拾遺樂府三十三首	831	張籍早期漫遊江南時	40歲前
76	長塘湖	卷八	拾遺	442	卷七	拾遺樂府三十三首	832	貞元十二年（西元796年）	31歲
77	山頭鹿	卷八	拾遺	444	卷七	拾遺樂府三十三首	836	x	
78	楚妃怨	卷八	拾遺	448	卷七	拾遺樂府三十三首	843	貞元九年（西元793年）春	28歲

79	廢瑟詞	卷八	拾遺	451	卷七	拾遺樂府三十三首	847	x	
80	洛陽行	卷八	拾遺	452	卷七	拾遺樂府三十三首	848	貞元二、三年間	21～22歲
81	離婦	卷八	拾遺	455	卷七	拾遺樂府三十三首	853	x	
82	董公詩	卷八	拾遺	459	卷七	拾遺古風二十七首	859	貞元十三年（西元797年）或次年	32歲
83	學仙	卷八	拾遺	463	卷七	拾遺古風二十七首	866	貞元末或元和初	40～41歲
84	老將	卷九	一十九首	502	卷八	一十九首	935	x	
85	秋閨	卷九	一十九首	503			X	x	

附錄二　張籍諷諭詩的體裁與押韻

表格詩題以《張籍詩集校注》為序編排，體裁亦按該書標示，又參考《樂府詩集》區分為樂府古題與新樂府辭兩類，唯第 37 首〈宛轉行〉原列為七言古詩，而其詩文全為五言，故更易為五古樂府。並將其內容對照《新校本廣韻》列出韻腳與韻目。

	詩　題	體裁	《樂府詩集》分類		韻　腳
			樂府古題	新樂府辭	
1	野居	五言古詩			居（魚韻）、書（魚韻）、魚（魚韻）、廚（虞韻）、軀（虞韻）、舒（魚韻）、虞（虞韻）、躕（虞韻）
2	西州	五古樂府		V	城（清韻）、兵（庚韻）、驚（庚韻）、耕（耕韻）、形（青韻）、行（庚韻）、名（清韻）、營（清韻）、平（庚韻）
3	雜怨	五古樂府	V		折（薛韻）、別（薛韻）、途（模韻）、姑（模韻）、遠（阮韻）、返（阮韻）
4	三原李氏園宴集	五言古詩			煩（元韻）、園（元韻）、泉（仙韻）、山（山韻）、軒（元韻）、筵（仙韻）、鮮（仙韻）、連（仙韻）、閑（山韻）、言（元韻）
5	寄遠曲	七古樂府		V	暖（緩韻）、滿（緩韻）、短（緩韻）、瑺（唐韻）

6	行路難	七古樂府（雜言）	V		得（德韻）、力（職韻）、色（職韻）、翼（職韻）
7	征婦怨	七古樂府		V	將（漾韻）、上（漾韻）、葬（宕韻）、夫（虞韻）、舒（魚韻）、燭（燭韻）
8	白紵歌	七古樂府	V		鮮（仙韻）、年（先韻）、前（先韻）、珥（志韻）、下（馬韻）、馬（馬韻）
9	野老歌	七古樂府		V	畝（厚韻）、土（姥韻）、實（質韻）、肉（屋韻）
10	寄衣曲	七古樂府		V	辛（真韻）、人（真韻）、身（真韻）、子（止韻）、裏（止韻）、時（之韻）、宜（支韻）
11	築城詞	七古樂府（雜言）	V		處（語韻）、杵（語韻）、錐（脂韻）、遲（脂韻）、裏（止韻）、水（旨韻）、死（旨韻）、戶（姥韻）、土（姥韻）
12	猛虎行	七古樂府	V		行（庚韻）、聲（清韻）、谷（屋韻）、逐（屋韻）、犢（屋韻）、射（昔韻）、迹（昔韻）
13	別離曲	七古樂府	V		路（暮韻）、時（之韻）、戍（遇韻）、離（支韻）、誰（脂韻）、時（之韻）、死（旨韻）、裏（止韻）
14	牧童詞	七古樂府（雜言）		V	牛（尤韻）、稠（尤韻）、頭（侯韻）、行（庚韻）、鳴（庚韻）、聲（清韻）、角（覺韻）
15	沙堤行呈裴相公	七古樂府		V	堤（齊韻）、泥（齊韻）、來（咍韻）、吹（寘韻）、避（寘韻）、衢（虞韻）、盡（軫韻）
16	求仙行	七古樂府		V	裏（止韻）、死（旨韻）、日（質韻）、實（質韻）、乙（質韻）、華（麻韻）、霞（麻韻）
17	古釵嘆	七古樂府		V	得（德韻）、儀（支韻）、時（之韻）、輝（微韻）、月（月韻）、中（東韻）、同（東韻）

18	節婦吟	七古樂府（雜言）		V	夫（虞韻）、珠（虞韻）、襦（虞韻）、起（止韻）、裏（止韻）、死（旨韻）、垂（支韻）、時（之韻）
19	永嘉行	七古樂府		V	陽（陽韻）、堂（唐韻）、羊（陽韻）、屋（屋韻）、哭（屋韻）、土（姥韻）、主（姥韻）、語（語韻）
20	採蓮曲	七古樂府	V		多（歌韻）、歌（歌韻）、波（戈韻）、手（有韻）、淺（獮韻）、遠（阮韻）、上（養韻）、槳（養韻）
21	傷歌行	七古樂府	V		府（麌韻）、語（語韻）、州（尤韻）、留（尤韻）、馬（馬韻）、者（馬韻）、下（馬韻）、宅（陌韻）、戟（陌韻）、紘（先韻）、天（先韻）
22	吳宮怨	七古樂府		V	水（旨韻）、（旨韻）、起（止韻）、數（麌韻）、舞（麌韻）、垂（支韻）、枝（支韻）、罷（支韻）、歸（微韻）、地（至韻）、棄（至韻）
23	北邙行	七古樂府		V	道（晧韻）、草（晧韻）、歌（歌韻）、峨（歌韻）、多（歌韻）、尺（昔韻）、石（昔韻）、土（姥韻）、樹（遇韻）、愁（尤韻）、遊（尤韻）
24	關山月	七古樂府	V		上（養韻）、響（養韻）、多（歌韻）、歌（歌韻）、磧（昔韻）、戟（陌韻）、平（庚韻）、鳴（庚韻）、星（青韻）、道（晧韻）、草（晧韻）
25	少年行	七古樂府	V		郎（唐韻）、璫（唐韻）、字（志韻）、醉（至韻）、下（馬韻）、馬（馬韻）、宮（東韻）、中（東韻）、功（東韻）
26	白頭吟	七古樂府（雜言）	V		琴（侵韻）、吟（侵韻）、素（暮韻）、樹（遇韻）、衰（支韻）、時（之韻）、宜（支韻）、影（梗韻）、定（徑韻）、滿（阮韻）
27	將軍行	七古樂府		V	軍（文韻）、曲（燭韻）、宿（屋韻）、隴（腫韻）、城（清韻）、聲（清韻）、沒（沒韻）、骨（沒韻）、空（東韻）、功（東韻）

28	賈客樂	七古樂府	V		波（戈韻）、酒（有韻）、離（支韻）、遲（脂韻）、語（語韻）、渚（語韻）、侶（語韻）、東（東韻）、中（東韻）、翁（東韻）
29	羈旅行	七古樂府		V	端（桓韻）、路（暮韻）、度（暮韻）、去（御韻）、息（職韻）、棘（職韻）、食（職韻）、霜（陽韻）、遠（阮韻）、返（阮韻）、晚（阮韻）、聲（清韻）
30	車遙遙	七古樂府	V		鳴（庚韻）、行（庚韻）、宿（屋韻）、僕（屋韻）、隅（虞韻）、車（魚韻）、軾（職韻）、側（職韻）、息（仙韻）
31	妾薄命	七古樂府	V		子（止韻）、里（止韻）、歸（微韻）、衣（微韻）、婦（有韻）、守（有韻）、功（東韻）、同（東韻）、腹（屋韻）
32	朱鷺	七古樂府（雜言）	V		鷺（暮韻）、樹（遇韻）、染（豔韻）、斂（豔韻）、塹（豔韻）、灩（豔韻）、軀（虞韻）、隅（虞韻）
33	遠別離	七古樂府	V		赤（昔韻）、客（陌韻）、易（昔韻）、石（昔韻）、役（昔韻）
34	楚宮行	七古樂府		V	時（之韻）、垂（支韻）、歸（微韻）、闕（月韻）、發（月韻）、當（宕韻）、行（宕韻）、房（陽韻）、香（唐韻）、霜（陽韻）、央（陽韻）、觴（陽韻）、堂（唐韻）、王（陽韻）、璫（唐韻）、壽（宥韻）、酒（宥韻）
35	烏啼引	七古樂府（雜言）	V		家（麻韻）、獄（燭韻）、贖（燭韻）、烏（模韻）、書（魚韻）、姑（模韻）、烏（模韻）、虛（魚韻）、雛（虞韻）
36	促促詞	七古樂府（雜言）		V	促（燭韻）、足（燭韻）、船（仙韻）、邊（先韻）、錢（仙韻）、黑（德韻）、力（職韻）、直（職韻）、得（德韻）
37	宛轉行	五古樂府	V		床（陽韻）、涼（陽韻）、光（唐韻）、長（陽韻）、央（陽韻）

38	江陵孝女	五律 樂府		V	身（真韻）、人（真韻）、鄰（真韻）、香（陽韻）
39	漁陽將	五律 樂府		V	兵（庚韻）、城（清韻）、行（庚韻）、名（清韻）
40	望行人	五律 樂府	V		飛（微韻）、歸（微韻）、衣（微韻）、稀（微韻）
41	送宮人入道	五言 律詩			稀（微韻）、衣（微韻）、飛（微韻）、歸（微韻）
42	送邊使	五言 律詩			頭（侯韻）、流（尤韻）、秋（尤韻）、悠（尤韻）、侯（侯韻）
43	送流人	五言 律詩			天（先韻）、田（先韻）、泉（仙韻）、年（先韻）
44	征西將	五律 樂府		V	營（清韻）、行（庚韻）、聲（清韻）、城（清韻）
45	送防秋將	五言 律詩			支（支韻）、旗（之韻）、移（支韻）、時（之韻）
46	出塞	五律 樂府	V		師（脂韻）、旗（之韻）、遲（脂韻）、時（之韻）
47	送安西將	五言 律詩			秋（尤韻）、頭（侯韻）、愁（尤韻）、州（尤韻）
48	舊宮人	五言 律詩			生（庚韻）、程（清韻）、名（清韻）、行（庚韻）
49	沒蕃故人	五言 律詩			支（支韻）、師（脂韻）、離（支韻）、旗（之韻）、時（之韻）
50	送和蕃公主	七言 律詩			親（震韻）、人（真韻）、身（真韻）、春（諄韻）
51	從軍行	五絕 樂府	V		沙（麻韻）、家（麻韻）
52	宮山祠	七言 絕句			時（之韻）、知（支韻）
53	鄰婦哭征夫	七言 絕句			離（支韻）、隨（支韻）、騎（支韻）
54	涼州詞三首之一	七絕 樂府		V	低（齊韻）、齊（齊韻）、西（齊韻）
55	涼州詞三首之二	七絕 樂府		V	流（尤韻）、秋（尤韻）、州（尤韻）

56	涼州詞三首之三	七絕樂府		v	開（哈韻）、堆（灰韻）、來（哈韻）
57	宮詞兩首之一	七絕樂府		v	肥（微韻）、稀（微韻）、歸（微韻）
58	宮詞兩首之二	七絕樂府		v	槽（豪韻）、高（豪韻）、桃（豪韻）
59	華清宮	七言絕句			宮（東韻）、空（東韻）、中（東韻）
60	倡女詞	七絕樂府		v	稀（微韻）、衣（微韻）
61	楚妃怨	七絕樂府	v		綆（梗韻）、冷（梗韻）
62	離宮怨	七絕樂府		v	渚（語韻）、戶（姥韻）、舞（麌韻）
63	春別曲	七絕樂府		v	錢（仙韻）、船（仙韻）
64	臺城	七言絕句			華（麻韻）、奢（麻韻）、花（麻韻）
65	隴頭行	七古樂府	v		行（庚韻）、城（清韻）、地（至韻）、黍（語韻）、語（語韻）、車（麻韻）、家（麻韻）
66	廢宅行	七古樂府		v	陌（陌韻）、宅（陌韻）、繭（銑韻）、晚（阮韻）、重（腫韻）、風（東韻）、主（麌韻）
67	秋夜長	七古樂府	v		央（陽韻）、光（唐韻）、傍（唐韻）、明（庚韻）、鳴（庚韻）
68	塞上曲	七古樂府		v	堡（晧韻）、草（晧韻）、枝（支韻）、圍（微韻）、裂（薛韻）、雪（薛韻）、節（屑韻）、山（山韻）
69	董逃行	七古樂府	v		曈（東韻）、宮（東韻）、山（山韻）、間（山韻）、食（職韻）、息（職韻）、得（德韻）、行（庚韻）、平（庚韻）
70	江村行	七古樂府		v	齊（齊韻）、畦（齊韻）、泥（齊韻）、宿（屋韻）、撲（屋韻）、眠（先韻）、田（先韻）、鮮（仙韻）、神（真韻）

71	白鼉吟	七古樂府（雜言）	V		風（東韻）、中（東韻）、水（旨韻）、起（止韻）
72	樵客吟	七古樂府（雜言）		V	樹（麌韻）、苦（姥韻）、取（麌韻）、束（燭韻）、曲（燭韻）、歇（月韻）、行（庚韻）、聲（清韻）、客（陌韻）、柏（陌韻）、宅（陌韻）
73	烏棲曲	七古樂府	V		池（支韻）、枝（支韻）、宿（屋韻）
74	泗水行	七古樂府		V	纂（緩韻）、短（緩韻）、滿（緩韻）、斷（緩韻）、聲（清韻）
75	雲童行	七古樂府（雜言）		V	童（東韻）、中（東韻）、黍（語韻）
76	長塘湖	七古樂府（雜言）		V	魚（魚韻）、鋒（鍾韻）、龍（鍾韻）
77	山頭鹿	七古樂府		V	促（燭韻）、足（燭韻）、獄（燭韻）、岡（唐韻）、糧（陽韻）、傷（陽韻）
78	楚妃怨	七古樂府	V		沉（侵韻）、林（侵韻）、深（侵韻）、極（職韻）、禽（侵韻）、力（職韻）、中（東韻）、宮（東韻）
79	廢瑟詞	七古樂府		V	黑（德韻）、明（庚韻）、聲（清韻）、名（清韻）、曲（燭韻）
80	洛陽行	七古樂府		V	樓（侯韻）、燕（霰韻）、殿（霰韻）、鼕（冬韻）、宮（東韻）、道（晧韻）、鹿（屋韻）、垂（支韻）、時（之韻）
81	離婦	五古樂府		V	疵（支韻）、離（支韻）、違（微韻）、茲（之韻）、辭（之韻）、疑（之韻）、衣（微韻）、陲（支韻）、時（之韻）、眉（脂韻）、饑（微韻）、兒（支韻）、儀（支韻）、資（脂韻）、歸（微韻）、悲（脂韻）、為（支韻）

82	董公詩	五言古詩			公（東韻）、風（東韻）、功（東韻）、宗（冬韻）、戎（東韻）、兇（鍾韻）、雄（東韻）、躬（東韻）、翁（東韻）、恭（鍾韻）、忠（東韻）、顒（鍾韻）、濃（鍾韻）、空（東韻）、庸（鍾韻）、凶（鍾韻）、東（東韻）、邦（江韻）、重（鍾韻）、從（鍾韻）、雍（鍾韻）、容（鍾韻）、叢（東韻）、中（東韻）、同（東韻）、通（東韻）、中（東韻）、弓（東韻）、崇（東韻）、窮（東韻）
83	學仙	五言古詩			廊（唐韻）、糧（陽韻）、裳（陽韻）、鏘（陽韻）、囊（唐韻）、殃（陽韻）、方（陽韻）、廂（陽韻）、香（陽韻）、房（陽韻）、罡（《廣韻》無相應韻目）、光（唐韻）、凰（唐韻）、望（陽韻）、腸（陽韻）、傷（陽韻）、傍（唐韻）、常（陽韻）、章（陽韻）
84	老將	五言律詩			風（東韻）、弓（東韻）、筒（東韻）、功（東韻）
85	秋閨	五言律詩			飛（微韻）、歸（微韻）、衣（微韻）、稀（微韻）

附錄三　張籍諷諭詩的重疊詞、顏色詞與典故詞

表格詩題以《張籍詩集校注》為序編排，從內容中依序整理出重疊詞、顏色詞、典故詞等三種詞彙風格的表現狀況。

	詩　題	重疊詞	顏色詞	典故詞
1	野居		白日	
2	西州			
3	雜怨	切切重切切、年年長遠途		
4	三原李氏園宴集			
5	寄遠曲			
6	行路難		黃金	龍蟠泥中未有雲，不能生彼升天翼
7	征婦怨	家家城下招魂葬	白骨	
8	白紵歌	皎皎白紵白且鮮	白紵、白且鮮、白馬	
9	野老歌			
10	寄衣曲		織素	
11	築城詞	重重土堅試行錐、家家養男當門戶		

12	猛虎行	南山北山樹冥冥、年年養子在空谷	白日、黃犢	
13	別離曲			
14	牧童詞		白犢	官家截爾頭上角
15	沙堤行呈裴相公		朱衣、白麻	
16	求仙行	年年採藥東海裏	白日、丹田、素華、絳霞	漢皇欲作飛仙子，年年採藥東海裏。蓬萊無路海無邊，方士舟中相枕死
17	古釵嘆			
18	節婦吟		紅羅襦	
19	永嘉行	家家雞犬驚上屋	黃頭、紫陌	黃頭鮮卑入洛陽，胡兒執戟升明堂。晉家天子作降虜，公卿奔走如牛羊
20	採蓮曲	青房圓實齊戢戢	青房圓實、綠莖、白練	
21	傷歌行	往往驚墮馬蹄下	黃門、青衫、朱門	
22	吳宮怨	秋風嫋嫋生繁枝	露白、紅實、白日	吳王醉後欲更衣，座上美人嬌不起。……姑蘇臺上夕燕罷，它人侍寢還獨歸
23	北邙行	喪車轔轔入秋草、高墳新起白峨峨、朝朝暮暮人送葬、寒食家家送紙錢	白峨峨、千金	
24	關山月	海邊茫茫天氣白、年年戰骨多秋草	天氣白、黃龍磧	
25	少年行	日日鬬雞都市裏	黃金	
26	白頭吟		縈素、白頭、青銅	
27	將軍行	戰車彭彭旌旗動、分兵處處收舊城、擾擾唯有牛羊聲		

28	賈客樂	夜夜箕縚眠獨遲、秋江初月猩猩語、年年逐利西復東	金陵、金多	
29	羈旅行	晨雞喔喔茅屋傍	白日	
30	車遙遙	征人遙遙出古城、年年道上隨行車	秋草綠	
31	妾薄命		青樓	
32	朱鷺	翩翩兮朱鷺、動處水紋開灩灩	朱鷺、綠樹	
33	遠別離	蓮葉團團荇葉折	響鬣赤	
34	楚宮行	臺上重重歌吹發、玉酒湛湛盈華觴	紅橘	章華宮中九月時
35	烏啼引	秦烏啼啞啞		
36	促促詞	促促復促促、家家桑麻滿地黑、願教牛蹄團團一角直	滿地黑	
37	宛轉行		翠幄	
38	江陵孝女	寂寂楚花香		
39	漁陽將		沙草白	
40	望行人	日日出門望、家家行客歸	青樓	
41	送宮人入道			
42	送邊使	寒沙陰漫漫、疲馬去悠悠		誰封定遠侯
43	送流人		黃雲	
44	征西將		黃沙	
45	送防秋將		白首	
46	出塞		白首	
47	送安西將	茫茫邊草秋		
48	舊宮人		白髮	
49	沒蕃故人			
50	送和蕃公主			

51	從軍行			
52	宮山祠	千千萬萬皆如此		
53	鄰婦哭征夫			
54	涼州詞三首之一		白練	
55	涼州詞三首之二		白草、黃榆	鳳林關裏水東流
56	涼州詞三首之三	胡兵往往傍沙堆	白磧	
57	宮詞兩首之一		白日、紅妝	
58	宮詞兩首之二		黃金、紫檀槽	
59	華清宮	宮樹行行浴殿空	青山	溫泉流入漢離宮，宮樹行行浴殿空。武帝時人今欲盡，青山空閉御牆中
60	倡女詞		金縷	
61	楚妃怨		黃金、素綆	
62	離宮怨	荊王去去不復來		高堂別館連湘渚，……荊王去去不復來
63	春別曲		春水綠	
64	臺城			只緣一曲後庭花
65	隴頭行	漢兵處處格鬪死		誰能還使李輕車，重取涼州屬漢家
66	廢宅行	宅邊青桑垂宛宛、嘖嘖啾啾白日晚、飢兵掘土翻重重	青桑、黃雀、白日	
67	秋夜長	暗蟲嘖嘖遶我傍、白露滿田風嫋嫋		
68	塞上曲	鳴鼓鼕鼕促獵圍、年年征戰不得閒	青塞、白日	

69	董逃行	洛陽城頭火曈曈		
70	江村行	耕場磷磷在水底、山蝱遶衣飛撲撲、田熟家家將賽神	椹黑	
71	白鼉吟		白鼉	
72	樵客吟	斧聲坎坎在幽谷、竹擔彎彎向身曲	青葛束	
73	烏棲曲		朱萸	西山作宮花滿池
74	泗水行	泗水流急石纂纂、水煙漠漠多棹聲	紅尾短	
75	雲童行	雲童童	白龍	
76	長塘湖			
77	山頭鹿	雙角芟芟尾促促、旱日熬熬蒸野岡		
78	楚妃怨	湘雲初起江沉沉、臺下朝朝春水深		章華殿前朝下國
79	廢瑟詞		朱絲黑	此瑟還奏雲門曲
80	洛陽行	城上峨峨十二樓、六街朝暮鼓鼕鼕	翠華、黃復綠	御門空鎖五十年，……陌上老翁雙淚垂，共說武皇巡幸時
81	離婦		黃金	
82	董公詩	翩翩者蒼烏	蒼烏	翩翩者蒼烏，……一蒂實連中，……田有嘉穀異
83	學仙	佩玉紛鏘鏘	朱門、金刀、丹砂	先王知其非，戒之在國章
84	老將			猶誇定遠功
85	秋閨	日日出門望，家家行客歸	青樓